April Nierose

Verfall

Band 1

Verfall

Band 1

April Nierose

Lektorat: Stina Nissen
Coverdesign: Markus Lawo

ISBN: 9781973199762

Impressum:
April Nierose
c/o
Papyrus Autoren-Club,
R.O.M. Logicware GmbH
Pettenkoferstr. 16-18
10247 Berlin.

INHALT

1 Kapitel 1: 2017 1

2 Kapitel 2: 2015 10

3 Kapitel 3: 2017 14

4 Kapitel 4: 2017 22

5 Kapitel 5: 2015 26

6 Kapitel 6: 2017 33

7 Kapitel 7: 2007 44

8 Kapitel 8: 2017 48

9 Kapitel 9: 2017 54

10 Kapitel 10: 2017 60

11 Kapitel 11: 2017 62

12 Kapitel 12: 2015 72

13 Kapitel 13: 2017 80

14 Kapitel 14: 2007 95

15 Kapitel 15: 2015 102

16 Kapitel 16: 2017 111

17 Kapitel 17: 2017 118

18 Kapitel 18: 2017 123

19 Kapitel 19: 2017 127

20 Kapitel 20: 2007 136

21	Kapitel 21: 2017	147
22	Kapitel 22: 2015	152
23	Kapitel 23: 2017	161
24	Kapitel 24: 2017	167
25	Kapitel 25: 2017	179
26	Kapitel 26: 2015	189
27	Kapitel 27: 2017	202

Kapitel 1: 2017

Es war ein hässlicher Morgen, der lange kein Morgen mehr war. Hanna wehrte sich gegen die Sonnenstrahlen, die durch die Jalousien drangen und sie in unregelmäßigen Zeitabständen weckten, indem sie sich unter der Decke vergrub. Sie wollte nicht aufstehen, weil sie sich nichts von diesem Tag versprach. Ihre Kopfschmerzen waren der Vorwand, um liegen zu bleiben, doch nach einiger Zeit fiel ihr selbst das Liegen zur Last. Sie konnte nicht den ganzen Tag im Bett verbringen, selbst dort hielt sie es nicht lange aus.

Sie schubste das Kissen von sich weg, sodass es zu Boden fiel und setzte ihre Füße daneben. Dabei fiel etwas klirrend um. Das Geräusch des auf das Parkett prallenden Glases durchzog jeden Nerv ihres Kopfes und hallte leiser werdend in ihr nach. Ohne den Drang, den Gegenstand aufzuheben, rieb sie sich die Augen und sah nach unten. Es war eine leere Wodkaflasche, die nun vor ihr auf der Seite lag und langsam hin und her rollte. Sie stupste sie mit einem Fuß an. Die Flasche rollte langsam unter ihren Schreibtisch, wo sie, nachdem sie auf einen Widerstand getroffen war, verstummte.

Hanna gestaltete ihren Morgen wie gewohnt: Nach dem

sie dem Kleiderschrank beliebige Kleidungsstücke entnommen hatte, betrat sie das Badezimmer. Sie duschte heiß und lange, um sich von der vergangenen Nacht zu reinigen. Sie musste sich von vielem reinwaschen. Verdammter Gelegenheitssex; gelobter übermäßiger Alkoholkonsum, der für Filmrisse sorgte, damit sie sich für nichts schämen konnte, weil sie nicht mehr wusste, wofür es sich zu schämen gab.

Erst nach dem Reinigungsritual wagte sie einen Blick in den Spiegel. Ihre Lider waren gerötet und geschwollen, die Haut blass und trocken. Nie hätte sie damit gerechnet, jemals so erschöpft auszusehen. Ihr Blick strahlte etwas Kluges aus. Dazu war sie noch immer hübsch, obwohl sie in kaum einer schlechteren Verfassung sein konnte. Sie war sich dessen bewusst, welche Konsequenzen und Risiken ihre neue Lebensweise barg. Sie wusste, dass all das kein gutes Ende für sie nehmen konnte, doch sie hatte sich mit den Umständen abgefunden, weil sie bereits zu tief in diesem Sumpf gefangen war. Sie würde es so lange ertragen können, wie es Alkohol gab. Dabei hatte sie alle Möglichkeiten, ihr Leben zu ändern, doch sie hatte längst den Willen verloren, es zu versuchen. Sie hatte sich mit allem abgefunden, was noch kommen könnte, während es ihr gar nicht lag, auf wundersam unerwartete Wendungen zu hoffen, überhaupt lag ihr das Hoffen nicht.

Ihr Umfeld würde einst ihr verschwendetes Leben und ihr Potenzial beklagen, doch es spielte keine Rolle, was das Umfeld sagte oder sagen würde. Sie maß dem keine Relevanz zu.

Sie öffnete den Spiegelschrank. Das morgendliche Ritual setzte sich fort: Alles, was nicht gesehen werden sollte, wurde korrigiert, wurde übertüncht. Im Grunde genommen, waren es nur die Augen, die besonders stark geschminkt werden mussten. Der Rest war unwesentlich. Etwas Rouge, um frisch auszusehen und das neue Gesicht war fertig. Das Schminken bereitete ihr keine Freude, aber es war ein notwendiges Übel, um ihre Lebensweise zu verbergen. Es funktionierte.

Hanna begab sich in die Küche, wo sie sofort die Kaffeemaschine betätigte. Sie wusste, sie würde keinen Tag ohne die Drogen des Alltags überleben. Der Kaffee hielt sie wach, die Zigaretten hielten sie für eine gewisse Zeit ruhig. Sie wollte sich nicht vorstellen, was sie ohne diese Alltagshelfer geschehen würde.

„Guten Morgen", hörte sie hinter ihrem Rücken. Es war eine fröhliche, hohe Stimme, die sie jeden Morgen zusammenfahren ließ, denn sie sprühte nur so von Optimismus.

Hanna murmelte ein unkenntliches „Morgen", ohne sich umzudrehen, bis ihr Kaffee fertig war. Der Prozess des Kaffeeflusses in die Tasse war für sie interessanter als die Gesprächspartnerin. Nachdem die Kaffeemaschine endlich ihr Werk getan hatte, hatte Hanna bereits verdrängt, dass sie nicht alleine in der Küche war. Sonst wäre sie sofort geflohen.

Stattdessen setzte sich Hanna an den Tisch, wo sie Sonja sich gegenüber vorfand. Sonja war in ihrem Haus als Kindermädchen von Hannas kleinem Bruder, Jonathan, tätig. Sie arbeitete erst seit etwa sechs Monaten hier. Als die viele Jahre in Hannas Haus tätig gewesene Putzkraft verstorben war, übernahm Sonja auch ihre Funktionen. Sonja war eine durchschnittlich große Frau überdurchschnittlich breiten Körperbaus. Ihre Haare waren leicht gelockt und hatten einen hellen, natürlichen Rotton, ihr hübsches, symmetrisches Gesicht war leicht überzogen mit Sommersprossen und wurde von Hamsterbäckchen eingerahmt. Trotz oder gerade wegen ihres Körperbaus wirkte sie sehr weiblich.

Wenn sich Hanna eine typische Hausfrau und Mutter ausmalen müsste, dann wäre Sonja die optimale Vorlage.

Mit ihren 30 Jahren war sie voller übereifriger Bereitschaft für eine Familiengründung und zu naiv, um in einer Gesellschaft zu überleben, die Hanna ihrerseits als grausam einstufte.

Hanna wusste auch, dass Sonja mit Andreas, ihrem Stiefvater, schlief. Das war nicht zu übersehen und erst recht nicht zu überhören, aber Sonja war in ihrer Gedankenwelt zu romantisch veranlagt, um ihn auszunutzen oder zu verletzten, sodass von ihr keine Gefahr für seine sensible Gefühlswelt ausging. Aus diesem Grunde schwieg Hanna über ihr Wissen, denn solange niemand Nachteile von jener Affäre davontrug, war ihr diese Angelegenheit absolut gleichgültig, obwohl sie wusste, dass ihr einst Andeutungen herausrutschen würden, wenn nicht sogar eine umschweifende Stellungnahme zu interspezifischer Paarung, die nun wirklich niemand hören sollte.

Hanna schlürfte von ihrem Kaffee, ohne Sonja anzusehen. Sonst hätte sie bemerkt, dass etwas anders war als sonst.

Sonja zögerte eine Weile und fuhr dann auf gut Glück fort: „Ich wollte mit dir reden."

Hanna verdrehte gedanklich die Augen, schaltete ihr Gehör ab und versuchte in eine Traumwelt zu fliehen oder sich unsichtbar zu machen. Es wollte nicht klappen.

„Hanna, ich will mit dir reden", wiederholte Sonja mit Nachdruck den Versuch der gedanklichen Flucht erkennend, und Hanna bemerkte, dass Sonja etwas auf dem Herzen lag. Nur war es der ungeeignetste Zeitpunkt für einen verbalen Austausch, wenn Hanna nicht ganz wach war und zu allem Überfluss verkatert, aber Sonja war nicht feinfühlig genug, um das zu erkennen. Hanna war außergewöhnlich schlecht gelaunt und das verhieß nichts Gutes.

Etwas war stets in Hanna vorhanden, das sie dazu

veranlasste, Sonjas Weltbild zu beleidigen, ihre Gefühle zu verletzen, aber heute war es besonders stark.

„Wenn es nicht um Leben und Tod geht, dann nicht jetzt“, erwiderte Hanna. Sie hoffte, Sonja würde später Andreas mit ihrem Anliegen belästigen, sodass es Hanna gänzlich erspart bleiben würde. „Rede doch einfach mit Andreas darüber“, fügte sie hinzu.

„Aber Hanna, es geht um Andreas und ich muss mit *dir* darüber sprechen“, stammelte Sonja.

Hanna erkannte sofort, was Sonja sagen wollte und fauchte, sich aufgrund von Sonjas Aufdringlichkeit vergessend: „Ja, ich weiß, dass du eine Affäre mit Andreas hast.“ Die Versuchung, das Wort „Affäre“ in Zusammenhang mit Sonja zu benutzen, war zu groß. Hanna war davon überzeugt, dass Sonja das Wort „Affäre“ mit dem Wort „Schlampe“ assoziieren und dieses zu „Hure“ weiterdenken würde. Etwas Verletzenderes hätte Hanna kaum äußern können und ein Teil von ihr genoss diese Macht, das schwächere Individuum zu quälen. Sonja schwieg erstaunt und beschämt. Hanna sah Sonja nicht an, das brauchte sie nicht, um Sonjas Gesichtsausdruck einzuschätzen. Sonja hingegen wagte nur einige kurze, verstohlene Blicke in Hannas Richtung, nicht um Blickkontakt herzustellen, sondern um in Erfahrung zu bringen, was Hanna fühlte oder dachte, aber Hanna dachte und fühlte gar nichts. Dennoch wollte sie ihre Aussage verdeutlichen, also fügte sie ruhig hinzu: „Ich weiß, dass ihr miteinander fickt und es ist mir egal.“

Auch diese Aussage musste Sonja verletzen, weil Sonja eine Familie wollte, weil sie wollte, dass Hanna Teil dessen würde, wie Hanna wusste, aber Hanna wollte nicht Teil dieser romantischen Inszenierung sein. Sonja mit ihrer Naivität und Emotionalität widerte sie an.

Sonja stand auf und ging in der Küche auf und ab, sammelte sich, fügte ihre Gedanken zusammen, verkettete sie zu Sätzen und brachte endlich aus sich heraus: „Ich bin schwanger.“ Ihre Stimme zitterte, sie begann zu schluchzen. Hanna sah unwillkürlich zu ihr hoch.

„Glückwunsch“, brachte sie verwirrt hervor. Ihre Äußerung hatte einen sarkastischen Unterton, obwohl sie nicht sarkastisch gemeint war. Dabei handelte es sich um eine reflexartige, anerzogene, aber nicht ganz verinnerlichte Reaktion. Hanna wusste nicht, wie sie es meinte, weil der Gedanke noch nicht zu ihrem Bewusstsein vorgedrungen war.

Sonja setzte erneut an: „Ich bin schwanger, ich liebe Andreas. Verstehst du eigentlich, was das bedeutet? Was das für *uns* bedeutet?“

Hanna nickte und sagte mit fester Stimme: „Für *uns* bedeutet das gar nichts, aber für dich bedeutet das, dass du endlich deine *perfekte* Familie gründen kannst.“ Diesmal war der sarkastische Klang bewusst gewählt.

„Du glaubst, ich will ihn ausnutzen, wie es deine Mutter getan hat? Hasst du mich? Bist du eifersüchtig? Hast du Angst, deinen Vater zu verlieren?“

In Hanna stieg Wut auf, denn die Unterstellung jener Gefühle beleidigte sie. Hanna war wie ein Pulverfass, das oftmals zu explodieren drohte und Sonja gelang es häufig unbewusst, gefährliche Schalter umzulegen.

Hanna führte aus: „Nein, Sonja, ich glaube nicht, dass du ihn ausnutzen willst. Dafür wärst du geistig zu beschränkt oder mit deinem Vokabular ausgedrückt: zu dumm. Du bist nicht dazu in der Lage, einen Mann auszunutzen oder mit deinen Reizen zu überlisten, weil du keine Reize hast und darum denke ich, Andreas ist bei dir in guten Händen. Aus dir wird eine gute Mutter und eine gute Ehefrau. Ich hasse dich nicht und sehe dich nicht als Konkurrenz. Ich halte dich nur für minderwertig, aber es ist ein Fehler, viel auf meine Meinung zu geben.“

Sonja schreckte einige Schritte zurück, tastete sich an

einen Stuhl und setzte sich. Ihr Blick blieb auf Hanna fixiert. Sonja sah aus wie ein in die Ecke gedrängtes, verwundetes Tier. Hanna begann sich in der Tyrannenrolle unwohl zu fühlen und blickte zurück auf ihre Kaffeetasse. Sie hatte mit ihrer Ausführung zu dick aufgetragen und würde sie es sich gestatten, so hätte sie sich für ihr Verhalten geschämt.

Sonja weinte lautlos, Hanna schloss die Augen und genoss die kurzlebige Ruhe. Sonjas Schweigen war derart tiefsinnig, dass Hanna sich wünschte, es würde niemals enden.

Doch es endete: „Du bist so... *böse*“, sagte Sonja plötzlich laut, „so verbittert! Ich habe leere Alkoholflaschen unter deinem Bett gefunden. Du bist so jung. Wieso tust du dir das an? Ich will doch nur, dass wir alle eine Familie werden.“

Hanna lachte auf: „Was geht es *dich* denn an, was unter *meinem* Bett liegt? Was ist das denn für eine Unart, sich in fremde Angelegenheiten einzumischen? Ich bin *nicht* wie du, in keinem denkbaren geistigen Zustand. Finde dich endlich damit ab, dass es falsch ist, von sich auf andere zu schließen und dass deine Vorstellung von der *perfekten* Familie nur ein gedankliches Konstrukt ist, dessen Erfüllung so unwahrscheinlich ist, dass sie sich bis zur Unmöglichkeit erstreckt.“

Sonja verstand oftmals Hannas komplex aufgebaute Sätze nicht und nahm deren Inhalt häufig lediglich anhand von Schlagwörtern auf. Diesmal stimmten ihre Interpretation und das von Hanna Gesagte überein.

„Ich will nicht schlecht von dir denken. Ich will dich *verstehen*. Ich will verstehen, wieso du meinen Traum von Familie so schlecht redest und immer so gemein bist“, warf Sonja voller Tränen ein.

„Weil ich das Wort *Realität* buchstabieren kann.“

„Und was ist mit der Hoffnung? Wieso willst du immer

alles zerstören?“

„Ich will gar nichts, schon gar nicht erst etwas zerstören. Im Gegensatz zu deinen Aussagen haben meine keinerlei manipulative Absichten. Mir geht es um reine Meinungswiedergabe. Träume allein bringen niemanden weiter und Hoffnung ist etwas für Schwache, die sich mit der Realität nicht abfinden können oder wollen, aber wir wissen ja beide, dass du überlebensunfähig bist.“

„Ich *malipuniere* dich nicht! Wieso denkst du so etwas? Du tust mir leid!“, brachte Sonja erst flüsternd, dann schreiend aus sich heraus und verließ eilig den Raum, Hanna damit die Möglichkeit nehmend, das „malipuniere“ zu korrigieren.

Hanna blieb rührungslos sitzen und dachte über Sonja nach: Sonja hatte einen schlechten Schulabschluss, nicht aus Faulheit, sondern aus Unfähigkeit, konnte nur Erzieherin werden, obwohl sie Grundschullehrerin oder Sozialarbeiterin hatte werden wollen und hatte zufällig den Job in Hannas Haus bekommen. Sonja war wohlbehütet aufgewachsen und hatte wenig Schlechtes von der Welt gesehen, wodurch sie kaum emotional belastbar war, doch sie war glücklich und ein zutiefst guter Mensch. Sie schätzte ihr Leben, erfreute sich an Kleinigkeiten, wachte immer gut gelaunt auf. Bei aller Naivität hatte sie Hannas Abneigung nicht verdient. Sonja war Idealistin, Hanna Perfektionistin, doch die Perfektion war längst verflogen. Die Perfektion war flüchtig, die Ideale fest verankert und wenn auch nie erreicht, blieben sie ein Ansporn. Die Perfektion war eine alte, verstaubte Urkunde an der Wand, die an wertlos gewordene Erfolge erinnerte, deren Grundlage verschwunden war. Die Perfektion war verflogen, vielleicht hatte sie nie existiert. Die naiven Idealisten hatten gewonnen.

Vielleicht war es das, was Hanna so erzürnte – die Niederlage vor den Ungebildeten, vor den Realitätsfernen.

Die Unwissenheit machte selig und das Wissen saugte die Lebenskraft aus, denn es gab so viel, das man besser nie erfahren und erleben sollte.

Jetzt erst wurde Hanna bewusst, was es bedeutete, dass Sonja schwanger war. Es würde bald ein neues Leben heranwachsen, das liebevoll großgezogen werden würde. Was würde Hanna diesem Kind schon zu bieten haben? Sarkastische, verbitterte Bemerkungen? Ihre Ressourcen waren erschöpft. Alles fort, investiert in Tote. Der Gedanke an das Baby stimmte Hanna weder traurig, noch glücklich, es änderte nichts an der bodenlosen Leere, die sie nach und nach verschlang. Hanna würde dieses Kind nicht lieben können, weil sie sich nie wieder erlauben würde, jemanden zu lieben.

Kapitel 2: 2015

Langer, langer Flur.

Goldschimmernde Tapete und Licht aus den Fenstern.

Sie liebte ihn. Nicht wie einen Bruder. Sie liebte ihn, wie eine Frau einen Mann.

Was sollte sie tun? Sie empfand sich als nicht hübsch genug für ihn und er war ihr leiblicher Bruder. Das war unmöglich zu ändern. Genauso unmöglich zu ändern schienen auch ihre Gefühle. Und so schlich sie sich an vielen Wochenendmorgen in sein Zimmer, während er schlief. In diesen Minuten, manchmal Stunden, gehörte er nur ihr. Er schlief tief und hörte sie nicht. Er wachte nicht einmal von ihren Berührungen auf. Falls er sie doch einst bemerken sollte, würde sie sich herausreden. Sie konnte immer rechtzeitig erkennen, wenn er kurz vor dem Erwachen stand und sein Zimmer unbemerkt verlassen.

Kein Verdacht. Und keine Hoffnung. Ihre Zuneigung war so unwahrscheinlich in ihrer Erfüllung, so absurd, *so pervers,* dass es niemals jemand ahnen würde.

Leonie blieb vor einem großen Spiegel im Flur stehen. Ihre Mutter liebte Spiegel. Das große von Leonies Eltern kernsanierte Haus mit hohen Decken, langen Fluren und riesigen Räumen lud dazu ein, die Wände mit Spiegeln zu schmücken. Leonie hasste sie. Diese teuflischen Gegenstände raubten ihre Illusionen, rissen sie in die Realität zurück.

Im Grunde genommen konnte sie sich nirgendwo in eine Traumwelt flüchten, in der sie sich schön, schlank und bedeutsam fühlte, denn an keinem Ort fühlte sie sich erwünscht.

Leonies Mutter liebte die Perfektion. Sie spielte die Rolle der attraktiven Ehefrau eines erfolgreichen Arztes. Den Kindern fielen die Rollen von Vorzeigeobjekten zu. David erfüllte diese Rolle, ohne sie spielen zu müssen. Man konnte ihn für alles loben, was er mühelos tat, jedem Nachbarn seine Zeugnisse und Urkunden vorzeigen, um Bewunderung für die elterliche Erziehungskunst zu ernten, ohne dass diese sich je an seinen Leistungen, abgesehen von finanziellen Förderungen, beteiligt hätten.

Leonie erfüllte diese Rolle bei größter Mühe nicht. Sie hatte nicht einmal Durchschnittlichkeit vorzuweisen. Sie fühlte sich in diesem Haus wertloser als jeder Gegenstand und sie fühlte sich durchgehend wertloser als Hanna. Sie hasste Hanna; sie liebte Hanna. Hanna als Konkurrentin, Hanna als Mutterfigur und Vorbild, nur vier Jahre älter als Leonie selbst. Es gab keine Trennung zwischen Liebe und Hass. Beide Gefühle existierten parallel, ohne sich in Leonies Gefühlswelt auszuschließen. Sie waren verflochten zu einem untrennbaren Strang kochender Emotionen. Neben diesem emotionalen Chaos aus Liebe und Hass bestand die unerträgliche Angst, Hanna stünde David näher als sie selbst.

Der Spiegel! Dieser abscheuliche Gegenstand, der dafür geschaffen zu sein schien, Leonie mit verhasster Wahrheit zu quälen. Sie sah hinein: Ein dunkelhaariges, blasses Mädchen, 14 Jahre alt, IQ von 50, sagte ihr Vater, Hanna hingegen meinte, Leonie sei clever und Schulnoten hätten nicht viel zu sagen. Dünn, aber doch zu fett, zierlich mit feinen Gesichtszügen, flachbrüstig, süß, aber nicht schön, nicht attraktiv, nicht *geil.* Ihre Haare waren lang und dünn, sie hatte sich die Haardichte und die Brüste erbrochen, dabei sollte doch nur das Fett erbrochen werden! Sie versuchte ständig, ihre Nichtigkeit, ihre Liebe und ihren Hass aus sich heraus zu erbrechen, zu kratzen, zu ritzen und zu reißen. Es gelang ihr nicht. Tief in ihrem Inneren wusste sie, dass sie nicht hässlich war, doch sie widerte sich an, denn wenn sie niemand schätzte, war sie wohl nicht gut genug, um geschätzt zu werden.

Leonie konnte Hanna nicht das Wasser reichen. Hanna hatte immer schon Bewunderer gehabt, Bekannte, die *mehr* wollten und sie hatte sogar die Güte, solche Bewunderer nicht bloßzustellen, obwohl sie es doch konnte. Wie gerne Leonie über solche Dinge Macht hätte, um sich ihre Überlegenheit zu beweisen und nur für eine schwärmende Aussage aus dem Munde eines Mannes, *irgendeinen* Mannes, wäre Leonie zu sterben bereit, aber Hanna war ein Miststück, welches das, wonach sich Leonie so sehr sehnte, nicht zu schätzen wusste, verwöhnt von männlicher Aufmerksamkeit. Wie gerne Leonie nur ein Mal von diesem Gift der Selbstsicherheit und Arroganz kosten würde, wie gerne ließe sie sich davon berauschen und einnehmen, aber dies würde nie geschehen und wenn doch, so würde das kleine Lichtlein ihres Scheins durch den Schatten von Hannas Grandiosität erstickt werden.

Auch David war weibliche Aufmerksamkeit gewöhnt und selbstsicher, er hatte viele Frauen, doch solange es nicht Hanna war, war es für Leonie erträglich, denn zu anderen Frauen verspürte er keine Verbundenheit. Hanna schätzte er, respektierte er, bewunderte er. Wenn er mit Hanna schliefe, wäre es mehr als bloß Lust oder Leidenschaft, sie würden *Liebe machen.* Am Ende wäre es Liebe und Hanna wäre die Einzige, die seine Liebe verdiente, denn sie war in jeder Hinsicht gut genug für ihn, aber Leonie redete sich ein, sie würden es nicht tun, um ihre Freundschaft zu wahren. Leonie glaubte, sie kannten sich zu lange, um auf einander sexuell aufmerksam zu werden. Sie hoffte es wie nichts anderes.

Spiegel! Abartiger Spiegel!

Leonie entfernte sich von der Quelle der bösen Gedanken und ging Richtung Davids Zimmer. 10 Uhr. Sie hatte schlecht geschlafen, weil sie die ganze Nacht eine Stimme zu hören geglaubt hatte, eine Frauenstimme. Sie hatte wie Hannas Stimme geklungen. Dieses Miststück verfolgte Leonie nun schon im Schlaf. Sie hatte sich die ganze Nacht Hannas Stöhnen eingebildet, als ob Hanna mit David schliefe. Anschließend stellte sich Leonie vor, selbst mit David zu schlafen und masturbierte. Sie tat es über Stunden, bis ihre Finger taub und ihr Schoß wund wurden, bis sie spät in der Nacht erschöpft einschlief. Es konnte nicht sein, dass sich jemand außer ihren Eltern und David im Haus befand, denn David brachte niemals Mädchen mit nach Hause. Vielleicht verlor sie endgültig den Verstand.

Nun schien es still, er schlief wohl noch. Wenn nicht, würde sie sich herausreden.

Kapitel 3: 2017

Kurze Zeit später betrat Andreas die Küche, wo Hanna wie zuvor beinahe regungslos saß. Ihr Kaffee war fast leer und der in der Tasse verbliebene Rest kalt. Sie stand auf, ohne ihn zu begrüßen und bereitete die Kaffeemaschine für einen neuen Aufguss vor, indem sie Kaffeebohnen und Wasser nachfüllte.

Entweder hatte Andreas frei oder er arbeitete heute von Zuhause aus, was er sicherlich zuvor erwähnt hatte, doch sie hatte es anscheinend vergessen oder es sich gar nicht erst gemerkt.

Er war Richter beim Familiengericht und arbeitete oftmals im Homeoffice. Andreas war ein blonder, schlanker Mann, der niemals etwas anderes trug als Anzug und Hemd. Er hatte eine fürsorgliche, angenehme, zuvorkommende, jedoch unterwürfige Art. Er weckte Mutterinstinkte, denn Hanna hatte ständig den Drang, ihn zu packen und ganz fest zu knuddeln. Es blieb Hanna immer ein Rätsel, wie er beruflichen Erfolg als Richter haben konnte, denn Autorität strahlte er ganz und gar nicht aus.

„Fast drei Uhr. Wie lange bist du schon wach?“, fragte er.

Hanna sah ihn gereizt an.

Andreas lächelte. „Du hast eine weitere Zusage von einer Uni bekommen. Molekularmedizin“, verkündete er mit einem geöffneten Briefumschlag in der Hand.

„Ich habe mich dafür nicht eingeschrieben. Ich hasse Chemie. Seit wann öffnest *du* meine Post?“ Es musste sie aus Prinzip verärgern, weil es ihre Privatsphäre verletzte, doch sie war nicht verärgert oder viel zu müde, um sich aufzuregen.

„*Ich* habe dich dort eingeschrieben“, antwortete Andreas, „es wird Zeit, dass du etwas Richtiges machst.“

Dies war eine weitere Zusage auf dem großen Stapel neben Medizin, Psychologie, Jura und einer Unmenge anderer Studiengänge.

„Wo?“, fragte Hanna, ohne es ernsthaft wissen zu wollen.

„Göttingen.“

„Du willst mich loswerden.“ Für einen kurzen Augenblick sah Hanna einen denkbaren Wahrheitsanteil in ihrer scherzhaften Bemerkung nach Sonjas Update bezüglich der Schwangerschaft. Schließlich war Hanna keine Person, die man um sich herum haben wollte, wenn man glücklich zu sein anstrebte.

„Ich denke nur, es wäre gut für dich, etwas Neues zu sehen. Ein Ortswechsel würde dir guttun“, erklärte Andreas wohlwollend.

Hanna hatte keine Energie für lange Anläufe, die sich Andreas vorgenommen hatte, um das Gespräch auf das angestrebte Thema zu lenken. Sie stellte ihn zur Rede: „Sonst legst du meine Post auf den Küchentisch, statt sie mir persönlich zu überreichen, und zwar ohne sie eigenmächtig zu öffnen. Wie komme ich zu der Ehre der persönlichen Übergabe? Nein, lass mich raten: Du willst mir etwas sagen und benutzt das als Vorwand, um mit einer zweitklassigen Überleitung das Thema zu wechseln.

Lass mich raten: Sonja?“ Sie klang überheblich-spielerisch, meinte es aber keineswegs herabwürdigend.

„Sie hat es dir gesagt“, stellte Andreas fest.

„Jip, gerade erfahren. Ich bekomme ein Geschwisterchen.“ Andreas blickte sie ratlos an. „Dir ist klar, dass ich weiß, dass man, um ein Kind zu zeugen, eine gewisse Arbeitsleistung – in der Regel wiederholt – erbringen muss. Von deinem Engagement in diesem Bereich weiß ich auch schon seit Langem. Staune nicht. Die Wände sind zwar dick, aber *so* dick nun auch wieder nicht.“

Hanna grinste, während Andreas errötete und betätigte endlich die Kaffeemaschine.

„Ich wusste nicht, dass du von der Beziehung weißt. Von der Schwangerschaft habe ich erst gestern definitiv erfahren. So war das alles gar nicht geplant. Wir wollten uns erstmal Zeit lassen und dann geschah es. Ich wollte, dass du von der Beziehung durch *mich* erfährst, aber das ging so schnell, die Schwangerschaft kam so unerwartet -“, setzte Andreas an.

„Beziehung also“, fiel Hanna ihm ins Wort, „also *wirklich* etwas Ernstes. Und? Wie geht es dir damit?“ Die Maschine begann die Bohnen zu mahlen.

„Wir sind glücklich. Ich will dieses Kind, aber ich will auch wissen, was *du* willst.“ Andreas musste lauter reden, um nicht von der Kaffeemaschine übertönt zu werden.

„Welche Rolle spielt das?“ Hanna steigerte erheblich die Lautstärke ihrer Stimme, um gegen die Maschine anzusprechen, „Angenommen ich wäre gegen dieses Kind; angenommen ich würde protestieren: Was würde das ändern? Könntest du Sonja von der Geburt *eines Kindes* abbringen? Das Leben ist ihr heilig, sie geht im Gegensatz zu dir nicht nur aus Tradition jeden Sonntag in die Kirche. Könntet ihr etwa *meinen Willen* gegen *das Leben* eines ungeborenen Kindes aufwiegen? Egal was ich sage oder

tue: Das Kind wird geboren.
Wenn ich also keinen Einfluss darauf habe – welchen Sinn hat es zu fragen, was ich will?“ Hanna lächelte ihn auffordernd an.

Andreas setzte sich auf den Platz, den Sonja zuvor belegt hatte.

„Willst du, dass das Baby *nicht* geboren wird?“, fragte er besorgt.

Hanna zuckte mit den Schultern. Solange die Kaffeemaschine arbeitete, musterte Hanna Andreas nachdenklich. Sie wusste, dass ihm ihre Antwort viel bedeutete.

„Ich weiß es nicht“, sagte sie, als die Maschine verstummte. Nach einigen Sekunden Schweigen äußerte sie schließlich: „Ich wüsste wirklich nicht, was gegen dieses Kind sprechen soll, doch wie soll es weitergehen?“

Andreas verstand genau, was Hanna meinte. „Ja, Kind, Verantwortung, eine frische Beziehung.“ Er gab nach jedem Glied der Aufzählung ein nachdenkliches Nicken von sich.

„Genau das meine ich. Was hast du vor?“

„Was denkst du, sollte ich vorhaben?“

Hanna schüttelte den Kopf und setzte sich zu ihm. „Das frage ich dich doch gerade, sprich offen.“

„Nein, ich will zunächst *deine* Meinung hören. Sie bedeutet mir viel.“

Hanna fuhr enttäuscht fort, denn ihm fehlte wie so oft der Mut, das, was er dachte, auszusprechen: „Ich finde Sonja zum Kotzen. Sie ist nervig, nicht auf deinem geistigen Niveau und ein Emotionsjunkie, *aber* sie wäre eine gute Mutter. Ich weiß nicht, was du empfindest, aber sie ist in dich verliebt und sie tut dir offenbar gut. Ob du sie vor die Tür setzt und lediglich Unterhalt zahlst oder eine feste Beziehung mit ihr eingehst, liegt an dir. Ich kann dir nicht mehr sagen als das, worauf du selbst kommen würdest.“

Andreas verzog seinen Mund zu einem unterdrückten Lächeln und Hanna wusste sofort, dass alles, was sie sagte, bedeutungslos war, weil er eine Entscheidung getroffen hatte. Sie sah ihn ungeduldig an, doch Andreas war noch nicht nach einem Outing.

„Sie ist toll, weißt du, Hanna? Einfach toll! Ich bin so vielen Frauen begegnet, die wunderschön waren, Frauen mit Modelmaßen, mit einer Bildung, die mich vom Hocker riss, aber sie waren alle kompliziert und anspruchsvoll, ich musste mich immer neben ihnen profilieren, ihnen zeigen, was ich kann, indem ich meinen Status präsentierte. Ich kam mir vor, wie ein Äffchen, das Kunststücke vorführen musste, um eine Belohnung zu bekommen. Bei Sonja habe ich zum ersten Mal das Gefühl, diese Maske nicht zu brauchen. Ich kann ich selbst sein. Ich muss ihr nichts vormachen. Es ist so wundervoll, endlich man selbst sein zu können. Verstehst du mich, Hanna? Es lebt sich so wunderbar einfach mit ihr.“

Hanna verkniff sich ein Lächeln. In all den Jahren hatte sie Andreas selten glücklich erlebt und auch wenn sie viele Bedenken wegen der kurzen Beziehungsdauer, der Bildungsunterschiede und Sonjas nervtötender Art hatte, konnte sie sich nicht gegen diese Verbindung aussprechen, denn sie gönnte Andreas alles Glück der Welt. Und Sonja konnte ihn glücklich machen.

„Was hast du jetzt also vor?“, fragte Hanna, weiterhin ein Lächeln unterdrückend.

Andreas atmete tief durch und kramte in seiner Hosentasche, aus der er etwas hervorzog. Es war eine kleine mit dunkelblauem Velours überzogene Schmuckschachtel. Hanna zog die Augenbrauen vorahnungsvoll hoch, während Andreas sie öffnete. In der Schachtel befand sich ein schmaler, goldener Ring mit einem großen, geschliffenen Stein, einem Diamanten, bei

Andreas waren es immer Diamanten.

„Denkst du, er wird ihr gefallen?“, fragte Andreas aufgeregt.

Hanna entnahm den Ring aus der Schachtel und stülpte ihn über ihren Zeigefinger, dann über ihren Daumen. Er war ihr viel zu groß.

„Er ist wunderschön“, antwortete Hanna, „schlicht und dennoch nicht unscheinbar.“ Hanna legte ihn zurück in die Schachtel, während Andreas erleichtert aufatmete und sie mit seinen schneeweißen Zähnen anstrahlte.

„Ein Antrag also“, konstatierte Hanna.

„Ja.“

„Ganz sicher?“

„Ganz sicher.“

Hanna legte ihm die Schachtel in die Hand und schloss seine Finger um sie.

„Ich wünsche euch alles Beste“, sagte sie aufrichtig, seine Hand in ihren Händen haltend, „aber nimm besser eine rote Schachtel“, fügte sie hinzu, „rot wie die Liebe und so, würde ihr besser gefallen. Sie mag rote Blumen, jedenfalls pflanzt sie sie überall hin, also wird ihr auch eine rote Schachtel besser gefallen, nehme ich an.“

Sie wurden vom Telefon unterbrochen. Es war das Festnetztelefon mit seiner schrillen Melodie. Hanna wollte den Ton schon vor Jahren umgestellt haben, vergaß es jedoch permanent. Sie sahen einander auffordernd an, doch Hannas Blick war eindringlicher. Das Blickduell gewann sie immer mit ihren braunen Rehaugen, deren Wirkung sie flexibel einsetzen konnte.

Andreas stand auf, steckte den Ring in seine Hosentasche und ging an das Telefon, während Hanna die kommenden Veränderungen noch nicht realisierend, wenn nicht sogar verdrängend, an ihrem frischen Kaffee schlürfte. Sie musste ausziehen. Sie war eine Last für die neue Familie. Zudem würde sie Sonja nicht dauerhaft um

sich herum ertragen können.
Alles an Sonja trieb Hanna in den Wahnsinn und sie wollte Andreas‘ Glück nicht im Wege stehen. Hanna begann, nachzudenken. Sollte sie wirklich studieren? Dazu fühlte sie sich nicht im Geringsten bereit.

Andreas kam nach kurzer Konversation am Telefon mit den Worten „für dich“ in die Küche. Hanna flüsterte gereizt: „Wer?“ Sie wurde nie zu Hause angerufen, denn sie gab niemals ihre Festnetznummer an. Sie konnte sie ja nicht einmal auswendig. Andreas gab ihr mit seiner Körpersprache zu verstehen, dass er keine Antwort auf ihre Frage hatte und drückte ihr den Hörer in die Hand, bevor er sich halb tänzelnd vor Freude aus der Küche schlich.

„Bergen“, murmelte Hanna in den Telefonhörer, als würde sie ihren Nachnamen hinterfragen. Am anderen Ende hörte sie einen tiefen Atemzug und viele Stimmen im Hintergrund.

„Hallo?“, fragte sie lauter, davon ausgehend, dass der Anrufer sie nicht gehört hatte. Wieder keine Antwort. „Ich lege auf“, sagte sie gereizt. Sie stand kurz davor, den Hörer vom Ohr zu nehmen, als eine dunkle Männerstimme erklang: „Hanna, warte.“

Hanna legte den Hörer fest an ihr Ohr und fragte: „Wer ist da?“

Aus ihr in jenem Augenblick nicht ersichtlichen Gründen durchzog sie plötzlich ein Schaudern und sie spürte einen Druck in der Brust, während sie das Gefühl bekam, ihre Schultern, Rücken und Bauch würden taub werden. Das Gefühl war so verwirrend, dass sie die lange Redepause, die der Anrufer erneut einlegte, ignorierte und ungeduldig ihre Frage „Wer ist da?!“ laut wiederholte. Diesmal klang ihre Stimme panisch.

„Ich bin es, Hanna“, lautete die Antwort.

Hanna sah sich suchend in der Küche um, als würde sie vom Anrufer beobachtet werden. Sie atmete tief und schnell, während ihre freie Hand die Kaffeetasse verkrampft umklammerte.

Sie wiederholte ihre Frage im gleichen Tonfall, diesmal jedoch nervöser und lauter: „*Wer* ist da?!“

Der Atem des Anrufers zitterte kurz auf. „Ich bin es, Hanna. Ich bin in Bonn. Am Bahnhof. Ich...“, er hielt inne und atmete erneut tief ein, „können wir reden?“

Hanna kannte und erkannte diese Stimme trotz des zuvor nicht vorhandenen rauchigen Tones, doch das war unmöglich.

Sie brach leise aus sich heraus: „Du bist tot.“

„Nein, Hanna, nein“, widersprach die Stimme verzweifelt, „das bin ich nicht. Ich bin es, David! Wir müssen reden!“

Hanna sammelte sich und sagte dann mit aller Fassung, die sie aufbringen konnte: „Viertelstunde. Vor dem Hauptgebäude des Bahnhofs.“

Mit diesen Worten legte sie auf und starrte ausdruckslos auf den Tisch. Sie musste denken, doch ihr Denkvermögen war wie gelähmt. Andreas kam wieder herein und fragte, wer angerufen hatte. Hanna konnte ihm nicht antworten, der Name ging ihr nicht über die Lippen, der Gedanke war absurd. Sie legte das Telefon nieder, rannte in den Flur, begann sich dort hektisch ihren Wurfmessergürtel umzulegen und sich anzuziehen. Nach einer kurzen Diskussion mit Andreas beschlossen sie, dass er sie zum Bahnhof fahren würde, ohne weitere Fragen zu stellen. Das liebte sie an ihm: Er stellte niemals unnötige Fragen.

Kapitel 4: 2017

Die Fahrt dauerte länger als eine Viertelstunde, weil der Verkehr sehr dicht und ihre Zeiteinschätzung um jene Uhrzeit unrealistisch gewesen war. Hanna konnte den Wochentag nicht einordnen. Ihre Gedankenströme waren so gut wie abgeschaltet, da sie sich nicht in Aufregung hineinsteigern wollte. Die Gedanken suchten die ganze Fahrt über nach dem Wochentag. Sie verknüpfte und ordnete banale Ereignisse, um den Wochentag zu ermitteln, weil es das neutralste Thema war, das ihr in den Sinn kam, doch dies verhinderte nicht, dass sie ununterbrochen das Gefühl hatte, ihr gesamtes Innerstes sei am Beben. Ihr Magen schien sich zu überschlagen, während sie das Gefühl hatte, ihre Brust schoss Feuer in ihren Rachenraum. Sie krümmte sich hin und her, kratzte an ihren Fingerkuppen, biss sich auf die Lippen und betrachtete ihr Spiegelbild im Seitenspiegel des Wagens. Dabei fiel Hanna auf, dass die Revolte des Körpers gegen die Ablenkung durch Trivialitäten nicht im Geringsten an ihrer Mimik sichtbar war.

Am Bahnhof angekommen, verschärfte sich das entsetzliche Gefühl, das sie während des Telefonats überwältigt hatte, um Welten und verschmolz mit der

Unruhe, die sie im Auto überkommen hatte, zu blanker Panik. Sie spürte das Pochen ihres Pulses gegen ihren Hals, die Gänsehaut an ihren Armen und im Nacken. Sie wollte sich am liebsten übergeben. Das war gar nicht gut, unter keinen Umständen konnte *das* gut sein.

Andreas hielt an einer Bahnhaltestelle auf der gegenüberliegenden Straßenseite des Haupteingangs des Bahnhofes. Hanna konnte es nicht erwarten, das Auto zu verlassen, um die Beendigung ihres derzeitigen Zustandes zu beschleunigen, während sie zugleich hoffte, Andreas würde aus heiterem Himmel Vollgas geben und davonrasen, bevor sie aus dem Auto steigen konnte und somit verhindern, dass sie sich der Situation stellen musste.

Andreas brach das Schweigen: „Du hast dein Handy dabei. Sag Bescheid, wenn ich dich abholen soll." Sie nickte und verließ das Auto, warf die Tür zu, bemerkte, dass ihre Handtasche noch im Auto lag, riss schnell die Tür wieder auf, entnahm die Handtasche und warf die Tür mit voller Wucht erneut zu. Andreas musste sofort losfahren, weil die Bahn hinter ihm bereits im Rückspiegel zu sehen war Er winkte ihr im Vorbeifahren. Sie lächelte glaubwürdig.

Hanna wartete an der menschenüberfüllten Haltestelle, bis die Menge in die Bahn stieg, während eine kaum geringere Anzahl von Menschen aus der Bahn strömte und sich schnell in unterschiedliche Richtungen verteilte. Sie fühlte sich in der Menge verloren und überrannt; sie krallte sich in ihre winzige Umhängetasche, in die gerade mal ein Portemonnaie und ein Smartphone passten, wie an einen Rettungsring. Hanna stand den Passanten im Weg und schaffte es nicht, zur richtigen Seite hin auszuweichen, weil sie keinen klaren Kopf fassen konnte.

Erst als die Bahn abfuhr, warf sie ihre Tasche über eine Schulter und schritt zur Ampel, die sich vor dem Haupteingang des Bahnhofes befand. Sie versuchte jeden männlichen Passanten gründlich zu mustern, doch sah kein einziges bekanntes Gesicht. Mit jedem Schritt hatte sie aufs Neue das Gefühl, ihre Organe würden sich überschlagen. Dennoch konnte sie anhand von ihren Spiegelbildern in vorbeifahrenden und stehenden Fahrzeugen erkennen, dass ihre Schritte sehr entschlossen und selbstsicher wirkten. Nur ihre Finger, die am Wurfmessergürtel trommelten und am abgesplitterten Nagellack kratzten, verrieten ihre Aufregung.

Als sie den Bürgersteig vor der Ampel verlassen wollte, fühlte sie plötzlich eine zaghafte Hand auf ihrem Arm. Sie erkannte bereits aus den Augenwinkeln, dass es sich um einen verhältnismäßig jungen Obdachlosen handeln musste. Sie zog ihren Arm weg und zischte abwertend: „Nein!“ Sie beschleunigte ihre Schritte Ausschau haltend, ohne den Mann eines Blickes zu würdigen. Sie hasste es, dass man in Bonn kaum noch eine Straße überqueren konnte, ohne belästigt zu werden. Als sie die Ampel überquert hatte und direkt vor dem Hauptgebäude des Bahnhofes stand, fasste sie der Mann, der ihr offensichtlich gefolgt war, erneut am Arm an. Eine derartige Aufdringlichkeit hatte sie noch nie erlebt. Dabei sah sie nicht aus, als gäbe es bei ihr viel zu holen. Hanna schlug seine Hand angewidert und kraftvoll weg. „Pack mich nicht an!“, zischte sie mit vor Wut unterdrückter Stimme. Am liebsten hätte sie ihm mit einem ihrer Wurfmesser in einer fließenden Bewegung die Kehle durchgeschnitten. Sie wusste, dass sie das konnte. Wie erlösend das doch wäre – und vor allem ablenkend.

Mit einer starken, doch erstaunlich sanften Handbewegung packte sie der Mann am linken Arm, sodass sie sich um 90 Grad drehen musste und zu ihm gewandt stand.

Dann ergriff er ihren rechten Oberarm und drehte sie vor sich. Sie stand ihm jetzt direkt gegenüber. Er war sehr

stark, eine erhoffte Herausforderung. Passanten drehten sich nach ihnen um, einige blieben sogar stehen. Als ob sich jemand trauen würde einzugreifen. Sie starrten bloß aus Neugierde und Sensationsgeilheit. Eine junge, zierliche Frau wurde schließlich gerade von einem mikrobenverseuchten Mann belästigt. Wie könnte man sich eine solche Augenzeugen-Story entgehen lassen, mit der man als Mittelpunkt eines jeden Kaffeekränzchens brillieren würde?
Hanna fühlte sich nicht bedroht, doch umfasste sicherheitshalber den Griff eines ihrer Wurfmesser.

Sie an beiden Oberarmen festhaltend zog der Mann sie zu sich und sah in ihr Gesicht. Hanna sah ihn ebenso unwillkürlich an. Für gewöhnlich würde sie ihn mit einem Kampfsport-Move wehtun, sodass er sich nie wieder trauen würde, Passanten zu belästigen, doch sie tat es nicht. Sie starrte wie gefesselt in sein Gesicht, das sie nicht sofort erkannte, das Gesicht war ihr fast fremd, doch etwas an diesem Mann kannte sie, sie kannte diese Augen, sie kannte diesen Blick. „Hanna“, flüsterte der Mann und Hannas Blick füllte sich mit Entsetzen. Bevor er das Entsetzen erfassen konnte, umarmte sie ihn mit aller vorhandenen Kraft.

Kapitel 5: 2015

Hanna schnippte die Asche ihrer Zigarette mit zitternder Hand in den Aschenbecher. Sie atmete noch immer unregelmäßig. Ihre Bewegungen waren rein intuitiv und unbeholfen, denn sie fühlte ihre Gliedmaßen und ihre Lippen nicht mehr. Sie inhalierte genüsslich den Zigarettenrauch, der ihren trockenen Hals kitzelte und den sie unter ihrer Schädeldecke zu spüren glaubte. Sie atmete den Rauch durch die Nase aus und ließ ihren Kopf zur Seite fallen. Als sie dabei auf den Nachttisch mit dem Aschenbecher sah, fiel ihr Blick auf ein eingerahmtes Foto, auf welchem sie mit David und Leonie abgebildet war. Der Schnappschuss war bei einer Familienzusammenkunft vor wenigen Jahren entstanden. Die drei saßen nebeneinander, Hanna in der Mitte, David links und Leonie rechts, als hätte man sie nach Körpergrößen geordnet. Davids Arm war um Hanna gelegt und sein Oberkörper zu ihr geneigt, während sich Hannas Körper in Leonies Richtung neigte – oder eher von David weg. Sein Gesicht war erfüllt von Freude und Zufriedenheit, während Hanna etwas belustigt wirkte. Leonie saß mit einem größeren Abstand von Hanna entfernt. Hannas Hand ruhte auf Leonies Knie, als wollte sich Hanna daran festhalten, um sich von David wegzuziehen. Leonie lächelte nicht und blickte nicht in die Kamera, sondern nach rechts, sodass der Eindruck entstand, das Bild sei schief.

David hatte dieses Foto tatsächlich neben seinem Bett stehen. Er war nicht der Typ Mensch, der seine Umgebung mit sentimentalen Erinnerungsstücken schmückte. Dies war der einzige Gegenstand von emotionaler Bedeutung in seinem Zimmer und Hanna wunderte sich jedes Mal aufs Neue über diesen Anblick. Mit Sicherheit blickte er jeden Morgen, vom kreischenden Wecker geweckt, erneut auf dieses Foto. Seinen Blick dabei stellte sie sich alles andere als begeistert vor. Er sah dieses Foto auch jeden Abend, wenn er erschöpft zu Bett ging. Das müsste negative Assoziationen wecken, glaubte Hanna und fragte sich im selben Augenblick, ob er mit diesem Bild seinen Tagen einen Rahmen geben wollte. Dieser Gedanke bedingte eine zärtliche Zuneigung und einer Art Trost für das Aufstehen aus dem warmen Bett und die einsame abendliche Müdigkeit. Hanna verdrängte diesen Gedanken sofort. Er bedingte zu viel emotionale Gebundenheit, obwohl sie wusste, dass Leonie und sie die wichtigsten Menschen in seinem Leben waren.

Sie zog an ihrer Zigarette, atmete den Rauch genussvoll ein und drehte sich um. Neben ihr lag der Mann, mit dem sie eine wunderschöne Nacht und einen wunderschönen Morgen verbracht hatte. Sie strahlte ihn an und umarmte ihn, drückte ihre Wange an sein unrasiertes Gesicht. Er erwiderte.

Hanna wollte etwas sagen, etwas Nettes, doch fand keine Worte. Die Empfindungen der Nacht und des Morgens flossen noch immer jeden Nerv berührend durch ihren Körper.

David zog ebenfalls an seiner Zigarette. Er schwieg mit einem Gesichtsausdruck maßloser Zufriedenheit. Etwa wie auf dem Foto. Dieser Ausdruck unterschied sich von

Hannas strahlendem Lächeln, denn seine Gefühlslagen wurden eher durch seinen Blick verraten als durch seine Mimik. Bloß sah ihm Hanna selten in die Augen.
Er musterte Hannas Gesicht und erkannte darin einen seltenen Augenblick purer Offenheit gegenüber ihren eigenen Gefühlen, die sie so oft zu verbergen wusste. In jenem Augenblick machte sie weder ihm, noch sich selbst etwas vor. Sie war in jenem Augenblick glücklich. Er war glücklich. *Er* hatte sie glücklich gemacht. *Sie* waren glücklich. *Zusammen.*

Auf Hannas Gesicht spielte das Licht, das durch den wehenden Vorhang permanent seine Position änderte. Das tanzende Licht war überall: auf ihrem goldbraunen Haar, ihrer leicht gebräunten Haut, auf der cremeweißen Decke. Er fand sie wunderschön. Zudem bewunderte er ihre Persönlichkeit: Sie war kein überehrlicher Mensch, denn sie kannte das gesunde Maß der Wahrheit bis zur Unschädlichkeit für alle Beteiligten und wollte die Wahrheit nie um jeden Preis herstellen. Sie war auch kein blind in Sitten oder Moral verhafteter Mensch, doch genau das machte sie so unverwechselbar bewundernswert für ihn. Er bewunderte ihr von Dogmen freies Denken, ihr von Regelkonformität freies Wesen. Hanna war ein Mensch, dem es in Perfektion gelang, nach eigenen Regeln richtig zu handeln, immer mit dem geringsten Schaden für alle, doch mit der größten Fairness, der er je begegnet war. Ihre Regeln waren angepasst an ihren eigenen Begriff von Gerechtigkeit, ließen zugleich alles außer Acht, was unnötige Einschränkungen schaffte, denn sie schränkte sich nur selten und ungern ein. Dieses Verhältnis von Regeln und zweckgerichtetem Handeln zu wahren, war eine höhere Kunst, die er nicht zu beherrschen glaubte.

Hanna war ein Teil seines Lebens, welcher dieses auf eine vollkommene Art ergänzte. Und nun hatten sie eine Affäre oder eine Beziehung? Er wusste es nicht genau.

„Ich hoffe, niemand hat etwas gehört“, sagte Hanna.

David glaubte für einen kurzen Augenblick, sie wünschte sich, dass es jemand gehört hätte, dass sie der Gedanke reizte. Er schüttelte skeptisch den Kopf, ohne zu wissen, ob ihn seine Vermutung erregte oder irritierte.

„Das Haus ist hervorragend isoliert. Man hört hier nichts“, antwortete er.

„Trotzdem sollte niemand hiervon wissen.“ Sie zwinkerte ihm zu, setzte sich an den Bettrand und begann mit der Zigarette in einer Hand auf dem Boden nach ihren Kleidungsstücken zu suchen.

„Wieso?“ David richtete sich auf, löschte seine Zigarette und nahm Hanna die gefundene Kleidung sowie ihre Zigarette ab, die er im Aschenbecher ablegte. Er packte Hanna mit einem Arm um die Taille. Sie versuchte, zurückzuweichen. Auf diesen Widerstand reagierte David, indem er sie zurück in das Bett zu sich zog. Hanna lachte und wehrte sich spielerisch.

„Wusstest du, dass es Studien gibt, die belegen, dass Sex am Morgen sehr gut für das Immunsystem ist?“, fragte David mit einer verführerisch tiefen, aber unverstellten Stimme, seiner Hand an ihrem Schoß und einem tiefen Blick in ihre Augen. Er fand in Hannas Blick jedoch keine Erwiderung, sondern Skepsis. Sie küsste ihn. Es war nicht der Kuss einer Liebhaberin, sondern der Kuss einer guten Freundin, als hätte sich das Verhältnis binnen weniger Sekunden zurückentwickelt. Er begriff nicht, was diesen Umschwung ausgelöst hatte.

„Ich dachte, Sex sei zu jeder Tageszeit gesund“, versuchte Hanna unglaubwürdig lächelnd von ihrer abweisenden Reaktion abzulenken.

„Was hast du?“, fragte er beunruhigt.

„Nichts.“ Der Versuch, etwas vor David zu verbergen, war meistens zum Scheitern verurteilt. Hanna zögerte wenige Sekunden und dann brach es aus ihr heraus:

„David, ich weiß es nicht! Kennen wir uns nicht schon zu lange, um miteinander zu schlafen?“

David wandte sich ab und setzte sich. Hanna verbarg ihre bereits zugedeckten Brüste noch tiefer unter der Decke.

„Du schläfst regelmäßig mit mir und sagst mir dann zwei Wochen nach Beginn unserer sexuellen Beziehung, dass du das nicht kannst?“

Hanna wusste nicht, was sie antworten sollte. Sie war nicht triebhaft genug veranlagt, um sich der Lust nicht widersetzen zu können. Hanna zweifelte und fühlte sich in die Enge getrieben, ohne zu wissen, wieso. Sie war gut darin, andere Menschen zu durchschauen, war aber kaum dazu in der Lage, sich selbst zu verstehen. Sie kannte David zu lange, was ihr Urteilsvermögen auch in Bezug auf seine Einschätzung mit Voreingenommenheit trübte, sodass sie nicht verstand, was in ihm vorging und fürchtete, es gar nicht erst verstehen zu wollen. Ihr gingen einige Gedankenfragmente durch den Kopf und sie hatte plötzlich den Eindruck, ihrem Problem auf die Spur zu kommen.

Sie fragte, ohne den Gedankenstrang zu vollenden: „Wie lange wolltest du das schon?“

„Was?“

„Sex mit mir.“

„Ich weiß es nicht“, antwortete David, „ich war immer unvoreingenommen dir gegenüber und fand dich schon lange attraktiv.“

„Das sind viele Frauen, doch wir sind *Freunde.* Sex ist ein Risiko.“

„Ein Risiko wofür?“

„Für unsere Freundschaft, David.“

„Geht es dir wirklich nur um die Freundschaft?“

„Ist das nicht genug?“

Schweigen breitete sich in dem Raum aus. Hanna hatte die Befürchtung, dass David sie mehr als nur attraktiv fand, dass es ihm nicht nur um Sex ging, dass er *mehr* wollte. Seit sie sich kannten, hatte er sie bewundert und geschätzt, während sie ihn zu Beginn oftmals abgewiesen hatte. Vielleicht hatte er immer schon *mehr* gewollt. Sie wollte den Gedanken nicht weiterverfolgen, weil es in ein emotionales Gespräch mit unklarem Ausgang münden würde, auf das sie nicht vorbereitet war. Sie wollte alles gedanklich ohne Zeitdruck durchgehen. Um diesem Gespräch unmittelbar auszuweichen, durchforstete sie ihr Gedächtnis nach einem Problem, das ihre Zweifel anderweitig stützen konnte, einer Tatsache, die sie beide nicht bedacht hatten und die dazu geeignet war, von der Gefühlsproblematik abzulenken. Ja, sie suchte nach einem Ablenkungsmanöver, um das, was sie ahnte, nicht gedanklich in Worte kleiden zu müssen, geschweige denn auszusprechen.

Ihr kam etwas in den Sinn und sie fuhr fort: „Weißt du, David, für uns ist alles einfach. Wir sind erwachsen und schlafen miteinander. Das ist für uns nichts Besonderes, doch Leonie – sie ist erst 14. Sie denkt Sex ist gleich Liebe und wenn sie das mitbekommt, wirft sie das vielleicht aus der Bahn, dann bricht für sie eine Welt zusammen. Das wäre für sie so, als – als würden zwei ältere Geschwister Inzest treiben. Sie hat schlechte Noten, keine Freunde und deine Eltern setzen sie unheimlich unter Druck. Ich möchte sie nicht noch mehr belasten. Sie kommt ja jetzt schon kaum klar."

David dachte einige Minuten über Hannas Worte nach, während sie angespannt auf seine Reaktion wartete und das Rauchen fortsetzte, denn sie wusste, dass ihre Ausrede schlecht war. David hatte das geistige Potenzial, sie zu enttarnen, doch am Ende seiner Überlegungen nickte er.

„Dann müssen wir entweder aufhören, es ihr verheimlichen oder es ihr erklären. Ich habe kein Problem damit, es ihr zu sagen", erwiderte er und warf lebhaft ein,

„das müsste sie doch wegstecken können."

„Müsste sie, aber sie müsste so viel, wie bessere Noten durch Nachhilfe bekommen, selbstbewusst sein und eigentlich müsste sie auf Justin Bieber stehen wie andere Mädchen in ihrem Alter", fügte sie schmunzelnd hinzu.

„Ich dachte, *du* wärst kein Boyband-Fan gewesen", lachte David, während Hanna ihre Augen zusammenkniff, um ihn böse anzusehen, „aber du hast Recht, bei ihr stimmt im Augenblick vieles nicht. Lass uns doch einfach leben wie gewohnt. Erfährt sie das durch einen Zufall, dann ist eben es so." Er beugte sich über die liegende Hanna und küsste sie. „Du denkst alles so gründlich durch", sagte er nachdenklich, „danke, dass du an erster Stelle an meine Schwester denkst. Du weißt, wie viel mir das bedeutet."

Er hatte sich durch seine Hoffnung auf Hannas Ehrlichkeit täuschen lassen. Er ließ sich täuschen, obwohl er doch so klug und scharfsinnig war, Hanna so gut kannte und sie ihn so schlecht anlügen konnte. Seine Rationalität und sein kritisches Denken waren ausgeschaltet, ihn trieben nur noch seine blinde Zuneigung sowie Hoffnung auf Erwiderung an.

Hanna lächelte und fühlte sich von seinen Worten berauscht. Sie schlang ihre Arme um seinen Hals und küsste ihn leidenschaftlich, küsste ihn verzweifelt, denn das Gesagte war nicht das, was sie besorgte, auch wenn ihr Ausweichmanöver eine große Wirkung auf David hatte. Sie wollte ihn nicht belügen, doch sie tat es. Es war eine Lüge, wie sie es auch drehte, um es in ihren eigenen Augen zu rechtfertigen, doch noch bereute sie diese Lüge nicht. Mit dem Kuss, mit all der Leidenschaft, die sie aufbringen konnte, überdeckte sie die Angst vor einer ernst zu werden drohenden Bindung.

Kapitel 6: 2017

Hanna lehnte sich zurück und schloss die Augen. Sie wollte den ihr gegenübersitzenden Mann nicht ansehen, der es seinerseits nicht wagte, Blickkontakt zu suchen. Sie unterdrückte alles, was sie dachte und fühlte. Täte sie es nicht, würde sie wohl explodieren müssen, und das, obwohl sie sich eigentlich freuen sollte. Jeder andere Mensch wäre vor Freude in Tränen ausgebrochen und hätte keine Fragen gestellt, doch sie war anders.

Bis zu jenem Tag hatte sie nicht gewusst, ob er noch am Leben war, doch sie fühlte sich eines Tages dazu gezwungen, an seinen Tod zu glauben und die Hoffnungslosigkeit zu akzeptieren, als Jörg, ein befreundeter Polizeibeamter, seine fette, haarige Hand auf ihre Schulter gelegt und mit verrauchter, gebrochener Stimme gesagt hatte, das Suchen und Warten habe keinen Sinn mehr, es bliebe nur noch die Abfindung – und sie hatte sich mit seinen Worten abfinden müssen, weil er Recht gehabt hatte. Doch nun saß David ihr gegenüber. Das änderte alles. Wie sehr sie sich doch freuen wollte, ihn zu sehen, doch es ging nicht.

Sein hoffnungsvoll-glücklicher Blick war erloschen, als sie sich aus der Umarmung gelöst hatte, einige Schritte zurückgetreten war und ihn angesehen hatte. Von diesem Zeitpunkt an hatte er gewusst, dass diese Begegnung nicht wie von ihm erhofft verlaufen würde.

Sie saßen in einer kleinen Bar an einem der abgelegensten Tische, versteckt in einer Ecke, als dürften sie nicht dort sein. Die Kellnerin brachte jedem ein Bier. Hanna wusste nicht, wieso sie zwei Kölsch bestellt hatte, denn es war ihr vom Alkoholgehalt her zu schwach und ungelegen für die aktuelle Uhrzeit. Die Kellnerin war jung, hübsch und schlank. Sie bediente wortlos mit einer überheblichen Art, die Hanna missfiel. Hanna hatte den Drang, diese Kellnerin zu provozieren, doch sie wusste, das würde nur der Ablenkung dienen. Sie bedankte sich nicht, als die Kellnerin das Bier auf den Tisch knallte. Auch David bedankte sich nicht. Er war so nervös, dass er das Bier vor ihm erst einige Momente später bemerkte.

War dieser Mann vor ihr überhaupt David? Er sah aus, als hätte er eine Weile auf der Straße gelebt. Seine Haare waren schulterlang, dreckig und verfilzt. Sie hingen in dünnen, fettigen Strähnen über sein Gesicht, sodass es beinahe ekelerregend war. Das Gesicht war grau und auch wenn die Gesichtszüge nach wie vor symmetrisch waren, wirkte es deformiert oder waren es seine Mimik oder die Wirkung seiner zerzausten Haare oder beides? Zudem wurde sein Gesicht durch einen willkürlich fallenden Mittelscheitel in die Länge gezogen. Er trug ein durchgeschwitztes und beflecktes T-Shirt zu einer viel zu weiten, abgenutzten Jeans, die von einem verschlissenen Gürtel gehalten wurde, und abgetragene Schuhe. Er roch nicht mehr als andere Menschen, die im Sommer ihre Kleidung einige Tage nicht wechselten und hatte sogar recht saubere Hände, aber diese Faktoren glichen das Bild keineswegs aus. Er wirkte völlig verwahrlost. Die Haltung, die Gestik, sein Gang. All das, was ihn in Hannas Augen kennzeichnete, war verschwunden, als säße ihr ein

Fremder gegenüber. Was war schon der Blick seiner unscheinbaren braunen Augen wert, den Hanna kannte und erkannte? Wenn er es war – falls er es war – so war nichts mehr von ihm übrig als sein Blick, den Hanna nie mit Worten beschreiben konnte. Dieser Blick ging unter die Haut, um sich dort breit zu machen und alles zu berühren, sich im Gemütszustand niederzuschlagen, sodass sie sich durch ihn einfach nur furchtbar fühlen konnte, ob vor Mitleid oder Machtlosigkeit, weil sie nicht wusste, wie sie diesem Blick entgehen konnte. Er durchdrang alles und tat dem Betrachter weh, aber mehr als dieser Blick war von ihm nun nicht mehr sichtbar, womöglich nicht mehr vorhanden. War es also David? Konnte es noch David sein? Ob er das war, ob er das *wirklich* war, wollte Hanna ihn fragen und diese Frage unzählige Male ungläubig wiederholen, ihn dabei schütteln und schlagen, bis sich die Ungewissheit auflösen würde. Sie sah kaum Ähnlichkeiten und wollte nicht nach ihnen suchen, sie wollte ihn weder sehen, noch von ihm angesehen werden, obwohl sie sich im tiefsten Inneren so sehr gewünscht hatte, ihn einst wiederzusehen, weil die Welt ohne ihn eine andere war. Sie hatte diesen Mann geliebt, mehr als alles andere, und als er verschwunden war, konnte nichts die entstandene bodenlose Leere füllen.

„Ich hatte mir unser Wiedersehen anders vorgestellt“, sagte der ihr gegenüber sitzende Mann plötzlich leise. Die Niedergeschlagenheit in seiner Stimme war unbeschreiblich.

Hanna nahm einen kleinen Schluck Bier und zog einen Mundwinkel hoch, nachdem sie die Flüssigkeit heruntergeschluckt hatte: „Wie hast du dir unser Wiedersehen denn vorgestellt? Dachtest du, ich falle dir um den Hals und breche in Freudetränen aus?“ Sie sprach zu ihrem Glas, nicht zu ihm.

„Ja, zum Beispiel.“ Das klang provokativ, obwohl er sie

ganz gewiss nicht provozieren wollte.

Hannas Kopf zuckte etwas nach links und ihre Augenbrauen verzogen sich leicht für einen kurzen Augenblick in unterschiedliche Höhen. Wut stieg in ihr auf. „Ich habe jetzt eher an die Gründung einer Sekte gedacht, um deine Wiederauferstehung zu feiern.“

„Hanna, ich war nicht tot“, sagte er beschwichtigend und wich ihrem Blick aus.

Hanna stellte ihr Bierglas mit einem lauten Knall auf den Tisch. „Das sehe ich – *jetzt* – aber ich habe das über ein Jahr lang geglaubt!“ Ihr Körper lehnte sich nach vorne als bereitete sie sich wie ein Raubtier auf einen Sprung vor. Einige Menschen drehten sich um. David sah sich um und hielt einen Zeigefinger vor seinen Mund, um Hanna zu bedeuten, leiser zu sprechen, was sie noch wütender stimmte, denn er befand sich nicht in der Position, die ihn dazu berechtigte, ihr Anweisungen zu erteilen, er hatte ihre Wut über sich ergehen zu lassen, weil die Wut berechtigt und er der Auslöser war, doch sie hielt sich weiterhin zurück. Würde sie ihn diesbezüglich zurechtweisen, würde die Situation mit Sicherheit eskalieren.

„Es tut mir leid“, brachte David mit zittriger Stimme aus sich heraus.

„*Es tut dir leid*“, wiederholte Hanna mit einem verbitterten Unterton und lehnte sich mit verschränkten Armen zurück, während sie ihn mit ihrem Todesblick durchbohrte. Seine Entschuldigung fühlte sich wertlos an. Sie war wirkungslos, nicht glaubwürdig. Vor allem aber stand sie in keinem Verhältnis zu der Tatsache, dass sie geglaubt hatte, er wäre tot.

„Ich kann dir alles erklären.“

„Na dann los.“

„Nicht jetzt.“

„Wann dann?“

„Bald, nur nicht jetzt, bitte. Ich habe für alles eine

Erklärung, Hanna." Er sah sie schmerzerfüllt an. Hannas Wut machte sie jedoch für kurze Zeit immun gegen jedes Mitgefühl.

Sie schüttelte den Kopf. „Eine SMS, ein Brief, ein Anruf, eine verfickte Nachricht, David! Nur irgendetwas!" Ihre Stimme überschritt erneut den durchschnittlichen Lautstärkepegel im Raum. Sie sah wütend von ihm weg. Beide schwiegen.

„Es tut mir leid", spulte David im gleichen Tonfall ab. Hanna schüttelte den Kopf, diesmal langsam. Ihre Augen hielten Tränen bereit, die sie nicht zulassen würde. Ihr Körper lag im Recht: Zum Heulen war das alles, aber sie wollte keine Schwäche zeigen.

David legte seinen Arm mit nach oben gerichteter Handfläche auf den Tisch. „Gib mir deine Hand, Hanna". Hanna warf ihm einen abweisenden Blick zu. „Bitte", fügte er hinzu. Hanna gab ihm widerwillig ihre Hand. „Sieh mich an, Hanna. Bitte." Sie befolgte seine Aufforderung, als sie die Tränen ausreichend verdrängt hatte, weil sie glaubte, es gäbe nichts mehr zu verlieren. Er sah ihr schuldbewusst in die Augen. „Ich habe für alles eine Erklärung. Ich weiß nicht, ob dir meine Erklärungen reichen werden, aber ich will, dass du weißt, dass ich jeden Tag an dich gedacht habe. Ich konnte keine Lebenszeichen geben, doch jetzt bin ich wieder da und es kann alles werden wie früher."

Hanna spürte keinen Hauch von Rührung oder Vertrauen. Und seine Hand war eiskalt. Sie lachte verbittert auf: „Was?! Nichts mehr wird so sein wie früher. Allein deshalb nicht, wenn man bedenkt, wie viele Menschen gestorben sind, wie viel Zeit vergangen ist und dass ich mich mit deinem Tod abfinden musste."

„Wie konntest du nur daran glauben?", fragte David leise. Diese Frage rief in Hanna noch mehr Wut hervor. Wie konnte er das nur so ruhig und voller Selbstverständlichkeit hinterfragen?

„Nachdem ich jedes Krankenhaus, jede Leichenhalle, einfach jede Ecke, die ich fand, nach dir abgesucht hatte, ging ich davon aus, dass du mich nicht an deinen Tod glauben gelassen hättest, wenn du nicht tot gewesen wärst. Woher hätte ich denn bitte wissen sollen, dass du ein egoistisches Arschloch bist?!“, erklärte Hanna im aggressivsten Ton, den er je von ihr gehört hatte.

„Ich habe das für dich getan.“, erwiderte er.

„Bitte was?!“

„Ich kann es dir im Moment nicht erklären, bitte.“

Hanna riss ihre Hand aus seiner, nahm einen weiteren Schluck Bier und stellte das Glas lautstark auf den Tisch, nicht um ihrer Wut Ausdruck zu verleihen, sondern weil sie ihre Kraft nicht mehr einschätzen konnte. Danach begann sie in ihrer Tasche zu wühlen. Sie wollte nur noch das Geld für die Getränke auf den Tisch werfen und verschwinden, doch die Tasche war so klein und ihr Portemonnaie so groß, dass sie es einfach nicht herausbekam.

„Wage es nicht, wage es ja nicht, mich oder mein Wohlergehen als Rechtfertigung für dein Handeln zu missbrauchen. Wage es nicht!“, fauchte sie, noch immer mit ihrer Tasche um ihr Portemonnaie kämpfend.

Sie hatte auf eine sofortige Erklärung gehofft, die sie zufrieden stellen würde – nur für wenige Sekunden auf dem Weg zur nächstgelegenen Bar – doch dieser Hauch von Hoffnung war von kurzer Dauer gewesen und nun war er versiegt. Verendete Hoffnung war stets schmerzvoller als ursprüngliche Hoffnungslosigkeit. Wie sehr sie dieses Gefühl verabscheute, doch es hatte sich hinterhältig in sie hineingeschlichen und ihre Objektivität erdolcht. Nun hatte sie nicht mehr das Gefühl, dass David noch am Leben war. Sie sah ihn nicht. Sie sah *irgendjemanden*, aber nicht David. Der einzige Gedanke, der ununterbrochen durch ihren Kopf raste, war: *„So darf es nicht sein, so darf es* *nicht enden!*“, doch die Machtlosigkeit und die soeben bestattete Hoffnung hatten sie überwältigt. Sie wollte nur noch mit letzter Kraft fliehen.

David bemerkte Hannas Absicht, die Bar zu verlassen und sagte verzweifelt: „Hanna bitte, ich verspreche dir, ich werde dir alles erklären, ich mache alles wieder gut.“

„Sei kein Dummschwätzer, David!“, zischte sie verbittert und musste erneut gegen Tränen ankämpfen. Sie staunte darüber, dass es ihr tatsächlich gelang.

Er blickte nach unten, wohl weil er wusste, dass er mit diesem Versprechen zu einem Dummschwätzer wurde. Er konnte es nicht ungeschehen machen, er konnte diesen Verlust, an den sie geglaubt hatte, nie im Leben kompensieren. Sie sah ihm an, dass er erkannte, dass er ihr nichts versprechen konnte und dass er sich die Situation nur schönredete, dass er überhaupt nur verzweifelt *irgendetwas* redete, um sie aufzuhalten. Hanna fragte sich plötzlich, ob er je wieder aufgetaucht wäre, wenn er sich diese Begegnung realistisch vorgestellt hätte und bei der wahrscheinlichsten Antwort auf diese Frage zitterte Wut durch ihren Körper.

Sie wollte sich auf ihn stürzen, ihm körperlich wehtun, sie brauchte das Gefühl von Entschädigung, auch wenn sie wusste, dass man die Zeit, in der sie an seinen Tod geglaubt hatte, mit nichts entschädigen konnte, denn dieser Verlust hatte sie von innen bis zur Unkenntlichkeit aufgefressen.

Sie hatte endlich das Portemonnaie aus der Tasche befreit und stand auf, doch David griff nach ihrer Hand. Er hielt sie mit wenig Kraft fest. Sie blickte ihn nochmals an; sie erkannte ihn wieder nicht, obwohl sie nun durch die Verzweiflung so weit war, zwischen den verfilzten Haarsträhnen nach ihm zu suchen, doch fand nichts als ein unrasiertes, müdes, fremdes Gesicht. Aus dem jungen Mann voller Energie und Optimismus, war ein Wrack geworden, das nur zwei Ausdrücke kannte: einen ausdruckslosen, depressiven, der fast schon an den Thousand Yard Stare erinnerte und diesen herzzerreißenden Blick, den Hanna noch immer nicht zu beschreiben wusste. Diesen zweiten Gesichtsausdruck legte er nun an den Tag. Seine Hand hielt Hannas Handgelenk nur schwach fest. Er würde es nicht wagen, ihre Hand fest zu ergreifen, aber sie spürte ein Zittern in seiner Hand und sein Blick war der eines Menschen, der sich des allerletzten Abschiedes bewusst war. Dann erinnerte sie sich an seine Worte bei dem letzten Abschied, den sie gehabt hatten, die Worte, dass er sie liebte, Worte, die sie nie erwidert hatte. Es war damals ein ähnlicher Ausdruck gewesen, nur war er nicht so verzweifelt gewesen, weil es damals Hoffnung gab, die sie ihm mit ihrem Fortgang nun endgültig nehmen würde, denn er würde ihre Entscheidung respektieren und sie seinen Aufenthaltsort nie in Erfahrung bringen, was bedeutete, dass dies ihre einzige Chance war, mit ihm zu sprechen und Antworten auf ihre Fragen zu erlangen.

Wenn sie Antworten wollte und ihn noch nicht ganz aufgegeben hatte, dann durfte sie nicht gehen und sie hatte einst sogar geglaubt, ihn nie aufgeben zu können.

Hanna riss erneut ihre Hand weg. Sie ballte diese Hand zu einer Faust, in der sie glaubte den letzten Rest dessen, woran sie noch glaubte, zusammenzuhalten. Sie konnte David nicht aufgeben, nicht so. Hatte sie ihn doch damals in einer schlimmeren Verfassung nicht aufgegeben.

Hanna setzte sich wieder hin, bemüht um starren und zugleich ausdruckslosen Blickkontakt. Sie wollte nicht, dass er bemerkte, was sie fühlte, sie wollte nicht schwach oder nachgiebig wirken.

„Wann willst du mir das erzählen?“, fragte sie möglichst kühl.

„Bald. Wenn ich Leonie geholt habe und mich dazu in der Lage sehe. Du wirst die Wahrheit erfahren“, antwortete

David weiterhin angespannt, doch seine Erleichterung war beinahe mit Händen greifbar.

„Leonie lebt auch? Wo ist sie?“, setzte Hanna ihre Befragung forschend fort.

„Sie ist bei einer Bekannten hier in Bonn. Ich dachte, sie würde dir sagen, dass ich lebe.“

„Ich habe nichts von ihr gehört. Wie kann das sein?“, sagte Hanna verwirrt.

„Ich weiß es nicht, aber bei der Bekannten ist sie gut aufgehoben.“

„Welche Bekannte?“

„Du kennst sie nicht.“

„Seit wann ist Leonie denn in Bonn?“ Damit meinte Hanna in Wirklichkeit, seit wann er erwartete, dass sie wusste, dass er nicht tot war, aber sie wollte ihre Aggressivität zurückschrauben und ging mit dieser Frage daher einen Umweg.

David überlegte. „So seit fünf, sechs Monaten.“

Hanna hielt ihre aufkeimende Wut zurück. Vor etwa 14 Monaten waren er und Leonie verschwunden. So blieben also immer noch acht bis neun Monate der Ungewissheit übrig, die er ihr zugemutet hatte. David erkannte, wohin ihre Gedanken gingen, bevorzugte es aber, das Gespräch nicht mehr in diese Richtung zu lenken und sich somit nicht zu rechtfertigen. Bevor ihm ein Ausweichmanöver in den Sinn kam, stellte Hanna eine neue Frage: „Wie soll es weitergehen?“

„Was meinst du?“

„Was machst du hier? Willst du hier bleiben? Wenn ja, wo willst du wohnen?“

„Ich wollte zurückkehren, zu dir. Ich hoffe, mein Elternhaus steht noch.“

Er nippte zum ersten Mal an seinem Bier und sein Gesicht begann etwas aufzuleben. Ausdruck Nummer drei kam zum Vorschein. Es war ein friedlicher Ausdruck mit einem Hauch Unsicherheit, aber die Stimmung begann sich auf eine neutrale Ebene zu bewegen. Das war ein nicht zu verkennender Fortschritt.

„Natürlich steht es noch", sagte Hanna mit einem Schmunzeln. Sie setzte sich gemütlicher hin, strich über das feuchte Bierglas und sah ihm friedlich ins Gesicht. Sie hatte es endlich geschafft, ihre Emotionen so weit zurückzustellen, dass sich ein ruhiges Gespräch ereignen konnte.

„Also", begann sie, „du und Leonie seid als vermisst gemeldet. Das Haus, die Konten, alles, was deine Eltern hinterlassen haben, ist noch da. Du kannst theoretisch heute wieder dort einziehen", sie stockte erneut, „sofern du willst."

„Danke", sagte er leise.

„Danke nicht mir", entgegnete Hanna, „ehrlich gesagt habe ich mich überhaupt nicht mit deinen Sachen befasst. Andreas hat sich um alles gekümmert. Ich habe den Schlüssel von deinem Haus bei mir zu Hause und alle Wertsachen sind in meinem Keller. Ich kann alles holen." Hanna hielt inne, weil sie nicht wusste, ob sie ihm den Schlüssel bringen sollte und wenn ja, wohin. Er hatte ja wohl kaum ein Hotelzimmer gemietet und würde sicher auch nicht im Haus seiner toten Eltern schlafen wollen. Der Zustand des Hauses war zudem unbekannt, denn niemand hatte es seit Davids und Leonies Verschwinden betreten. Andreas hatte lediglich alle Wertsachen von einer Umzugsfirma verpacken und bei sich im Keller verstauen lassen.

An sich blieb Hanna nichts anderes übrig als David in ihrem Haus übernachten zu lassen und das würde bedeuten, weiterhin seine Anwesenheit ertragen zu müssen, die ohnehin unerträgliche Ungewissheit umso stärker zu spüren und von Sonjas und Andreas' Fragen gelöchert zu werden. Sie wollte ihn nicht dort haben, es war ihr zu viel, aber sie hatte keine andere Wahl.

Ihr Bier war leer, Davids beinahe. Es war Zeit für ein Fazit. Sie winkte einer anderen, sympathischeren Kellnerin zu und versuchte freundlich zu lächeln. Dann wandte sie sich wieder zu David: „Ich würde sagen, wir machen uns auf den Weg zu mir und sehen morgen weiter."

„Ich kann mir vorstellen, dass du mich jetzt nicht in deiner Nähe haben willst", sagte er verständnisvoll.

„Unabhängig davon, was passiert ist und wie viele Fragezeichen gerade in meinem Kopf herumschwirren – wir waren immer Freunde und ich kann dich nicht einfach abschreiben."

David lachte und sah auf seine linke Hand. Er hattet eine tiefe Narbe auf der Handfläche. Auch Hanna hatte eine solche Narbe auf ihrer linken Handfläche, was kein Zufall war.

Sie fügte hinzu: „Und das sage ich, ohne auf dieses Accessoire zu sehen. David, ich weiß nicht, was passiert ist und das ist unerträglich für mich, aber du hast mir immer vertraut. Da wird von meiner Seite aus diese kleine Gefälligkeit drin sein."

Kapitel 7: 2007

Marylin hatte Angst. Eines war ihr gewiss: Sobald sich die Kellertür öffnen würde, würden ihr unsägliche Schmerzen zugefügt werden. Ihre Tante kannte kein Mitgefühl und war mit nichts zu besänftigen. Dabei wusste Marylin oftmals nicht einmal, wofür sie bestraft wurde. Jeder Versuch, das Haus zu verlassen oder gegen die Regeln zu verstoßen, wurde gnadenlos bestraft und sie wusste nicht, ob ihr Tag für Tag Unrecht geschah oder ob sie all die Schmerzen verdiente. Sie hatte nie begriffen, wie eine gerechte Realität aussehen musste. Sie kannte keine andere, doch die gegenwärtige Realität fühlte sich ungerecht an.

Sie lebten in einem schönen, weitläufigen Haus, doch es war wie ein Gefängnis, das manchmal von Privatlehrerinnen besucht wurde, niemals von Lehrern. Ihre Tante wollte nicht, dass man das Mädchen begaffte. Dabei sagte sie doch selbst immer, Marylin sei entstellt zur Welt gekommen, weshalb sie immer eine Maske trug, obwohl sie nie verstand, was an ihrem Gesicht entstellt sei. Sie betrachtete sich oft im Spiegel, fand jedoch keine abnormen Gesichtszüge.

Vielleicht belog ihre Tante sie, um ihren Machteinfluss

auf sie zu vergrößern, doch es gab keine Möglichkeit, die Wahrheit in Erfahrung zu bringen, solange es Marylin verwehrt blieb, das Haus zu verlassen und so kämpfte sie mit den wenigen ihr zur Verfügung stehenden Mitteln um ihre Freiheit. Nach jedem dieser Kämpfe fand sie sich in diesem Keller wieder, gefesselt an einen Tisch, doch sie gab nicht auf. Sie würde nicht aufgeben, solange noch Leben durch ihre Adern floss.

Oft fragte sie sich, ob eine andere Welt außerhalb dieser Wände existierte. Es war höchste Zeit, es herauszufinden und dafür musste es ihr endlich gelingen zu fliehen, doch nun war sie wieder einmal gefasst worden und musste ihre Strafe empfangen. Wie so oft mit nacktem Oberkörper und dem Gesicht zum Boden an einen großen Tisch im Keller gebunden. Es war ihr nie gelungen, sich rechtzeitig zu befreien oder aus dem Hightech-Gefängnis nach draußen zu gelangen. Ihre Tante hatte einen Elektroschocker, Chloroform und Betäubungspfeile, mit denen sie hervorragend umzugehen wusste und jedes Mal, wenn eines dieser Dinge genutzt wurde, wachte Marylin, vorbereitet für die Bestrafung in diesem Keller auf.

Als Marylin noch klein war, wurde sie geschlagen, wenn sie sich widersetzte oder den Wunsch äußerte, das Haus zu verlassen oder sich gar anmaßte, vom Spielen mit anderen Kindern zu sprechen. Ihre Tante wollte ihr jedoch eine vollwertige Bildung bieten, für welche sie Lehrer benötigte. Also durften die Spuren der Bestrafungen von niemandem gesehen werden. Abgesehen davon wurde Marylin mit jedem Mal weniger empfindlich gegen die ihr zugefügten Schmerzen, sodass sich ihre Tante immer schmerzhaftere Bestrafungen einfallen ließ. So war ihre Tante nun bei dem Tisch und der Peitsche angelangt, die unweigerlich tiefe Narben hinterließ, doch die Narben sowie die Wunden konnten leicht durch Kleidung verdeckt werden.

Die Anzahl dieser Narben konnte Marylin nicht einmal

grob schätzen. Sie hatte zwar gelernt, gedanklich aus dem Keller zu fliehen, aber einige besonders starke Hiebe holten sie in die Realität zurück. Vielleicht, würde sie es bald schaffen, auch diesem Schmerz ohne Schreie zu begegnen. Noch war sie nicht so weit.

Marylin hörte Schritte und das Quietschen der zufallenden Tür. Ihre Tante, eine schlanke Frau mit hellblondem Haar und blasser Haut, stand vor ihr in einer Schürze, um ihre Kleidung vor Blutspritzern zu schützen. In einer Hand hielt sie die Peitsche, in der anderen einen Knebel.

„Das gleiche Spiel wie sonst“, sagte die Frau beinahe gelangweilt und legte dem Mädchen den Knebel, ein längliches Stück Holz, in den Mund, nachdem sie ihre Stoffmaske, die Nase und Mund bedeckt hatte, abgenommen hatte. „Ich habe dich gewarnt, ich warne dich doch ständig. Du hast draußen nichts verloren. Du bist etwas Besonderes, es ist zu gefährlich für dich dort. Ich will dich nur schützen und irgendwann wirst du mir dafür danken.“ Währenddessen reinigte sie die Peitsche mit einem in Desinfektionsmittel getunktes Tuch. Dann nahm sie ein zweites Tuch und schob Marylins Haare weg, um ihren Rücken freizulegen, den sie ebenso mit Desinfektionsmittel einrieb. „Du musst das endlich lernen. Es erfreut mich nicht, dir Schmerzen zuzufügen, aber du lässt mir keine andere Wahl“, sagte die Frau nachdenklich. Marylins Atemzüge wurden schneller und lauter.

Jedes Mal war es erneut zu schmerzhaft, als dass sie sich daran gewöhnen konnte, jedes Mal aufs Neue durchfuhr Marylin die lähmende Panik, ohne die Möglichkeit, sich zu wehren. Aber das war es wert, wenn es ihr einmal gelingen würde zu fliehen, war es all das wert. Es musste ihr endlich gelingen, denn so weiterleben konnte und würde sie nicht.

„Dann auf ein Neues!“, sagte die Frau beinahe feierlich

und hob die Peitsche.

Marylin schrie in den Knebel und konnte ihren Tränenfluss nicht mehr kontrollieren, als ihre Haut unter der Peitsche platzte, aber sie wusste, der Fluchtversuch hatte sich gelohnt, es würde sich immer lohnen und eines Tages würde sie sich nicht erwischen lassen, eines Tages würde das ein Ende nehmen, sie würde niemals den Wunsch nach Freiheit aufgeben und sie schwor sich selbst noch eines erneut: Sie würde einst lernen, sich zu wehren.

Kapitel 8: 2017

Sie fuhren einen Teil der Strecke mit dem Bus, bis David einige Stationen vor der Ankunft den Vorschlag machte, den restlichen Weg zu Fuß zu gehen. Die Hitze des Sommertages hatte sich gelegt und eine kühle Brise wehte über Hannas Haut. Der Weg vom Bahnhof führte erst über eine lange, abwechslungslose Straße, kurz bergauf vorbei an einem Friseursalon, deren Friseurin mehr redete, als ein Menschenhirn aufnehmen könnte, und einem heruntergekommenen Supermarkt mit den unfreundlichsten Kassiererinnen Bonns, dann über wenige Gässchen bis zu Hannas Haus. In diesem Jahr seit Davids Verschwinden hatte sich nichts verändert, bis auf die Aushänge gegen die Supermarkt-Schließung. Dass sich nichts ändern durfte, war in diesem Stadtteil Brauch. Davon ausgeschlossen waren nur die Garten- und Grabbepflanzung sowie Neuigkeiten über die Nachbarn. Nichtsdestotrotz war es eine ruhige und angenehme Wohngegend, die Hanna einfach liebte.

Als Schüler waren David und Hanna oft den gesamten Schulweg zu Fuß gelaufen, um den gemeinsamen Nachhauseweg zu verlängern und somit mehr Zeit miteinander verbringen zu können.

Es wurde langsam dunkel. Auf Hannas Handy befanden sich einige unbeantwortete Anrufe von Andreas. Für gewöhnlich rief er nicht an, also hatte er etwas mitzuteilen und da er ihr keine SMS geschrieben hatte, schien er ihr etwas persönlich mitteilen zu wollen, doch sie wollte nicht mit ihm reden und wusste nicht, was sie ihm sagen sollte. Er würde David spätestens am darauffolgenden Tag sehen. Wie sollte sie ihm das erklären? Mit David das Haus zu betreten, erschien ihr beinahe grotesk, obwohl es Sonja gegenüber nett gewesen wäre, dies vorher anzukündigen, bevor sie einem Herzinfarkt erliegen würde, weil sie David für einen Geist halten könnte oder, so wie er aussah, für einen Einbrecher.

Es gab viele Erinnerungen auf dieser Strecke, doch nicht viele Gedanken kamen den beiden in den Sinn. David aus Schuldgefühlen sowie Traurigkeit und Hanna, um nicht deprimiert zu werden. Sie wollte sich nicht freuen, um nicht enttäuscht werden zu können für den Fall, dass Davids Offenbarung sie erschüttern würde. In letzter Zeit hatte sie begonnen zu glauben, es wäre besser gewesen, wenn es David nie in ihrem Leben gegeben hätte, denn dann hätte sie keinen Verlust erlitten. Es musste leichter sein, etwas nie besessen oder gekannt zu haben, weil man es dann nicht verlieren konnte.

Hanna erfreute sich den Großteil ihres Lebens daran, kaum enge zwischenmenschliche Beziehungen geschlossen zu haben. Sie war vaterlos aufgewachsen und hatte ein distanziertes Verhältnis zu ihrer Mutter, also würde sie nie von ihrem Verlust gelähmt werden. Andreas mochte sie zwar, doch er war ihr nicht wichtig. Zu ihrem kleinen Bruder hatte sie überhaupt keinen Bezug. Auch der Bindung zu David wollte sie ausweichen, doch es war ihr misslungen, was dazu geführt hatte, dass sie seinetwegen durch eine emotionale Hölle gegangen war. Durch seine Rückkehr hatte sie nicht den Eindruck, der Alptraum sei zu

Ende. Davids Gegenwart war keine Erleichterung für sie. Sie brachte Hannas gesamten Todesfall-Bewältigungsprozess durcheinander. Vor allem machte Hanna die Ungewissheit über die Gründe seines Verschwindens wütend und es gelang ihr kaum, diese langfristig zu unterdrücken. Wut statt Freude war nicht ganz logisch und das bedeutete, dass die Wut wiederum etwas anderes kaschierte, doch Introspektion war gerade das Letzte, worauf sich Hanna konzentrieren konnte. Sie hatte David im Visier. Ihn zu beobachten, war wichtiger.

Er lief ihr wenige Schritte voraus und musterte nachdenklich die bekannten Altbauten. Er sah so anders aus. Hanna hatte geglaubt, ihn immer und überall erkennen zu können, doch als er direkt am Bahnhof vor ihr stand, erkannte sie ihn nicht. Sie war in all der Zeit von seinem Geruch verfolgt worden und hatte sich mehrere Male am Tag an ihn erinnert, wenn sie Menschen sah, die etwas mit ihm gemeinsam hatten, sei es nur ein Kleidungsstück, dass sie an die Farbe seiner Augen erinnerte oder ein Gegenstand, den er einmal besessen hatte oder ein selbstsicherer Gang, wie er ihn gehabt hatte. Kleinigkeiten, die sie überall auf der Welt verfolgen würden, die ihr Tag für Tag bewiesen, dass sie von ihren Erinnerungen nicht durch Ortswechsel davonlaufen konnte. Sie war machtlos gegen seinen Geist.

Und vorhin hatte er vor ihr gestanden, hatte sie berührt und sie hatte ihn nicht erkannt, obwohl sie ihn sogar gerade mit den Augen gesucht hatte. Sie war einfach an ihm vorbeigegangen.

Nun lief er vor ihr und sie erkannte seinen Gang nicht mehr wieder, sie erkannte fast nichts mehr an ihm. All die Anhaltspunkte, die sie hatte, um ihn zu erkennen, all die beeindruckenden Auffälligkeiten an seinem Aussehen und seinem Verhalten, waren nicht mehr vorhanden. Also spaltete sie das, was sie sah, von ihren Erinnerungen ab und versuchte, keinen Zusammenhang herzustellen.

Plötzlich blieb David stehen und wand sich um 90 Grad nach links zur Straße. Hanna hielt hinter ihm an und betrachtete ihn von der Seite. Sie suchte weiterhin nach vertrauten Zügen, fand jedoch noch immer keine. Es war noch nicht ganz dunkel, aber einige Sterne waren bereits zu sehen. Er sah zu ihnen hoch und schien nachzudenken, schien etwas zu suchen oder sammelte Mut, um etwas zu sagen.

„Schweig, David“, sagte Hanna leise mit einem traurigen, müden Unterton, da sie seine Absichten erahnte, „schweig, bevor du diese harmonische Ruhe zerstörst. Mir ist gerade nicht nach Reden.“ Ihre Stimme spiegelte ihre Stimmung wider. Ihr Kopf war überlastet und sie wollte nichts mehr hören, sich dem Verdrängungsprozess in Ruhe hingeben.

„Ich fühle hier keine Harmonie“, entgegnete er, ohne sich zu ihr zu wenden, „eher im Gegenteil. Wir schweigen, weil wir uns nichts zu sagen haben.“

„Du redest Unsinn. Wir hätten uns mehr zu sagen denn je, ich wüsste nicht einmal, wo ich anfangen soll“, erwiderte Hanna, „ich ging davon aus, dass ich dich nie wiedersehen würde und habe deswegen keine Rede vorbereitet. Es wundert mich, dass *du* keine parat hast.“

„Ich hatte eine, aber das eine ist die Theorie, das andere die Praxis. Ich habe fast schon Angst vor dir“, äußerte er mit einem unsicheren Lachen.

„Angst?“, lachte Hanna überrascht und verwirrt auf.

„Du bist ehrlich und dein Glück und Pech zugleich ist es, dass du alles, was du denkst und fühlst, verbal auf den Punkt bringen kannst. Das Formulieren ist ein ganz besonderes Talent von dir. Bei anderen Menschen könnte man hoffen, dass es anders gemeint ist, als es gesagt wurde, aber bei dir weiß man, dass es keine anderen

Interpretationsmöglichkeiten gibt und ich habe Angst davor, etwas zu hören, was ich nicht verkraften könnte."

„Darum werde ich schweigen", antwortete sie trocken und schritt an ihm vorbei bergauf. Er eilte ihr enttäuscht nach. Das war nicht einmal annähernd die Antwort, die er erwartet oder erhofft hatte. Er hatte von Hanna, die er doch so lange und gut kannte, erwartet, in den Arm genommen zu werden oder zumindest zu hören, dass er nichts zu befürchten hätte, dass sie ihm nie absichtlich etwas Verletzendes sagen würde. Es war *sein* hart verdientes Privileg, von ihr verständnisvoll, empathisch und respektvoll behandelt zu werden. Ihm gegenüber war sie nicht die Hanna, die sie nach außen hin zu anderen Menschen war, der es nichts ausmachte, innere Welten mit Worten zu zerstören, wenn man es wagte, sie auch nur geringfügig zu verärgern. *Seine* Hanna war anders zu ihm gewesen, doch jetzt reagierte sie kalt und erbarmungslos. Er wusste, dass sie wütend war, dass die Ungewissheit sie um den Verstand brachte. Er konnte ihre Gefühlslage nachvollziehen, doch wusste zugleich, dass Hanna nicht im Stande war, dauerhaft ihre Wut zu kontrollieren. Der Schmerz, den er ihr mit seinem Verschwinden zugefügt hatte, würde sich entladen. Wahrscheinlich würde dieser riesige Ausbruch oder die vielen kleinen Ausbrüche nicht einmal David selbst treffen, doch Hanna würde Schmerz mit Schmerz vergelten, auch wenn sie Unbeteiligte dabei verletzen würde. Nicht, weil sie es aus Grausamkeit so wollte, nicht weil sie es billigend in Kauf nahm, andere für ihre Probleme leiden zu lassen, sondern weil Hanna sich nicht unter Kontrolle hatte. Weder konnte sie gezielt Gefühle zeigen, noch Gefühlsausbrüche beherrschen. Wenn Hanna ein Gefühl zuließ, weil sie es musste – nie, weil sie es wollte – dann war es fast immer Wut, die sich verbal oder körperlich äußerte. Egal wie, jemand würde zu Schaden kommen. David betrachtete es als seine Aufgabe, derartige Folgen zu abzuwenden.

Nachdem sie den Weg fortgesetzt hatten, diesmal nebeneinander, sagte David, ohne stehen zu bleiben: „Du sagtest, du bist davon ausgegangen, dass du mich nie wiedersehen würdest. Wieso? Schließlich wurde ich nie für tot erklärt.“

„Ich will mich nicht in eine imaginäre Welt flüchten; ich will meine Objektivität nicht einbüßen und ich will nicht aus Hoffnung handeln und mir aus Hoffnung entgegen jeder Wahrscheinlichkeit etwas vormachen, um dann auf die Schnauze zu fliegen. Ich habe monatelang gehofft, du wärst am Leben und musste loslassen, weil du nicht wiedergekommen bist; weil ich dich nicht finden konnte. Das hat mir an Hoffnung bis zum Rest meines Lebens gereicht.“

Hanna wollte nicht wissen, wie David auf ihre Äußerung reagierte und sah ihn deshalb nicht an. David erwiderte nichts und sie setzten den restlichen Weg schweigend fort.

Dieser Versuch zu ihr durchzudringen war ihm missglückt.

Kapitel 9: 2017

Als die beiden Hannas Haus betraten, schien niemand da zu sein. Das war für Hanna eine große Erleichterung, denn sie wollte nicht, dass Andreas und Sonja David in seinem gegenwärtigen Zustand begegneten. Sie fühlte sich nicht im Stande, etwas zu erklären oder auf heile Welt zu machen.

Hanna suchte David Kleidungsstücke von Andreas heraus, da sie nichts anderes zur Verfügung hatte und wusste, Andreas würde nichts dagegen haben. Dann schickte sie ihn in das Badezimmer auf dem oberen Stockwerk, das nur von Hanna bewohnt wurde. Währenddessen bereitete sie das kleinere Gästezimmer, das sich ebenfalls auf dem oberen Stockwerk befand, für ihn vor und zog sich um. Sie war erschöpft von der Anspannung, die ihr keine Sekunde ausreichend Luft zum Atmen gab.

Nachdem sie fertig war und im Gästezimmer auf ihn wartete, stellte sie sich an das Fenster und sah sich das Bild, das sich ihr offenbarte, an. Im Gästezimmer brannte nur eine kleine Lampe, sodass das Fenster ein verschwommenes Spiegelbild zurückwarf.

Sie sah sich in einer dunklen Landschaft mit wenig

Beleuchtung und einem aufwendig bepflanzten Garten, dessen sorgfältige Ausgestaltung ihr zuvor nicht aufgefallen war. Sonja musste sich kürzlich ausgetobt haben. Hanna sah ihr Gesicht umringt von Rosen und anderen Blumen, deren Namen sie nicht kannte. Sie sah sich selbst, sah ihren misstrauischen Blick, ihre zusammengezogenen Lippen und fühlte die nicht vergehende Gänsehaut auf ihren Armen, ihr angespanntes Gesicht eingerahmt von der idyllischen Schönheit. Dennoch passte ihr Gesicht irgendwie in das blumige Bild. Dabei konnte sie mit Blumen eigentlich gar nichts anfangen.

Sie atmete tief durch, versuchte so wenig wie möglich zu empfinden und an nichts zu denken. Zur Entspannung gönnte sie sich auf dem Balkon endlich mehrere Zigaretten, aber das beruhigte sie kaum.

Mit dem Ergebnis ausbleibenden Erfolges zog sie sich in das Gästezimmer zurück und betrachtete erneut ihre Spiegelung im Fenster, während sie versuchte gegen ihre Wut anzukämpfen. Jetzt begriff sie nach und nach, was sich hinter der Wut verbarg: Es war Angst, Angst vor dem, was sie erfahren würde, Angst, dass David nicht mehr der Mensch war, den sie gekannt hatte; Angst, dass er sie aus Gleichgültigkeit über ihr Wohlergehen an seinen Tod hatte glauben lassen. Sie hatte Angst vor der Realität und bevor sie sich vor etwas fürchtete, tendierte sie dazu das, was sie fürchtete, zu zerstören. David würde sie nicht vernichten, aber sie würde ihm unbewusst das Leben schwer machen, sie würde ihm immer wieder wehtun.

Ein Geräusch hinter ihr und das blasse Spiegelbild im Fenster gab ihr zu wissen, dass David soweit war. Sicher hatte er eine gute Stunde gebraucht, was bedeutete, dass sie ungefähr eine halbe Stunde lang Krieg in ihrem Kopf geführt hatte. Sie hatte bei seinem Anblick den Eindruck, diesen Krieg gewonnen zu haben.

David trug eine Jogginghose ohne Oberteil. Er sah besser aus, viel besser. Ohne Bart und mit gewaschenem Haar wirkte er *fast* wieder attraktiv. Die langen Haare standen ihm sogar. Sein Oberkörper hatte viel an Muskelmasse verloren und sah dadurch schmächtiger aus, obwohl Hanna die Muskeln noch klar definiert erkennen konnte. Sie lächelte ihm müde mit einem hochgezogenen Mundwinkel zu und deutete mit einer Geste auf das fertige Gästezimmer. „Ich war in der Zwischenzeit fleißig", sagte sie mit müder, aber friedlicher Stimme. Sie selbst trug eine lange, karierte Schlafhose und ein dunkelblaues, enges Top. Abgeschminkt hatte sie sich nicht. Er sollte nicht sehen, wie es ihr in der Zeit seiner Abwesenheit ergangen war.

„Danke", sagte David, als er sich in dem Zimmer umsah. Nichts hatte sich dort verändert.

„Gern", erwiderte Hanna unverfälscht freundlich. Sie hatte es tatsächlich geschafft, sich zusammenzureißen.

„Wie geht es dir?", fragte er plötzlich. Hanna schüttelte überrascht den Kopf über die aus dem Kontext fallende Frage. „Ich wollte dich das eben schon gefragt haben. Ich will wissen, wie es dir geht, was du machst, wie dein Leben jetzt aussieht. Es ist schließlich viel Zeit vergangen", erklärte er.

„Nicht dein Ernst", gab Hanna irritiert, aber nicht wütend, zurück. Diese ganze Situation war befremdlich.

„Ist mein Interesse so überraschend?"

„Nein."

„Ja, es ist angemessen, das wissen zu wollen. Wie war dein Abi? Studierst du? Arbeitest du immer noch nebenbei als Kassiererin? Hast du einen Freund? Es interessiert mich wirklich."

Hanna setzte sich auf die Fensterbank und lehnte ihren Rücken an das kühle, geschlossene Fenster. In Wahrheit wollte sie das Zimmer verlassen und müde in ihr Bett fallen, aber etwas hielt sie noch im Gästezimmer fest. Womöglich war es die lange Zeit, in der ihr David gefehlt hatte und die ihr nicht erlaubte, Minuten weniger mit ihm zu verbringen als möglich.

„1,3. Ich stehe immer noch an der Kasse und nein, ich habe keinen Freund", antwortete sie mit einem Lächeln.

„Du studierst nicht?"

„Nein, ich habe mich noch für kein Studienfach entschieden."

Diese Äußerung schien ihn zu enttäuschen. Mit Sicherheit hatte er erwartet, Hanna würde alles im Griff haben und ihr Leben zumindest bis zur beruflichen Laufbahn durchplanen. Das wäre schließlich auch ihre Art gewesen, wobei er seinerzeit nicht unwesentlich an ihren Zukunftsentwürfen beteiligt gewesen war. Er hatte wohl nicht geahnt, dass sie jemals von Antriebslosigkeit erschlagen werden würde. Zum ersten Mal wurde Hanna bewusst, dass auch an ihr etwas anders war als früher, denn sie kam nicht mehr von der Stelle.

„Du siehst jetzt besser aus", stellte sie fest.

David kam näher an sie heran und betrachtete sie aufmerksam. Sie hasste es, wenn er sie so gründlich musterte, sie beinahe mit seinen Blicken auseinandernahm, aber es war eine Verhaltensweise, die sie von ihm kannte. Ein Funke Freude blitzte in Hannas Augen auf und verschwand sofort, weil sie sich untersagte, sich zu freuen oder auf etwas zu hoffen.

„Du hast abgenommen", konstatierte er. Hanna war sich nicht sicher, ob es sich dabei um ein Kompliment handelte. Sie war immer schlank gewesen. „Und deine Brüste sind auch irgendwie kleiner als früher."

Okay, das war *kein* Kompliment! Hanna schluckte und starrte entsetzt auf ihre Oberweite. Den Eindruck hatte sie bereits selbst seit einigen Monaten gehabt, aber sie hatte diesen erschreckenden Gedanken sofort verdrängt und für

Einbildung gehalten. „Ja, das sind jetzt eher Brüstchen“, fügte er stichelnd hinzu. Sie trat lachend mit den Füßen nach ihm, ohne eine ernsthafte Chance, ihn zu treffen, weil er zu weit weg stand. Er ließ sich nicht von ihrem körperlichen Widerstand abschrecken und kam näher. „Und du hast deine Haare dunkler gefärbt, das steht dir“, fügte er hinzu, während er noch näher kam und eine Haarsträhne aus ihrem Gesicht schob, die verrutscht war, als sie nach ihm getreten hatte. Die Haarsträhne schien ihr wie ein Vorwand, um sie zu berühren. Hanna hatte überraschenderweise nichts dagegen. „Und du siehst älter aus“, fügte er hinzu.

„Wie viel älter?“

„Viel älter.“

Damit meinte er wohl, dass sie verbraucht aussah. Das war nicht die Feststellung, die Hanna hören wollte, aber sie war nicht überraschend, denn er hatte Recht. Hanna war erst 20 Jahre alt, doch schätzen würde man sie etwa auf Mitte 20.

Er lehnte sich mit einem Arm an die Wand am Fenster. Dabei kam sein Gesicht Hannas Gesicht sehr nahe. Sie konnte seinen Atem spüren. Sie betrachtete ihn gründlich und suchte erneut nach vertrauten Zügen. Sie konnte diese Suche einfach nicht aufgeben, sie brauchte die Sicherheit, dass er es war und niemand anderes. Seine Gesichtsform hatte sich verändert. Das Gesicht war viel kantiger, die Wangenknochen und das Kinn waren viel markanter als zuvor und die Haare verschleierten das Bild. Er wirkte immer noch verwahrlost und sie fragte sich, ob es an seinem veränderten Äußeren lag.

„Ich bin müde“, sagte Hanna leise, um seiner Nähe zu entfliehen. Sie wusste genau, was in ihm und seiner Hose vorzugehen begann, denn sie kannte diese Art von Nähe und diese Art zu atmen. Nicht nur von ihm, nein, dies war keines der von ihr so verzweifelt gesuchten Anhaltspunkte.

Das kannte sie von allen Männern, die sich ihr auf diese Weise näherten.

„Und ich will nicht mehr tot für dich sein“, gab David sehnsüchtig in der gleichen Lautstärke von sich. Er ergriff sie am Nacken und zog ihr Gesicht zu sich, um sie zu küssen. Sie sahen sich aus einer minimalen Entfernung an und sie konnte seinen warmen Atem nun auf ihrem Gesicht spüren. Aus unerfindlichen Gründen wehrte sie sich nicht. Sie wusste, dass sie gehen sollte, dass es dafür zu früh war, aber sie war wie gelähmt von seiner Gegenwart und zugleich erstaunt darüber, welche Macht seine Nähe trotz allem auf sie ausübte. Sie ließ sich nicht nur küssen, sondern erwiderte den Kuss und seine Berührungen. Sie tat es sogar leidenschaftlich. Bald war er an ihren Brüsten, sie biss ihn sanft in den Nacken, während sie ihn mit ihren Beinen umklammerte und er sie in dieser Position von der Fensterbank hob, um sie ins Bett zu tragen. In Hannas Kopf schien eine Sicherung durchgebrannt zu sein, die ihr kurz zuvor noch verboten hatte, sich auf diesen Menschen einzulassen, weil es nicht mehr der Mensch sein konnte, den sie gekannt und vermisst hatte.

Etwas in seinen Berührungen erkannte sie wieder und ließ sie sich mitreißen, ließ sich von der Leidenschaft ergreifen lassen. Sie hing zu sehr an der Vergangenheit und an der Hoffnung, es würde alles wieder gut werden, unabhängig davon wie sehr sie diese Hoffnung verdrängte und verabscheute. Sie erwiderte jeden Kuss, jede Berührung und alles, was er in jener Nacht mit ihr tat.

Kapitel 10: 2017

Am nächsten Morgen wachte Hanna neben David auf und fühlte sich erstaunlich wohl. Sie spürte keine Wut mehr. Womöglich lag es daran, dass ihre Angst, die eigentliche Quelle ihrer Wut, vor einer Enttäuschung durch David verflogen war, denn nun glaubte sie, dass David wirklich wieder zurück war.

Sie hatte all ihre unbeantworteten Fragen zwar nicht vergessen, diese aber für eine unbestimmte Zeit in den Hintergrund geschoben und war einfach nur froh, dass er noch lebte, denn jetzt begann sie, das wirklich zu begreifen. War sie so leicht mit gutem Sex zu bestechen? Wohl kaum, aber vielleicht ließ sie die vergangene Nacht realisieren, dass sie sich unmöglich von ihm distanzieren konnte, selbst falls sie es riskierte, neben seinem Geist der Vergangenheit aufzuwachen.

Andreas und Sonja frühstückten in der Küche, nachdem sie Jonathan zur Schule gebracht hatten. Es tat Hanna leid, Andreas und Sonja nicht auf diese Nachricht vorbereitet zu haben, aber Sonja reagierte wie erwartet gerührt. Andreas erkannte ihn anfangs nicht und stellte Sonja voller Stolz zum ersten Mal als seine Verlobte vor, die ebenso stolz ihren Verlobungsring präsentierte. Andreas hatte im Laufe des vorangegangenen Tages den geplanten Antrag gemacht und sie zu einem romantischen Abendessen ausgeführt, während sie Jonathan für diese Stunden seiner Großmutter ausgeliefert hatten. Um Hanna die stattgefundene Verlobung mitzuteilen, hatte er sie am Vorabend angerufen.

Andreas und Sonja wirkten so glücklich, dass sie Hanna und David mit ihrer Freude ansteckten. Auf die Frage, wo Leonie sei, gab David die gleiche Antwort, die er Hanna am Tag zuvor gegeben hatte. Andreas und Sonja glaubten, Hanna würde die Antworten bereits kennen und sie wiederum ließ sich mit ihrem Verhalten ihre Unwissenheit nicht anmerken.

Es wurde ebenso mitgeteilt, dass Sonja und Andreas am Tag zuvor beim Standesamt gewesen waren, weil sie es nicht erwarten konnten zu heiraten. Sie hatten noch einen kurzfristig ausgefallenen Termin wahrnehmen können, sodass die Hochzeit in drei Wochen stattfinden würde.

Andreas hatte sich jenen Tag für Sonja frei genommen, doch schlug vor, David in die Behörden zu begleiten, denn er hatte viele Erklärungen in Bezug auf sein Verschwinden zu machen. Seine Rückkehr würde viel bürokratischen Aufwand nach sich ziehen.

Sonja brauchte ein Hochzeitskleid, also machte Hanna für sich selbst unerwartet den Vorschlag, mit ihr in dieser Zeit shoppen zu gehen. Erst recht war sie darüber verblüfft, dass Sonja das Angebot annahm. Danach telefonierte David mit der besagten Bekannten, bei der Leonie sein sollte und machte mit ihr aus, dass er gegen Nachmittag mit Hanna zu ihr fahren würde, um Leonie abzuholen. Er verabschiedete sich von Hanna mit einem ganz und gar nicht freundschaftlichen Kuss.

Es war der friedlichste Morgen seit Langem, doch Hanna war sich der fragilen Struktur dieser Idylle bewusst und ahnte, dass das nicht lange so bleiben konnte.

Kapitel 11: 2017

Sonja saß in Hannas Auto und sah sich neugierig darin um. Als Hanna ebenfalls in das Auto stieg, verkündete Sonja mit Begeisterung: „Ich war noch nie in deinem Auto!“

Hanna zuckte mit den Schultern. Sie wollte nicht preisgeben, dass sie ungern andere Menschen in ihr Auto ließ. Es war ihr heiliger Aufenthaltsort auf Rädern. Ihr Auto war für die meisten Notfälle gerüstet, denn Hanna war gerne auf alles vorbereitet. Dies begann bei Ersatzkleidung, ging über Bargeld, falls ihre Bankkarte ausfallen sollte und endete mit einer Auswahl an Messern, die sich, trotz des Wurfmessergürtels, den sie möglichst immer trug, rund um den Fahrersitz befanden. Fiel Letzteres auf, wurden unangenehme Fragen gestellt. Hanna hegte seit ihrer Kindheit eine Faszination für Waffen und vor beinahe zwei Jahren hatte sich diese Neigung verstärkt.

Nachdem Hanna konzentriert am Ende der Straße gewendet hatte und sie die Straße, in der sie wohnten, verlassen hatten, stellte Sonja erneut eine Frage: „Brauchst du auch ein Kleid?“

„Nein, ich habe noch das Kleid vom Abschlussball und bevorzuge es, nicht der Tradition der edlen Kreise zu folgen und ein Kleid nur einmal im Leben anzuziehen“, lachte Hanna. Sie konnte die arroganten Akademikerkreise, in denen sich Andreas gezwungen fühlte zu verkehren, nicht ausstehen, wo sich die Menschen bloß an ihrem Fachwissen und Wohlstand labten, auf welchen ihr Selbstwertgefühl basierte. Beim Gedanken an Andreas‘ Umfeld grauste es Hanna vor der Vorstellung, wie er mit seiner künftigen Ehefrau verfahren würde. Entweder würde er sie mitnehmen und sich blamieren oder sie nicht mitnehmen und Sonja damit verletzen. Da kam ein tolles Dilemma auf ihn zu, doch das war nicht Hannas Problem.

„Nicht das Schwarze!“, protestierte Sonja. Hanna hatte Sonjas abergläubische Abneigung gegen Schwarz ganz vergessen, die sie nie ganz verstand und nicht verstehen wollte.

„Ach komm, Schwarz ist nur eine ganz normale Farbe wie andere auch“, antwortete Hanna gereizt, weil sie keine Lust hatte, ein Kleid zu kaufen, „es glitzert sogar etwas“. Es war schwer, ein Kleid zu finden, das ihr gefiel und nach Sonjas dem ihren völlig entgegengesetzten Geschmack richten wollte sie sich ebenso wenig. Um eine Kleidersuche zu vermeiden, war Hanna sogar bereit, ein sinnfreies Sonja-Totschlagargument an den Tag zu legen.

„Schwarz ist *keine* Farbe“, entgegnete Sonja mit einem trotzigen Unterton und Hanna hatte wie so oft das Gefühl, dass ein kleines Kind neben ihr saß.

„Das ist Weiß dieser Logik nach nicht“, erwiderte Hanna.

„Es ist auch nicht richtig, wenn ich Weiß trage.“

Hanna verzog überrascht das Gesicht. „Was meinst du?“

„Weiß steht für *Reinigkeit*. Ich bin ja keine Jungfrau

mehr, wie du dir schon gedacht hast, weil ich ja schwanger bin“, äußerte Sonja verlegen und lief dabei rot an, als hätte sie Hanna etwas Sensationelles gestanden.

„Reinheit“, korrigierte Hanna, „bring‘s meinem Bruder ja nicht so falsch bei! Aber – na und? Du kannst deine Schwangerschaft bei deinen Verwandten ja für eine unbefleckte Empfängnis verkaufen. Sie glauben das sowieso, wenn sie mit dir verwandt sind.“ Den letzten Satz bereute Hanna sofort wieder, weil ihr erneut eine Stichelei hinsichtlich Sonjas Intelligenz herausgerutscht war und diesmal eine heftige. Sonja bemerkte dies jedoch nicht.

„Das wäre Blasphemie.“ Dieses viel anspruchsvollere Wort überstieg unlogischerweise *nicht* ihren katholisierten Wortschatz.

„War ja auch nur ein Scherz“, murmelte Hanna erleichtert darüber, dass Sonja die offensichtliche Beleidigung nicht erkannt hatte, „die Ungläubigen sehen das nicht so eng.“ Hanna setzte erneut an, diesmal aufbauend: „Ich kenne mich da nicht gut aus, aber soweit ich weiß, ist ein weißes Kleid bloß ein Symbol. Wenn man Gebrauch von Symbolen macht, lügt man nicht, weil man jedes Symbol relativ frei interpretieren kann, ebenso wie man Reinheit unterschiedlich auslegen kann. Für die einen ist es Reinheit im jungfräulichen Sinne und für die anderen Reinheit in einem anderen Sinne. Sagen wir zum Beispiel – Reinheit der Seele oder der Gedanken, sprich, charakterliche Qualitäten.“ Sonja blickte Hanna verwirrt an, weil sie ihrem Gedankengang nicht folgen konnte. Hanna interpretierte das Schweigen korrekt und vereinfachte ihr Statement: „Weiß steht für Reinheit. Reinheit *muss nicht* Jungfräulichkeit bedeuten. Reinheit kann auch bedeuten, dass man ein guter Mensch ist.“

„Denkst du, dass ich so jemand bin?“, fragte Sonja hoffnungsvoll mit weit aufgerissenen Augen. Hanna sah nicht zu ihr, weil sie genau diesen Gesichtsausdruck bei ihr vermutete. Der hoffnungsvolle Blick gepaart mit Sonjas Mondgesicht würden Hannas Zurückhaltung überreizen.

Hanna seufzte: „Ein besserer als ich ganz sicher."

„Du bist kein schlechter Mensch."

„Seit wann denn *das*?" Hanna machte ein erstauntes Gesicht.

„Schon immer. David ist nicht mal einen Tag da und du bist plötzlich so nett wie nie."

Hanna lachte reflexartig leise auf. „Wenn jemand wirklich nett ist, dann nicht nur, wenn irgendein Kumpel wieder aufkreuzt."

Sonja wartete ab, bis Hanna eingeparkt hatte, denn sie waren bereits am Ziel angekommen. Es war das erste anvisierte Geschäft auf der kurz vor Aufbruch ergoogelten Liste mit Einkaufsmöglichkeiten. Dieses hier befand sich ganz in der Nähe, sodass der Weg weniger als zehn Minuten in Anspruch genommen und Hanna dafür kein Navigationsgerät gebraucht hatte. Schade, die Stimme des Navis hätte Sonja vermutlich vom Reden abgehalten. Hanna parkte praktisch vor dem Schaufenster und musterte die Brautkleider in der Vitrine. Keines davon konnte sie sich an Sonja vorstellen.

„Na ja, so wirklich nett bist du nicht", fuhr Sonja fort, als Hanna den Anschnallgurt löste und den Motor ausstellte, „weil du gerne sagst, was du denkst und du denkst, dass du was Besseres bist und du bist wirklich klüger und hübscher als die meisten, kannst es dir also leisten. Es kann sich ja keiner gegen dich wehren und du bist gemein, weil du so traurig und wütend warst, als du dachtest, dass David tot ist. Das ist verständlich!"

Sonjas Verständnis wirkte auf Hanna befremdlich. Nach all den Feindseligkeiten schien Sonja nie den Glauben verloren zu haben, dass in Hanna etwas Gutes stecken könnte. Hanna hätte diesen Glauben nicht einmal gefunden, geschweige denn über Monate bewahrt.

Sonja fügte hinzu: „Dass das ein Jahr her ist, macht es auch nicht leichter. Weißt du, meine Mutter muss immer noch weinen, weil mein Vater tot ist und das ist über 20 Jahre her. Sie sagt, es tut so weh, wie an dem Tag, an dem er starb, wenn sie daran denkt. Das muss schrecklich sein, so jemanden zu verlieren und es tut mir so sehr leid für dich. Ich habe mich nie getraut, dir das zu sagen, weil du deshalb wieder wütend geworden wärst, aber es tut mir wirklich sehr, sehr leid, dass das passiert ist und dass alles so schlimm war und seine Eltern gestorben sind und du da so…“

Hanna fiel Sonja ins Wort, indem sie ihr einen vernichtenden Blick zuwarf. Sonja beendete den Satz nicht und begann von Neuem: „Das war ja nicht nur *irgendein* Kumpel, eher war er so was wie ein Seelenverwandter. Natürlich bist du dann traurig und lässt es an allen aus, sogar an dir, ja an dir, denn so viel Rauchen und Alkohol ist Selbstverletzung, aber deshalb bist du kein schlechter Mensch.“ Sonja schien ja richtig Mitleid mit Hanna zu haben. Sie geriet buchstäblich außer Atem vor lauter Mitleid in ihrem Redeschwall.

„Seelenverwandter? Wer hat dir denn *das* gesagt?“, gab Hanna entsetzt von sich und verdrängte den übrigen Wahrheitsgehalt in Sonjas Worten, denn irgendwo hatte sie nicht ganz Unrecht. Hannas abwertende Art war nichts Neues, aber diese Wut, diese gezielten, willkürlichen Sticheleien entstammten womöglich der Tatsache, dass sie Davids Verlust nicht verkraftet hatte, vielleicht niemals verkraftet hätte.

„Andreas – und Jörg sagte das auch mal -, weil ihr euch so gut verstanden habt. Erst war ich dir böse, aber als sie das erzählt haben, habe ich versucht, das zu verstehen. Du hast immer so viel für seine Familie gemacht und um ihn zu retten…“

„Halt die Klappe!“, sagte Hanna in einem gereizten

Tonfall. Sonjas Äußerungen erinnerten sie an alles Geschehene. Sie wollte nicht darüber nachdenken und es war das zweite Mal in wenigen Minuten, dass Sonja sie dazu gebracht hatte.

„Du bist verletzend mit dem, was du sagst, aber du machst Gutes, wenn es drauf ankommt", fügte Sonja hinzu.

„Zwischen sagen und machen liegt manchmal ein schmaler Grat", entgegnete Hanna.

„Nein, sonst würde es nicht so viele Dummschwätzer geben und sonst hättest du schon lange dafür gesorgt, dass ich meinen Job verliere, wenn du mich wirklich so wenig magst, wie du immer sagst."

„Soll das heißen, du hältst mich für einen Dummschwätzer?" Die Aussage war unangenehm, weil Hanna Dummschwätzer verabscheute und am Tag zuvor David dazu aufgerufen hatte, keiner zu sein.

Sonja bemerkte Hannas Verärgerung, doch antwortete offen und ehrlich: „Ein wenig, denn so schlimm kannst du mich nicht finden, wenn du mit mir ein Hochzeitskleid kaufen fährst."

Hanna überlegte kurz, denn etwas war dran an Sonjas Aussage. Sie wollte nicht lügen oder ausweichen, denn Hannas scheinbare Unantastbarkeit hatte Sonja längst als Maske entlarvt.

Hanna fuhr fort: „Ich habe nichts gegen dich und hasse dich nicht. Du machst mich einfach nur aggressiv mit deiner ganzen Art, der Naivität, deinem Gott, der ganzen Liebes-Romantik-Scheiße und allem, es nervt mich. Ich fühle mich dir überlegen, aber dann blicke ich auf dein Leben. Es ist so simpel und schön, was bedeutet, dass all meine Überlegenheit kein Garant für Glück ist. Vielleicht macht mich das wütend."

„Glück will jeder, aber was ist Glück für *dich*?"

Hanna zuckte mit den Schultern: „Kann ich im Augenblick nicht konkret sagen."

„Im Augenblick?“, fragte Sonja kritisch.

„Hm, ich glaube das nie gewusst zu haben“, murmelte Hanna beinahe verlegen.

„Vielleicht ist genau das das Problem. Wie kann man etwas bekommen, wenn man nicht danach greift? Und wie kann man nach etwas greifen, wenn man nicht weiß, was man greifen will? Ich weiß genau, was ich will: Ich will heiraten, ich will ein Baby von Andreas und mit ihm alt werden, ich will Jonathan eine gute Mutter sein und meiner Mutter eine gute Tochter und jetzt will ich in ein Geschäft gehen und mein Traumkleid finden, ein weißes, weil du Recht hast und ich nicht mehr zweifle. Wie soll ich ein Hochzeitskleid kaufen, wenn ich nicht weiß, dass ich eins will oder Andreas Ja sagen, wenn ich nicht weiß, ob ich je heiraten will? Du hast so viele Möglichkeiten – du kannst studieren, was du willst, dir den Mann aussuchen, den du willst. Gott gab dir so viel. Du musst nur entscheiden, was du willst und es dir nehmen, denn bekommen wirst du alles. Nichts steht deinem Glück im Weg außer dir selbst.“

Hanna hatte aufmerksam zugehört. Sonjas Gedanken ergaben Sinn. Hanna wusste nicht, was sie wollte und kam daher nicht vorwärts. Sie war nie ein Mensch der großen Pläne gewesen, aber nach Davids Scheintod war sie zudem in eine Starre der Gleichgültigkeit verfallen. Sie hatte aufgehört, etwas zu wollen. Sie hatte praktisch aufgehört zu leben, obwohl sie jede Grundlage hatte, um die meisten Ziele, die das Leben bot, zu erreichen.

„Aber es ist schwer zu entscheiden, was man will“, zögerte Hanna, „wie kommt man darauf?“

„Ich fand es leicht, ich habe das schon von klein auf sicher gewusst“, antwortete Sonja mit leuchtenden Augen.

„Ich nicht. Man hat dir als Kind eine Richtung vorgegeben oder ein Vorbild, etwas, was dich begeistert hat, etwas, was du übernommen hast. Nicht, dass man nicht versuchte mir, eine Richtung vorzugeben, aber ich wollte sie nicht einschlagen, wollte nie werden wie meine Mutter. Ich weiß nur, was ich nicht will und das ist zufällig genau das, was du willst", lachte Hanna.

„Was willst du nicht?"

„Ich will nicht heiraten, kann mir nicht vorstellen, Mutter zu werden und will keinesfalls eine Hausfrau sein. Ich bin nicht für die klassische Familie geschaffen."

„Wir werden sehen", sagte Sonja vergnügt. Hanna sah sie mit einem vernichtenden Blick an. Dieser war jedoch freundlicher als der vorherige. Sonja lachte: „Wir werden sehen, was noch kommt. David ist wieder da. Das ist ein Anfang. Ab heute wird sich dein Leben ändern."

„Versuche mir jetzt ja nicht einzureden, Familie und Partnerschaft sei das Größte. Ich kann es seit meiner Kindheit nicht mehr hören."

„Das ist traurig", sagte Sonja leise.

„Es wäre traurig, wenn ich mit meinem Potenzial, das du gerade so ausführlich dargestellt hast, als Hausfrau in meinen vier Wänden verrotten würde." Das war wohl eine Stichelei mehr an diesem Tage, aber die erste beabsichtigte.

„Dafür verrottest du zwischen Alkoholflaschen und einem Nebenjob, der unter deinem *Potitial* ist."

Hanna schluckte und bemerkte nicht, dass Sonja erneut ein semantisches Verbrechen begangen hatte. Sonja hatte Recht. Hanna verrottete zwischen Alkohol, geistiger Unterforderung, um ja nicht mehr denken zu müssen, und Selbstzerstörung, weil sie betrunken nichts zu fühlen glaubte. Das letzte Jahr war im Vollrausch an ihr vorbeigerast. Nichts von dem, was sie je glücklich gemacht hatte, schien übrig geblieben zu sein oder aber es reichte ihr nicht mehr. Ihr Leben, das sie so vorbildlich autonom gemeistert hatte, war von heute auf morgen auf den Kopf gestellt worden und nichts war mehr wie früher.

Seit David da war, einen einzigen Tag, hatte Hanna einige Augenblicke gehabt, in denen sie glaubte, alles würde sich bessern, doch die Hoffnung wurde ständig von Zweifeln bedrängt, weil sie nicht wusste, wo er über ein Jahr lang gewesen war. Bei allem Optimismus belastete sie das unheimlich. Dennoch hatte Sonja in vielerlei Hinsicht Recht. Das war bedenklich.

Als Hanna und Sonja wenig zuversichtlich das „Haus der Braut“ betraten, präsentierte ihnen die nette, ältere Dame, die dort arbeitete, schnell ein perfekt passendes Kleid, nachdem sie Sonja lediglich mit einem Blick gemustert hatte. Es war sofort ein Volltreffer. Dabei handelte es sich um ein weit ausgeschnittenes, schneeweißes Kleid mit Corsagenschnürung und aufgenähten Stoffblumen, welches ihre Figur hervorragend umspielte. Es war abscheulich kitschig, aber es war genau das, was Sonja gewollt hatte.

Das Kleid kostete eine beträchtliche Summe, aber Hanna konnte Sonja dazu überreden, es zu kaufen, weil es ihr so gut gefiel und weil man nur einmal im Leben heiratete –zumindest glaubte man das, wenn man es zum ersten Mal tat. Andreas hatte Hanna seine Kreditkarte vor der Abfahrt in die Hand gedrückt und sie darum gebeten, dafür zu sorgen, dass diese Hochzeit all Sonjas Träumen entsprechen würde. Dazu gehörte auch ein entsprechend teures Traumkleid.

Auch Hanna fand im gleichen Geschäft ein Kleid und ließ sich von Sonja überreden, es zu kaufen. Es war ein dunkelgrünes, bodenlanges Kleid aus Satin mit raffiniert überkreuztem Stoff auf dem Rücken. Sonja hätte zwar eher Hellblau oder Flieder bevorzugt, doch sie war über Hannas Abweichung von Schwarz glücklich genug.

Die beiden machten sich zufrieden auf den Weg nach Hause, nachdem sie sich spontan zwei riesige Eisbecher in einem Eissalon nahe des Geschäftes gegönnt hatten. Sonja erzählte Anekdoten über ihre Mutter und Hanna erzählte Geschichten über David, wie er in der Schule seinen Kopf für sie hingehalten hatte, wie er sie darüber aufklärte, dass die Schüler, deren Eltern der Schule Geld spendeten, sich praktisch alles leisten konnten und wie er ihr das Kämpfen und das Messerwerfen beigebracht hatte, vor allem, wie unbeholfen sie sich am Anfang ihrer „Ausbildung“ angestellt hatte. Zum ersten Mal seit Langem tat ihr die Erinnerung an David nicht weh. Sie konnte über ihn sprechen, ohne sich dabei schlecht zu fühlen. Es war ein befreiendes Gefühl, das Schöne der Vergangenheit als solches zu benennen.

Hanna nahm die abweisende Maske der Perfektion ab und zeigte Sonja eine andere Seite, eine unbeholfene Seite, an der sie als Kind oft zu verzweifeln geglaubt hatte, während Sonja ihr erzählte, wie sich durch die Realschule hatte kämpfen müssen und welch eine Herausforderung es gewesen war, als Erzieherin Fuß zu fassen. Sie tauschten sich aus wie zwei Freundinnen, die kaum verschiedener sein konnten, was offenbar kein Nachteil sein musste.

Kapitel 12: 2015

Leonie betrat Davids Zimmer. Es war sehr hell. Die Autobahn, an deren unmittelbarer Nähe das Haus gebaut war, war kaum befahren und ließ in längeren Zeitabständen Geräusche vorbeifahrender Autos ertönen. Sie klangen wie ein beunruhigendes Nebengeräusch, das sie daran erinnerte, dass sie dort nicht sein durfte.

Leonie sah sich um: Es war unaufgeräumt, seine Tasche und einige Kleidungsstücke lagen verstreut auf dem Boden, als hätte er alles, was er mit und an sich trug, willkürlich auf den Boden geworfen. Das war nicht seine Art, denn er war ein sehr ordentlicher Mensch. Ob er am Vortag besonders müde gewesen war? Ob ihn Sorgen plagten und er deshalb aus gewohnten Verhaltensmustern fiel? Leonie wusste so viel und doch so wenig über ihn. Natürlich wusste sie, was er unternahm und wann oder was er gerne aß, welche Filme er mochte oder über welche Witze er wahrscheinlich lachen würde, sie kannte ja sogar einen großen Anteil seiner Ansichten, aber was er *fühlte* und wie er tatsächlich zu ihr oder zu Hanna stand, wusste sie nicht. Leonie hatte nie erfahren, wer seine erste Freundin gewesen war, ob er überhaupt je eine feste Freundin gehabt hatte, welche Ereignisse ihn geprägt hatten und welche Sorgen oder Ängste er hatte.

Leonie hatte einen Kumpel, einen Jungen aus der Nachbarschaft, Dominik, dem sie sich oft anvertraute. Er sagte, jeder Mensch hätte Ängste, Sorgen und Schwächen. Er sagte, auch David sei nicht unverwundbar, niemand sei es, und wüsste sie von seinen Schwächen, so könnte sie ihn manipulieren, sich durch richtige Einschätzung seiner Person interessanter für ihn machen, ihn vielleicht so trotz allem für sich gewinnen, aber Leonie wusste nichts von Davids Schwächen und sie war bereits so lange auf der Suche nach einer Angriffsfläche. Sie kannte ihren Bruder nicht gut genug und das erfüllte sie beim Anblick der zerstreuten Kleidung; beim Anblick einer Anomalie, für die sie keine Erklärung hatte, mit Wut. Erneut kam der Gedanke in ihr auf, Hanna wüsste alles besser, Hanna stünde ihm näher.

Hanna war stets gegenwärtig in Leonies Gedanken, ob sie über ihr eigenes Verhältnis zu David nachdachte oder versuchte, sich eine Meinung über sich selbst zu bilden – Hanna war immer ein Maßstab, der einem wiederkehrenden, vergleichenden Gedankenmuster unterlag. Hanna war immer da, allgegenwärtig als Ansporn, Messlatte, Vorbild, Bezugsperson, Konkurrenz, der Leonie nie das Wasser reichen konnte und auch als Hassobjekt. Manchmal glaubte Leonie, Hanna sei in ihren Gedanken zu einem unabdingbaren Teil mit ihrem Selbst verschmolzen, als gäbe es keinen Gedanken über sich ohne Hannas Beisein, als gäbe es keinen Gedanken ohne zwanghaften Vergleich. Leonie wusste, dass sie Hanna damit einen enormen Einfluss auf ihr Leben verlieh und hasste sich dafür, doch sie konnte diesen Teil – Hanna – nicht von sich abspalten. So wurde das verhasste und zugleich geliebte Objekt zu einem Teil von ihr.

Hanna vergiftete Leonies Leben mit ihrer Grandiosität, sie war ein Parasit, den Leonies Gedanken an sich gekoppelt hatten und welcher ihr Selbstvertrauen sog; Hanna vergiftete fast jeden Gedanken an David mit ihrer Gegenwart, ihrer Präsenz, neben der jeder unterging und sie vergiftete jeden Gedanken an David mit ihrer Nähe zu ihm, mit der Reife und der Intelligenz, die Leonie fehlten. Wie sollte sich David auch mit Leonie über etwas Bedeutendes unterhalten, wenn er doch Hanna hatte? Hanna hatte immer eine Lösung parat, denn sie war klug und aufmerksam. Zu allem Überfluss war Hanna auch noch schön. Natürlich war Hanna die interessantere Gesprächspartnerin, weil sie Leonie überlegen war und weil man sie während eines Gesprächs lieber ansah. Natürlich würde Hanna an ihrer Stelle sofort durchschauen, wieso Davids Sachen auf dem Boden lagen. Sie würde ihn vermutlich nicht einmal danach fragen müssen oder zumindest sofort mehrere Hypothesen herbeizaubern. Leonie konnte all das nicht. Weder war sie klug, noch interessant und sie hatte keine Hoffnung, etwas davon jemals zu werden.

So, genau so, vergiftete Hanna jeden von Leonies Gedanken, jeden ihrer Momente in Davids Gegenwart, die doch so wunderschön und anregend sein könnten, wenn es Hanna in Leonies Kopf und Leben nicht gäbe. So würde Leonie gerade auf dem Bett sitzen, Davids arglosen Schlaf genießen, sich endlich trauen, wieder sein Glied zu berühren.

Sie würde seine Haut streicheln und mit der anderen Hand sich selbst; sie würde eine Erektion auslösen und die Macht über einen Teil seines Gemütszustandes bestimmen; sie könnte – wenn es Hanna nicht gäbe – diese Macht genießen und ausleben und vielleicht würde dieser Ablauf, der wiederkehrende Genuss, den sie während seines tiefen Schlafes erfuhr, niemals enden; vielleicht würde Leonie noch in zehn Jahren heimlich sein Glied streicheln und es würde nie jemand erfahren; vielleicht würden sie für immer zusammen bleiben und jeden neuen Tag gemeinsam auf diese Weise einleiten und vielleicht würde er einst seine Augen aufschlagen und mit seiner sanften, tiefen Stimme sagen: „Leonie, ich weiß, dass du es bist. Ich weiß, dass du dich seit Monaten, vielleicht sogar seit Jahren in mein Zimmer schleichst und mich berührst und weißt du was? Ich täusche dir seit Langem meinen Schlaf vor, damit du mich berühren kannst, wie es dir gefällt, aber jetzt, jetzt kann ich es nicht mehr aushalten und möchte auch dich berühren." Vielleicht würde er sie ergreifen und mit ihr Liebe machen, ihren größten Traum erfüllen, ihre Sehnsüchte stillen, doch all das wäre nur möglich, wenn es Hanna nicht mehr gäbe, erst dann würde sie es richtig genießen können und hätte keine Angst davor, David würde ihr das Nachthemd vom Leib reißen, ihren Körper betrachten und sagen: „Wenn ich dich so ansehe, dann stelle ich mir vor, wie Hanna nackt aussieht und ich muss sagen, sie muss schöner sein als du."

Wie groß doch Leonies Angst vor diesen Worten war und solange Hanna Teil des Lebens der beiden war, konnte Leonie nicht auf einen solchen Tag hoffen. Und so näherte sie sich nach und nach dem Entschluss, dass Hanna verschwinden musste, um ihrer Hoffnung auf Davids Zuneigung Leben zu verleihen.

Leonie wusste noch nicht wie, aber sie wusste, sie würde Dominiks Hilfe in Anspruch nehmen, um es zu tun. Sie würde es gründlich planen und Hanna oder ihren Status verschwinden zu lassen, sie selbst so sehr erschüttern, ihr Leben so sehr aus den Fugen bringen, dass sie sich nicht mehr aufraffen könnte, sie vernichten, ihre Grandiosität auslöschen. Das war der Plan. Jedes Mal, wenn Leonie in Davids Zimmer gelang und ihr Genuss in Hannas Schatten verkümmerte, fühlte sie sich darin bestätigt, dass es ihre einzige Chance war, Davids Liebe zu gewinnen und sich vom Selbsthass zu befreien. Sie musste Hanna vernichten, um zu leben, um aus ihrem Kokon auszubrechen, um gesehen zu werden, statt neben Hanna unterzugehen. Egal, wie lieb Leonie Hanna hatte – sie musste eliminiert werden. Auch wenn Leonie ihre wichtigste Bezugsperson verlieren würde, Verrat beginge und zu einem verachtenswerten Miststück würde, war sie bereit, all das in Kauf zu nehmen, um ihrem Ziel näher zu kommen. Sie würde alles tun, um aus Hannas Schatten zu treten und Davids Liebe zu gewinnen.

Von der Näherung der Verwirklichung ihres Planes, auch wenn dieser noch keine konkreten Züge angenommen hatte, von ihrer Überzeugung getröstet, Hoffnung nach der Überwindung dieser Hürde zu erfahren, versuchte Leonie erneut, ihre Aufmerksamkeit dem schlafenden David zu widmen. Sein Oberkörper war unbekleidet und sah zur Hälfte aus der Bettdecke hervor. Leonie betrachtete seinen muskulösen Körper, die prallen Arm- und Brustmuskeln, den Dreitagebart, die ungekämmten Haare, die Schweißperlen auf seiner Stirn. Er war so perfekt, so wunderschön.

Leonie hasste das Wort „perfekt“, denn es spiegelte das Gegenteil von ihr wieder. David war perfekt, Hanna war perfekt, ihre Eltern waren perfekte Perfektionisten, nur sie passte nicht in dieses Bild. Sie quälte sich, hasste sich, kratzte sich, ritzte sich, schlug sich, biss sich, erbrach das Essen, um dieser Perfektion näher zu kommen, doch nichts half. Nichts davon brachte sie der Vollkommenheit näher. Wie sehr sie sich für ihre Unvollkommenheit hasste, aber in diesem Zimmer war etwas, was perfekt und trotzdem unverhasst war, das tollste Wesen ihrer kleinen Welt.

Leonie setzte sich auf das Bett, sie war erregt, verliebt, verträumt. Nur wenn er schlief, gehörte er ihr. Sie begann, seine Haare und sein Gesicht zu streicheln. Zart genug, um ihn nicht zu wecken und fest genug, um ihn zu spüren und zu erkennen, dass er sie spürte, indem er lächelte und sich im Schlaf leicht streckte. Sie wollte sich langsam nach unten zu seinem Glied tasten.

Doch diesmal war etwas anders, es roch anders, es roch nach *Hanna*. Jeder Mensch hatte einen Eigengeruch und Leonie hatte eine sehr empfindliche Nase. Wahrscheinlich hatte Hanna etwas bei ihm vergessen und nun roch das ganze Zimmer danach. Es zerstörte die Atmosphäre, es war zwecklos, Leonie würde diesen Morgen nicht genießen können.

Leonie wollte bereits enttäuscht das Zimmer verlassen, als sie etwas hörte, als käme ein Geräusch aus dem an das Zimmer angeschlossene Bad. Leonie sah sich um. Sie durchsuchte jeden Quadratmeter des Zimmers mit ihren Augen, bis sie etwas sah, was unter der Bettdecke hervorlugte, etwas Rotes. Sie zog daran und hielt plötzlich einen Roten BH in der Hand. Sie streckte ihren Arm aus und hielt ihn voller Ekel von sich weg.

In diesem Augenblick war Leonie bloß angewidert, ohne den Zusammenhang zwischen einem BH in Davids Bett, Hannas Geruch, der Besitzerin und den Geräuschen aus dem Badezimmer herzustellen.

Plötzlich hörte sie erneut Geräusche aus dem Badezimmer, doch bevor sie den Entschluss fassen konnte, den Raum zu verlassen, öffnete sich die Badezimmertür.

Vor ihr stand Hanna, die sich ein Duschtuch um ihren Körper gewickelt hatte. Ihre Haare waren nass. Die beiden Mädchen starrten einander erschrocken an. Leonie saß wie angewurzelt auf Davids Bett und hielt Hannas BH in ihrer Hand. Leonies Gesicht lief rot an, sie wollte vor Scham im Erdboden versinken. Hanna stand bewegungslos und schweigend im Zimmer, denn sie glaubte, jede Äußerung, die ihr in den Sinn kam, sei ungünstig.

Die Badezimmertür schlug durch einen Luftzug hinter

Hanna laut zu, da das Fenster des Badezimmers ebenso geöffnet war wie das im Schlafzimmer. Dieser Schlag unterbrach das beklemmte Schweigen und weckte David, der eingeschlafen war, als Hanna kurz das Zimmer verlassen hatte, um zu duschen. Zuerst erblickte er Leonie, die noch immer Hannas BH am Träger zwischen zwei Fingerkuppen hielt, dann Hanna, die nun *ihn* hilflos anstarrte.

Er richtete sich auf und brach überrascht aus sich heraus: „Was machst du hier, Leonie?!“

Seine Reaktion bedeutete, dass er Leonies Gegenwart nicht vermutet hatte, dass er sie wahrscheinlich nicht wollte. Leonies Hoffnung, er würde nur so tun, als ob er schlief, war zerstört. Es fühlte sich an, als würde ihre ganze Welt zusammenbrechen. David war nicht froh, sie zu sehen, er wirkte fast schon entgeistert und Hanna –

Leonie wurde von Angst und Scham ergriffen. Sie fühlte sich enttarnt, all ihre Überlegungen darüber, wie sie in einer solchen Situation reagieren würde, waren nicht mehr präsent, sie wusste nicht, was sie tun oder sagen sollte.

„Ich glaube, wir müssen dir etwas erklären, Leonie“, sagte Hanna. Sie ging auf Leonie zu und verlor fast das Duschtuch, das sie bedeckte. Leonie schreckte zurück, als würde Hannas Nacktheit sie gefährden.

„Sie haben Sex, sie haben Sex!“, schrie Leonies Verstand. Diese Stimme wurde immer lauter, sie erzeugte ein Echo in ihren Gedanken. Plötzlich wurde es ihr bewusst: Ihre größte Befürchtung hatte sich bewahrheitet! Dieser Gedanke, diese Vorstellung einer halb nackten Hanna in Davids Zimmer, diese Scham, entdeckt worden zu sein. Die Scham verwandelte sich schlagartig zu Wut.

Hanna näherte sich ihr und legte ihre Hand auf Leonies Schulter. Die Berührung wirkte wie das Umlegen eines Schalters. Leonie ließ einen tollwütigen Blick durch das Zimmer rasen, der an dem Foto auf dem Nachttisch stehen blieb. Hanna und David sahen so harmonisch darauf aus, Leonie wie aus einem anderen Bild hinzugefügt. Ein Wutstoß durchfuhr ihr Bewusstsein. Sie sprang auf, schubste Hanna von sich, packte das Bild und warf es mit aller Wut und Kraft gegen die Wand. Die winzigen, dünnen Glassplitter des Bilderrahmens flogen durch das Zimmer. Einige berührten sie an den Beinen und Unterarmen, aber sie konnte den Schmerz nicht fühlen. Wut hatte sie für einen kurzen Augenblick ergriffen und ließ sofort wieder nach. Was sie jetzt spürte, war Verzweiflung.

Leonie stand vor den Splittern neben David, der in der Zwischenzeit aufgesprungen war und sie schüttelte, während er ihr etwas zu sagen versuchte. Es war fürchterlich. Der Wutanfall endete so plötzlich, wie er begonnen hatte. Es war zu viel, einfach zu viel. Sie verlor die Kontrolle, versuchte seine Hände von sich zu entfernen. Sie musste weg. Raus!

Leonie riss sich mit ungeahnter Kraft von David los und rannte aus dem Zimmer. Er folgte ihr, versuchte sie aufzuhalten. Sie stolperte, fiel zu Boden, David packte sie, versuchte sie hochzuheben oder zumindest umzudrehen, sie schrie mit hoher, unmenschlicher Stimme, als sei sie von einem Dämon besessen, Schaum lief ihr aus dem Mund, ihre Eltern liefen aus dem Schlafzimmer. Sie schrie, kreischte, weinte, schlug und trat in Hysterie um sich und kratzte David, bis sie das Bewusstsein verlor.

Kapitel 13: 2017

Hanna begab sich erneut an das Steuer, diesmal mit David. Sonja hatte lange und mit viel Begeisterung von dem Kleid sowie dem Ausflug mit Hanna geschwärmt, als Andreas und David zurückkehrten. Auch wenn Sonjas Gesellschaft diesmal erträglich gewesen war, war Hanna froh, sich von Sonja wieder räumlich entfernen zu können.

David hatte überwiegend alles Notwendige mit Andreas erledigt und war sogar beim Frisör gewesen. Nun trug er die Haare nur etwas länger als ein Jahr zuvor, was ihm gut stand, doch sie erkannte sein Gesicht immer noch nicht ganz wieder, obwohl sie davon überzeugt war, dass seine veränderte Mimik sie so sehr irritierte, denn die Gesichtszüge waren die gleichen, wie sie ohne die verschleiernden Haare nun deutlich erkennen konnte.

David begutachtete ihr vor dem Haus stehendes Auto wie einen alten Kumpel, den er lange nicht gesehen hatte. Sie hatten Hannas Wagen gemeinsam ausgesucht. David war ganz und gar kein Fan ihres kleinen Freundes auf Rädern, denn die Mängel an Hannas Gebrauchtwagen, vor denen David sie nach gründlicher Internetrecherche gewarnt hatte, hatten sich schnell offenbart. Dieses Auto war wie ein kleines Kind, das ständig quengelte, weil es immer neue Wehwehchen zu beklagen hatte und die Wehwehchen an einem Auto waren stets eine teure Angelegenheit. Dennoch war er den Peugeot einige Male mit Freude gefahren, weil er die sportlich angehauchte Ausstattung sowie die blitzschnelle Beschleunigungsfähigkeit genoss.

„Möchtest du fahren?“, fragte Hanna.

„Die Schrottkarre? Wie oft musste er schon abgeschleppt werden?“, äußerte David belustigt.

Hanna verdrehte die Augen. Die korrekte Antwort lautete: acht Mal, acht unglaubliche Male in zwei Jahren, wobei David fünf Mal davon miterlebt hatte.

„Verwöhnter Bonze“, zischte Hanna belustigt, doch wollte nicht konkret auf den Ferrari seines Vaters anspielen, schließlich waren seine Eltern darin gestorben. Hanna hatte Sorge, allein diese Aussage könnte zu viel gewesen sein, doch er ging nicht auf ihre Bemerkung ein. Er war erstaunlich gut gelaunt. Vermutlich freute er sich, Leonie wiederzusehen und Hanna freute sich immer, wenn er sich freute, denn seine Freude war ansteckend, aber gerade hatte sie sich an den Kauf ihres Autos erinnert, wie früher alles gewesen war und sofort war ihre Stimmung im Keller.

„Wenn du doch mal fahren willst, kannst du das machen. Du weißt ja, wo du den Zweitschlüssel findest“, fügte sie hinzu.

Sie strahlte ihn an, während sie in das Auto einstieg, doch das Lächeln erreichte nicht ihre Augen. David folgte ihr.

„Ein Messer an der Fahrertür“, stellte er fest.

„Und unter dem Sitz. Wieso fällt so etwas immer ausgerechnet *dir* auf?“

„Ich bin eben gut“, antwortete er im Flirtton und strich

über Hannas Wurfmessergürtel, während seine Hand eine klare Route Richtung Venushügel einschlug. Hanna war gerade nicht dazu in der Lage, darauf einzugehen. Gut war er tatsächlich, aber weder wollte sie ihm das gerade eingestehen, noch konnte sie ihre Stimmungsschwankungen in Bezug auf ihn gänzlich verdrängen. Die Ungewissheit war wie aus dem Nichts wieder hochgekommen und Hanna fühlte sich nun nicht im Stande, sich ihm gegenüber einfühlsam zu verhalten. Vermutlich hatte die Erinnerungssequenz an den Autokauf die gegenwärtige Ungewissheit verdeutlicht. Nun war Hanna traurig und somit biestig, was sie unterdrücken wollte, was ihr jedoch ins Gesicht geschrieben stand. Sie reichte ihm das Navigationsgerät mit einem angewiderten Gesicht. Angewidert war sie von ihren eigenen Stimmungsschwankungen, aber David bezog ihren Gesichtsausdruck auf sich oder seine Annäherungsversuche. Er nahm das Navi mit einer unsicheren, eingeschüchterten Handbewegung an. Wie sehr sie ihn mit einem einzigen Gesichtsausdruck verunsichert hatte. Er sah aus, als würde er sein gesamtes Existenzrecht in Frage stellen. Sein Selbstbewusstsein schien wie ausradiert. Das zu sehen war schmerzlich für Hanna.

„Gib ein, wo es hingehen soll.“, forderte sie ihn möglichst freundlich auf, aber das Entsetzen über seine Reaktion auf ihren Gesichtsausdruck zog ihr durch alle Knochen, was ihre Sprechintonation beeinflusste, sodass die Äußerung eher einen distanzierten Charakter erhielt.

David nickte verunsichert wie zuvor und wartete die Ladezeit des Navis ab, nachdem er es angeschaltet hatte.

„Wo ist Leonie denn jetzt genau“, fragte Hanna, was sie vor Andreas und Sonja nicht hatte fragen wollen, „was ist das für eine Bekannte?“ Sie versuchte, die Situation aufzulockern.

„Es ist die Tochter des Mannes meiner Tante“ Hanna sah ihn irritiert an. „Also“, erklärte David, „meine Tante heiratete einen Mann mit Kind. Daher ist es die Tochter des Mannes meiner Tante.“

Familienbeziehungen konnten so kompliziert sein, aber wenn Hanna sich mit der Verwandtschaftsbeziehung nicht irrte, konnte diese Person Licht auf Davids Verschwinden werfen.

„Sie heißt Celine und ist nach dem Selbstmord meiner Tante nach Bonn gezogen. Leonie ist mit ihr gegangen. Sie leben gemeinsam in einer WG.“

„Warum hat sie sich nicht bei mir gemeldet?“, fragte Hanna nachdenklich. Sie hatte den ganzen Tag keinen Augenblick lang an Leonie gedacht, obwohl diese Frage so aktuell war.

„Ich weiß es nicht. Sie sagte zwar, sie würde dich nicht kontaktieren, aber ich dachte, sie tut es trotzdem oder dass wenigstens Celine es tun würde. Du siehst, ich muss einiges klären.“

„Hat sie auch gesagt, wieso sie mich nicht kontaktieren wollte?“

„Nein, das hat sie nicht.“

Hanna fühlte sich angegriffen. Sie war immer für Leonie da gewesen. Wieso sollte ihr Leonie Ungewissheit über Davids Leben und Tod antun wollen? Wie konnte Leonie nur so grausam sein?

Hanna verdrängte das Gefühl der Entrüstung und fuhr los.

Das gesuchte Haus lag in einer der heruntergekommensten Gegenden Bonns. Hanna parkte an einer möglichst öffentlichen Stelle, um potenzielle Einbrecher abzuschrecken und packte ihr Navigationsgerät in die Tasche, die sie mit sich nahm. An jenem Tag hatte sie eine größere Handtasche dabei als am Tag zuvor.

David hielt einen Notizzettel in der Hand, von dem er

zuvor die Adresse abgelesen hatte. Hanna folgte ihm zu einem der umliegenden Hochhausblocks. Vor der Tür suchte er nach der entsprechenden Klingel. Es war der Name „Mehlan“. Jetzt war glasklar, dass es sich tatsächlich um die Stieftochter seiner verstorbenen Tante handeln musste. Hanna war ihr nie begegnet, doch der Name „Celine Mehlan“ war oft gefallen. Es war das Mädchen, das damals mit David und Leonie verschwunden war; es war das Mädchen, das sich vermutlich in Kenntnis von Fakten befand, die Hanna bisher nicht erlangt hatte. Hanna war sehr gespannt auf diese Person. Gleichzeitig überraschte sie die Tatsache, dass Leonies Name nicht ebenfalls an der Klingel vermerkt war. Schließlich hatte David doch gerade berichtet, dass Leonie und Celine in einer WG wohnten.

Die Eingangstür des Wohnblocks war einst verglast gewesen und irgendwann eigenschlagen worden, sodass man das Haus auch ohne zu klingeln betreten konnte. Das Klingeln galt hier wohl eher als reine Höflichkeitsgeste. Die Klingeln mit den Namensschildern waren alle verdreckt und zum Teil zerbrochen, sodass man viele Bewohner nur auf gut Glück finden konnte.

„Wie ist diese Celine so?“, fragte Hanna, als David klingelte. Sie war verunsichert.

„Celine ist schlau, aber sie wird dich vermutlich nicht mögen. Frauen, die weder dumm noch hässlich sind, erträgt sie in ihrer Nähe nicht. Sie wird versuchen, dich zu provozieren, um zu sehen, wie du tickst, aber mach dir nichts draus.“

Bevor Hanna reagieren konnte, erklang ein langgezogenes, müdes „Ja“ aus der Freisprechanlage, das durch die mangelhafte Technik stark verzerrt wurde.

„Ich bin’s, David“, antwortete er.

Es ertönte ein lautes Brummen und die Tür, beziehungsweise der leere Türrahmen, ließ sich öffnen.

„Erdgeschoss“, gab David den Kurs an und Hanna folgte

ihm. In dem Gang roch es nach Urin und Bier, während die Wände mit Sprüchen und Schimpfwörtern wie „Hurenkinder", „Kackfresse" oder „Mistgeburt" beschmiert waren. Man konnte offensichtlich selbst zum Fluchen zu ungebildet sein.

An der einzigen offenen Tür am Ende des Ganges mit fünf weiteren Parteien stand eine junge Frau. Sie war ungefähr so groß und alt wie Hanna und hatte langes, stark aufgehelltes, feines Haar. Sie trug ein bauchfreies Top und Hotpants. Celine hatte ein hübsches Gesicht, jedoch eine von einer dicken Kosmetikschicht überdeckte unreine Haut und kaum zu verbergende Tränensäcke, während ihr Mund leicht schief war wie nach einem Schlaganfall. Hanna mochte sie nicht, ohne je ein Wort mit ihr gesprochen zu haben.

Celine sprang barfuß aus der Wohnung und fiel David quietschend um den Hals. Sie klang wie ein Meerschweinchen am Spieß. David hob sie hoch und stellte sie wieder auf den Boden. „Ich bin so froh, dich zu sehen", sagte er. Celine packte ihn am Kopf und versuchte, ihn zu küssen. Er drückte sie weg. Sie sah ihm über die Schulter und fixierte Hanna voller Abneigung mit ihren stahlblauen Augen.

„Was ist *das* für eine Kratzbürste?", fragte Celine mit angewidertem Gesichtsausdruck.

„Das ist Hanna", antwortete David die Beleidigung bewusst überhörend.

„Ach, die, deren Namen du mal beim Sex gestöhnt hast", warf Celine abfällig ein, „komm rein, David." Das meinte David wohl damit, als er prophezeit hatte, Celine würde versuchen, Hanna zu provozieren. Es war Celine bereits gelungen, Hanna sprachlos zu machen, denn selten hatte sie eine derart unfreundliche Person erlebt.

Hanna in die Wohnung hereinzubitten, überstieg wohl Celines Taktgefühl. Deutlicher konnte die Botschaft, dass

Hannas Gegenwart unerwünscht war, kaum zur Geltung gebracht werden, aber Hanna musste diese Person ja hoffentlich nie wieder sehen.

David betrat die Wohnung. Hanna folgte ihm durch den kleinen Wohnungsflur in einen der Räume. Die Wohnung war ordentlich und sauber, jedoch sehr billig eingerichtet. Das Zimmer, in das sie geleitet wurden, umfasste nicht mehr als sieben Quadratmeter und beinhaltete ein Einzelbett mit einer Tagesdecke in zartem Rosé. Auf dem Boden lag ein gleich gefärbter Flokatiteppich und links von der Tür stand ein kleiner Schreibtisch, auf dem sich wenige Schreibwaren befanden. Den Schrank ersetzte ein offenes Ikea-Regal, das vor Kleidungsstücken überquoll, ebenso wie der Boden, auf dem immens hohe, ordentlich gefaltete und nach Farben sortierte Kleiderstapel, lagen.

Vor dem Fenster spielten Kinder Fußball und sahen gelegentlich durch die offenen Vorhänge hinein auf Celines Hinterteil. Als sie Hanna und David in den Raum führte, fiel Hanna auf, dass er von starker Zellulitis und auffälligen Dehnungsstreifen gezeichnet war, die sich bis zu den Knien zogen, und eine ungünstig breite, flache Form hatte. Das deutete auf starke Gewichtsschwankungen hin. Vermutlich war Celine einst sehr dick gewesen.

Celine ließ sich auf das Bett fallen. Die ausgeleierte Haut an ihren Beinen bebte bei jeder Bewegung.

„Ich dachte, du kommst *allein*, David“, sagte sie enttäuscht und streichelte dabei die Bettdecke. Sie blickte Hanna schadenfroh und provokativ an. Hanna war bereits gelangweilt von Celines Provokationsversuchen und äußerte das mit ihrer Mimik. Das stumme Entsetzen über ein derart niveauloses Verhalten stand Hanna ins Gesicht geschrieben. Offensichtlich wollte Celine einen Konkurrenzkampf mit Hanna entfachen, aber Hanna hegte nicht die geringste Absicht, darauf einzugehen.

„Wo ist Leonie?“, fragte Hanna, um das Gespräch zu

verkürzen.

„Lasst uns doch erstmal nett quatschen und ein Gläschen Wein trinken, Leute. David, wir haben uns so lange nicht gesehen und ich möchte Hanna richtig kennen lernen“, sagte Celine, ohne Hanna eines Blickes zu würdigen. Stattdessen versuchte sie beim Streicheln der Decke verführerisch zu wirken. Dabei fiel Hanna auf, dass Celines Fingernägel bis auf das Äußerste abgekaut waren. Die Haut war trocken und stellenweise verkrustet, die Fingernägel selbst oder das, was von ihnen übrig war, waren verdreckt und vergilbt. Hanna wurde von der Vorstellung, von diesen Händen berührt zu werden, übel. Ihre Art, die unreine Haut unter der dicken Make-up-Schicht, die Haut an ihrem Po und ihren Beinen und diese Hände – Hanna verspürte selten einen solchen Ekel beim Anblick einer Person.

„Nein, Hanna hat Recht. Ich habe meine Schwester seit über einem halben Jahr nicht gesehen. Wo ist sie?“, bestätigte David. Er wurde nervös.

„David!“, zischte Celine und sah schmollend zu Boden.

„Was ist?“, fragte David versteinert.

„Ich möchte doch nur alles nicht so förmlich machen. Du hast mir gefehlt!“, antwortete Celine. Inzwischen spielte sie mit ihren Haaren.

„Das könnt ihr gern nachholen. Jetzt aber nicht“, brach Hanna gereizt von Celines Verhalten hervor.

„Ach, du hältst das Maul, du widerliche, fette Kratzbürste!“, schrie Celine unerwartet auf. Hanna wich mit weit aufgerissenen Augen zurück und warf David einen irritierten Blick zu. Er legte seinen Zeigefinger vor den Mund, womit er Hanna dazu aufforderte, sich rauszuhalten. Er war kein bisschen überrascht von Celines Ausbruch, also war das nichts Neues für ihn, doch Hanna sah keinen Anlass, solch ein respektloses Verhalten zu tolerieren. Celine wollte Hanna testen? – Gut, Hanna würde Celine zeigen, wer sie war. Die wenigen Informationen, die sie besaß, waren genug, um Celine zurechtzuweisen.

Hanna setzte sich zu Celine auf das Bett und sagte spöttisch-mitleidig: „Wenn du schon von dir auf andere schließt, dann solltest du nicht untertreiben und lediglich „fett“ sagen. Ich würde mal sagen, dass ich mich bei deiner Figur nicht trauen würde, mich in einen derart knappen Fummel zu werfen, aber du musst es wohl sehr nötig haben, jede denkbare Aufmerksamkeit auf dich zu ziehen. Trotzdem bin ich besorgt, dass du mit deinem formlosen Dellenarsch die Menschen eher verschreckst.“ Es war fies, all das Wenige, was Hanna über Celine wusste, samt ihren Beobachtungen auf diese Weise zu verwenden, aber Celine hatte sie einmal zu oft provoziert. Das konnte Hanna ihr nicht durchgehen lassen.

Celine sah zu David hoch. Die ersten Augenblicke verschlug ihr Hannas Verhalten die Sprache. Dann schrie sie mit einer hohen, schrillen Stimme: „Schmeiß sie raus! Sie soll verschwinden!“ Die Tonlage ihrer Stimme ließ einem das Blut in den Adern gefrieren und fiepte in den Ohren. Hanna wich erneut für einen Augenblick zurück, doch spürte durch Celines Ausbruch ihre Überlegenheit. Dieses Gefühl übernahm plötzlich die Kontrolle über Hannas Handeln.

Mit einer schnellen Bewegung rückte sie näher an Celine und packte sie mit der rechten Hand am Hals, Hannas Körper machte eine Halbdrehung und sie drückte Celine leicht anhebend gegen die Wand hinter dem Bett. Nun kniete Hanna auf dem Bett und drückte Celine Stück für Stück langsam die Luft ab. Mit einem ernstgemeinten Lächeln und intensivem Blickkontakt fuhr sie fort: „Erstens, widerliche Drecksfotze, lasse ich mich nicht beleidigen. Zweitens, Miststück, lasse ich mich nicht anbrüllen und schon gar nicht von so einem dreckigen, breitarschigen Scheißhaufen wie dir. Wenn du eines davon nur noch einmal versuchst, dann bringe ich dir Respekt bei. Ich bin bereit, dich dazu zu zwingen, deine eigenen Exkremente zu fressen. Es würde mir sogar gefallen, denn manchmal kann ich kurzzeitig den Verstand verlieren. Und drittens: Wo zum Teufel ist Leonie?“

Hanna war immer schon gewaltbereit und rabiat gewesen, aber das – sie war voller Wut, voller Wut auf David, ohne es selbst zu erkennen. Auch wenn Hanna in jenem Augenblick keine Wut verspürte, so verspürte sie den Drang, jemandem Schmerzen zuzufügen. Verbale Angriffe deuteten bei ihr auf Gereiztheit, manchmal auch auf Langeweile, aber körperliche Angriffe bedeuteten, dass sie kurz davor stand, zu explodieren, denn bei aller Abneigung hatte Hanna keinen Grund, handgreiflich gegen Celine zu werden. Sie hätte drüberstehen können. Es war die Wut auf David, die auf Celine umgeleitet wurde, denn Hanna würde immer versuchen, Angriffe gegen David zu umgehen. David hatte diese Wendung bereits am Tage zuvor prophezeit, doch nicht damit gerechnet, dass Hanna so schnell die Kontrolle über ihre Wut verlieren würde.

Die Kinder vor dem Fenster spielten keinen Fußball mehr, sondern sahen dem Geschehen zu. Es war spannender als Fernsehen, obwohl es sich für sie nur um einen Stummfilm handeln musste.

Celine japste panisch nach Luft und versuchte vergebens mit beiden Händen, Hannas Hand wegzudrücken, während sie mit den Beinen strampelte, aber Hanna war zu stark, um sich aus ihrem Griff zu befreien. Celine schossen Tränen aus den Augen, sie begann mit weit aufgerissenem Mund und ebenso weit aufgerissenen Augen zu krächzen. Je lauter das Krächzen wurde, desto schwächer wurde das Strampeln und die Versuche, Hannas Hand mit den eigenen Händen von ihrem Hals zu lösen und umso unansehnlicher wurde der

Kampf um das Überleben in ihrem verzerrten Gesicht.

Das war genug. Hanna ließ sie los und schubste sie mit einem Tritt vom Bett, wo sie sich selbst gemütlich ausbreitete. Celine rollte wie eine Stoffpuppe auf den Boden und prallte schmerzhaft auf.

Hanna atmete durch. Sie sah auf ihre Hand, mit der sie Celine gewürgt hatte. Ihre Hand zitterte. Sie hatte die Kontrolle verloren, zu fest zugedrückt, aber Celine schien unverletzt zu sein. Jetzt musste Hanna das Beste aus der Situation machen. Sie wagte keinen Blick in Davids Richtung, um ihm nicht durch Blickkontakt zu verraten, dass sie die Kontrolle verloren hatte. Seit Davids Verschwinden war ihr so etwas kein einziges Mal passiert. Davids Rückkehr gab Hanna Ausgeglichenheit, doch sie rollte zugleich verdrängten Schmerz auf, den Hanna weder rechtzeitig aufarbeiten, noch dessen Auswirkungen kontrollieren konnte. Sie war ratlos, doch beruhigte sich schnell. Es gelang ihr, den Schrecken über das eigene Handeln sofort zu verdrängen. Sie musste es überspielen.

„Greif doch ein, du Weichei!“, schrie Celine weinend auf dem Boden, sobald sie wieder atmen konnte. Tränen klebten die Haare an ihr Gesicht und ihre widerlichen Hände ruhten nun auf ihrem Hals, während sie auf der Seite lag und zitterte.

Hanna saß gemütlich auf dem Bett, ohne jede Spur von Mitgefühl oder Reue zu zeigen.

David wusste nicht, was er tun sollte. Als Hanna Celine nur leicht gewürgt hatte, hielt er das Eingreifen für überflüssig, aber als Hannas Lektion gefährlich wurde, nämlich als Celine ernsthaft um Atem rang, hatte ihn das Entsetzen gelähmt.

David half Celine in die Sitzposition und wich von ihr, um Hanna aus einer günstigeren Perspektive beobachten zu können. Von nun an musste er Hanna im Auge behalten und vor allem musste er sie wieder unter Kontrolle bringen, aber gerade drängte sich ihm ein anderer ebenso wichtiger Gedanke auf: „Wo ist Leonie?“, fragte er mit einer gezwungen ruhigen Stimme.

„Ich weiß es nicht, ich weiß es wirklich nicht!“, schrie Celine.

Hanna setzte sich im Schneidersitz hin. „Ihr habt doch zusammen gewohnt. Was ist passiert?“, fragte sie mit einer ruhigen, fast freundlichen Stimme.

„Sie war einfach weg, von heute auf morgen. Ich kam nach Hause und sie war weg. Nicht mal Koffer gepackt hat sie. Nur einen Brief hinterlassen“, antwortete Celine etwas ruhiger.

David warf Hanna einen ängstlichen Blick zu, aber Hanna konnte ihn nicht vor der Realität beschützen.

„Wann war das?“, fragte er. Seine Frage hatte den Klang einer Drohung.

„Keine Ahnung, etwa vor einem Monat, glaube ich. Ich kann dir nur den Brief geben. Mehr kann ich nicht sagen. Der Brief ist auf dem Tisch. Hab ich extra für dich aufgehoben.“

David ging zu dem Schreibtisch und holte den Brief, der dort für ihn bereitlag. Leonie hatte ihn auf die Rückseite einer Telefonrechnung geschrieben.

„Ist es ihre Schrift?“, fragte Hanna misstrauisch.

„Ja, glaub schon.“ David setzte sich zu Hanna auf das Bett und reichte ihr den Brief. Er war seltsam formuliert und hatte einen merkwürdigen Zeilenverlauf neben einer sehr unordentlichen Schrift, die Leonie sonst nicht eigen gewesen war:

Celine,

hör mal,
ich bin weg, wenn du das
liest. Ich melde mich, wenn ich einen

festen Wohnsitz habe.
Entschuldige!

!!!

Deine Leonie

„Wieso schreibt sie so komisch?“, fragte Hanna. „Da ist doch was faul.“

Celine fuhr fort: „Das dachte ich mir auch. Die Zeilen sind so komisch. Ich habe aber wirklich nichts mehr von ihr gehört.“

„Und das hast du mir nicht gesagt, als wir telefoniert haben?!“, rief David wütend. Celine zuckte zusammen und begann zu wimmern. „Du hast mich herkommen lassen in der Erwartung, sie zu sehen, um mir dann mitzuteilen, dass du keine Ahnung hast, wo sie ist?!“ Jetzt war er derjenige, der vor Wut die Kontrolle zu verlieren drohte.

„Und es gibt nichts mehr, was du uns sagen kannst?“, fragte Hanna ruhig, um ein Gegengewicht zu Davids drohendem Wutausbruch zu schaffen. Sie legte ihre Hand auf seinen Arm, obwohl sie wusste, dass das keinen beruhigenden Effekt haben würde.

„Da war ein Mann, kurz nachdem sie weg war. Er kam zu mir und fragte nach Leonie und nach dir, David, er hat euch gesucht. Ich kannte ihn nicht. Habe ihm nur den Brief gezeigt. Er hat sich das angeguckt, abfotografiert und ist gegangen.“ Celine richtete sich auf und schob sich die Haare aus dem Gesicht.

David stand am Rande eines Kontrollverlustes. Hanna wusste nicht, wie sie die Situation beschwichtigen konnte. Celine war nun eingeschüchtert von David und suchte verängstigt in Hannas Augen nach Schutz. Celine musterte Hanna gründlich. Dann erwiderte sie plötzlich, nachdem ihr Blick von panisch zu irritiert wechselte: „Er sah aus wie dein Vater!“

„Wessen Vater?“, bellte David.

„Ihr Vater.“ Sie deutete mit dem Zeigefinger auf Hanna.

„Andreas war hier?“, fragte Hanna verwirrt.

„Ich kenne keinen Andreas! Der Kerl sah nur aus wie du!“

„Andreas ist nicht dein Vater und ihr seht euch nicht annähernd ähnlich“, warf David aufgeregt in den Raum, „deinem leiblichen Vater siehst du ähnlich. Vielleicht weiß er etwas, aber ich habe keine Ahnung, wie man ihn kontaktieren kann!“

Hanna verstand gar nichts mehr. „Wieso sollte er nach euch suchen?“, fragte sie perplex.

„Er sagte mir nach dem Tod meiner Eltern, er hätte meinem Vater versprochen, für mich und Leonie zu sorgen, falls meinen Eltern etwas zustoßen sollte“, erklärte David. Davon hörte Hanna zum ersten Mal.

„Er sagte, sein Name sei Konstantin“, fiel Celine ein.

Hanna und David warfen sich verwirrte Blicke zu, denn das war tatsächlich der Name von Hannas leiblichem Vater.

„Diese These klingt sehr abenteuerlich“, meinte Hanna weiterhin skeptisch, „das ist nun wirklich kein seltener Name.“

„Hast du ein Foto von ihm?“, fragte David nervös. Er klammerte sich an die Hoffnung, Antworten über Leonies Aufenthalt von Hannas Erzeuger bekommen zu können und Hanna fürchtete, diese Hoffnung würde bald an der Realität zerbrechen, denn Celines Aussagen schienen unzuverlässig. Womöglich log sie sich nur etwas zusammen, um die Wut von sich abzulenken und Hanna wusste nichts zu der Situation beizutragen: „Nie eins besessen. Meine Mutter hat alle Fotos von ihm entsorgt, als er sie verlassen hat. Sie wird auch nicht wissen, wo er ist.“

Davids Blick entflammte in Wut. Er machte eine

Drehung und schlug mit einem Schrei gegen die Wand hinter Celines Bett. Celine verdeckte ihr Gesicht mit ihren Händen, zog sich zusammen, schrie auf, als sie den Schlag hörte und begann zu zittern, während Hanna versteinert neben ihm sitzen blieb. Dann packte sie ihn am anderen Arm mit den Worten „Wir gehen“, bevor er den Schmerz realisieren konnte, ergriff den auf dem Bett liegenden Brief, den sie in ihre Hosentasche stopfte und zog David hinter sich her aus der Wohnung. Sie zog ihn durch den Rahmen der unverglasten Haustüre. David ließ sich von ihr wortlos zum Auto schleifen, während die Kinder vom Fußballplatz ihnen folgten und sie aus sicherer Entfernung neugierig beobachteten.

„Es ist meine Schuld! Es ist meine Schuld!“, brüllte David vor dem Auto stehend. Ein paar Neugierige tauchten an ihren Fenstern auf. Hanna schwieg. „Wieso sagst du nichts?!“, schrie er Hanna verzweifelt und vorwurfsvoll an.

„Weder möchte ich dich anlügen, noch möchte ich dir Vorwürfe machen, denn mehr habe ich gerade nicht für dich“, äußerte sie mit verbitterter Stimme, ohne ihn dabei anzusehen, und stieg in das Auto.

David blieb vor dem Auto stehen und starrte auf seine blutende, zitternde Hand. Hanna wartete kurz und öffnete danach die Beifahrertür von innen. Er stieg ein.

„Schnall dich an. Wir fahren nach Hause.“

„Wie soll ich nach Hause fahren, wenn ich nicht weiß, wo meine Schwester ist?!“, flüsterte er.

Hanna öffnete mit mechanischen Bewegungen das Handschuhfach und warf ihm eine dort befindliche Taschentuchpackung auf den Schoß.

„Daran hast du denken müssen, bevor du untergetaucht bist“, sagte sie leise, während ihre Sicht vor Tränen verwischte. Sie fuhr die Tränen unterdrückend los. Sie sprachen auf dem Rückweg kein Wort mehr miteinander.

Kapitel 14: 2007

Wie so oft fand sich Marylin auf dem Tisch im Keller zur Bestrafung wieder. Sie hatte wieder versucht, zu fliehen. Diesmal durch den Keller. Dort gab es einen Raum, den sie nicht betreten durfte. Daher hatte sie dort einen Durchgang nach draußen vermutet und den Schlüssel zu diesem Raum in der vergangenen Nacht, entwendet, während ihre Tante schlief. Marylin hatte gelernt, das Schloss ihres Zimmers mit verschiedenen Gegenständen zu öffnen, doch hatte längst ihre Versuche aufgegeben, nachts durch die Haustüre zu entkommen, denn es war ihr noch nie gelungen, die Alarmanlage zu überlisten. Dieser Raum aber war ein von ihr unerforschter Bereich des Hauses und somit eine kleine Quelle der Hoffnung auf Flucht gewesen.

Diese Hoffnung hatte sich als vergeblich herausgestellt. Es war lediglich ein kleiner Raum voller Zeitungsartikel und Fotos. Die Wände waren mit Notizen und Bildern unbekannter Menschen übersät. Zum größten Teil waren es Kinder, und alle schienen jünger zu sein, als sie selbst.

Jedoch entdeckte sie unter den meisten Bildern Zeitungsausschnitte oder Ausdrucke über Todesfälle, die sich offensichtlich auf die abgebildeten Kinder bezogen. Die meisten dieser Kinder sowie die Erwachsenen auf den Fotos waren tot oder als vermisst gemeldet. Beinahe alle von ihnen waren eines gewaltsamen Todes verstorben, ganze Familien ausgelöscht worden.

Schließlich fiel Marylin ein Foto auf, auf dem zwei Kinder abgebildet waren, ein Mädchen und ein Junge, etwa im Alter von zehn bis zwölf Jahren, auf einer Wiese sitzend. Der Junge hatte blondes Haar. Er wirkte fröhlich und aufgeweckt, schien etwas zu erzählen. Das Mädchen neben ihm machte einen nachdenklichen, doch keineswegs bedrückten Eindruck. Sie hörte ihm zu. Ihr braunes Haar leuchtete goldfarben in der Sonne. Daneben hingen Portraits dieser beiden Kinder. Marylin fuhr mit den Fingern über das Gesicht des abgebildeten Mädchens, das sie mit ihren braunen Augen freundlich anzublicken schien und flüsterte den darunter handschriftlich notierten Namen. Darauf folgte die Erleichterung, darüber dass keine Meldung über den Tod oder das Verschwinden des Mädchens an der Wand hing, doch der Junge, der neben ihr abgebildet war, galt laut eines darunter angebrachten Zeitungsartikels als vermisst.

Marylin wollte diesen Raum nicht verlassen, denn die Fotos hatten sie neugierig gemacht. Sie stellte sich vor, wie es wäre, diesen Kinder zu begegnen.

Sie hatte so lange phantasiert, bis sie einen Stich in ihrer Seite verspürt hatte; es war ein Betäubungspfeil ihrer Tante, die wach geworden war und Marylin entdeckt hatte.

So wachte sie auf dem Kellertisch gefesselt auf, wie es immer der Fall nach ihren Vergehen war. Das Letzte, woran sie sich erinnerte, war eine unter dem Namen des Mädchens auf dem Foto notierte Adresse.

Sie hatte sich kurz vor der Bewusstlosigkeit in Marylins Erinnerung eingebrannt und das war gut so, denn diesen Ort würde sie einst aufsuchen – oder sich demnächst das Leben nehmen. Eine dritte Möglichkeit stand nicht zur Auswahl. Erst musste Marylin aber die Bestrafung über sich ergehen lassen und diese würde diesmal härter ausfallen als sonst, denn in jener Nacht hatte sie alle Gesetze gebrochen.

Wenn sie aufwachte, bevor ihre Tante den Raum betrat, rieb Marylin die Seile, die sie an den Tisch fesselten, gegen die Tischkanten in der Hoffnung, sie würden einst reißen, doch sie schienen immer noch stabil geblieben zu sein oder sie waren von ihrer Tante regelmäßig ausgetauscht worden. Schließlich war ihre Tante gründlich in allem, was sie tat. Trotzdem kämpfte Marylin noch halb berauscht gegen die Seile, riss mit aller Kraft an ihnen, während ihr so viele Fragen durch den Kopf rasten: Wer waren diese Menschen? Wieso sammelte ihre Tante Bilder und Informationen über sie? Wie waren sie gestorben? Wo waren die vermissten Personen jetzt? Waren all diese Personen in Gefahr?

Die Tür öffnete sich und Marylin hörte sofort auf, gegen die Seile zu kämpfen, um ihre Tante nicht stärker zu erzürnen. Sie atmete viel ruhiger als sonst, denn die Bilder hatten ihr ein anderes Leben gezeigt. Jetzt war ihr vor Augen geführt worden, wofür sie kämpfte.

„Du hast mich oft enttäuscht. Du enttäuschst mich ständig. Als sei es deine Bestimmung, mich zu enttäuschen, als hättest du Freude daran, dass ich dir weh tue“, lamentierte ihre Tante und stellte sich vor Marylin. Dann kniete sie vor ihr nieder und brachte ihr Gesicht nah an ihres. „*Was* hast du gesehen?“

„Fotos, Todesanzeigen, Namen, Adressen“, antwortete Marylin leise. Sie sah auf den Boden. Sie wollte ihre Tante nicht ansehen, denn sonst würde diese Frau erkennen, wie viel Hass auf sie in Marylins Augen brannte.

„Du hättest das niemals sehen dürfen. Aber wie du gesehen hast, sind viele dieser Menschen tot und die, die noch leben, wird bald dasselbe Schicksal ereilen. Viele Kinder auf diesen Fotos sind wie du. Deshalb sterben sie, einer nach dem anderen, und die Besten von ihnen leben ein bisschen länger, genau lange genug, um etwas zu bekommen, was man ihnen nehmen kann. Auch du stehst auf dieser Liste, aber ich beschütze dich. Ich bin die einzige, die um die Gefahren weiß und beschütze dich, indem ich dich verstecke. Du bist in Sicherheit, *sie nicht*, denn sie und viele, die sie lieben, sind zum Tode verurteilt, *genau wie du*“, führte ihre Tante aus.

„Sie sind nicht wie ich“, entgegnete Marylin leise, „sie sind nicht eingesperrt.“

Die Tante schlug voller Wut mit der Peitsche auf den Boden. Marylin schreckte nicht zusammen.

„Du denkst, sie haben es besser als du“, schrie ihre Tante, „du denkst, sie sind glücklich? Kann sein, dass ihre Mütter sie nicht schlagen müssen, dass sie keinen Schmerz kennen, aber doch nur deshalb, weil sie *zu dumm* sind, ihre Kinder zu beschützen! *Du* aber, *du* wirst nicht sterben, wie sie. *Sie* wird dich nicht holen. *Sie* wird dich mir nicht wegnehmen! Alles, was ich tue, geschieht zu deinem Schutz!“

Marylin ertrug es nicht, sich anzuhören, wie gut sie es doch habe und wie dankbar sie zu sein hätte. Die Absurdität des Schutzes als Deckmantel war so offensichtlich – und doch versuchte dieses Monster, sie unermüdlich zu täuschen. Sie ertrug es nicht länger. Heute Nacht sollte alles ein Ende nehmen. Tod oder Flucht. Keine weitere Option.

Sie sah ihre Tante an. „Dann überlasse mich doch dem Tod. Alles ist besser als dieser Keller, als dieses Haus, als *du*. Ich sterbe lieber draußen allein, als hier mit dir zu leben“, antwortete Marylin wütend und furchtlos.

Was sollte man ihr schon antun, was ihr nicht bereits angetan worden war? Sie war doch schon entstellt geboren worden. Es würde kaum einen Unterschied machen, wenn ihre Tante sie lebendig häuten würde.

Die Tante schlug mit ihren Händen schreiend auf Marylins Rücken ein. Ein harmloser Schmerz im Vergleich zu dem, was sie bereits erfahren hatte. Auch diesmal schreckte sie nicht auf.

„Du stirbst – *wenn* du stirbst – *hier bei mir*, denn du gehörst mir!“, schrie ihre Tante weiter, die Peitsche erneut in der Hand und mit aller Kraft auf Marylin einschlagend. Diesmal schlug sie in rasender Wut auf Marylin ein. Marylin wagte es zum ersten Mal, ihren Blick während des Bestrafungsrituals von dem Boden abzuwenden und auf ihre Tante zu richten und zum ersten Mal war sie dabei nicht geknebelt, also presste sie ihre Zähne zusammen und starrte das Monster an, das ihr jegliche Freude am Leben verwehrte. Das Monster, das unermüdlich mit aller Kraft auf sie einschlug.

In Marylin staute sich blanke Wut auf, doch diese Wut stimmte sie ruhiger, konzentrierter. Sie richtete ihre Aufmerksamkeit auf die Seile, an denen sie mit aller Kraft zog, auch wenn es aussichtslos war. Sie konnte nicht mehr wehrlos alles über sich ergehen lassen.

„Ich hasse dich“, schrie Marylin, „ich werde dich töten, sobald ich kann!“

Die Schreie der beiden flossen zu einem schrillen Lärm und hasserfülltem Beben ineinander. Marylin riss schreiend an ihren Fesseln, brachte all ihre Kraft auf – und dann geschah es:

Eine Handfessel löste sich, die rechte. Marylin warf ihren Arm reflexartig nach oben, um ihren Rumpf vor den Hieben zu schützen, während ihre Tante ein weiteres Mal zuschlug. Marylins bekam die Peitsche zu fassen und riss an ihr, so fest sie konnte, wobei sich das Leder schmerzhaft in ihre Haut grub. Ihre Tante verlor das Gleichgewicht und fiel nach vorne. Dabei schlug ihr Kopf mit voller Wucht gegen die Tischkante. Die Frau stöhnte benebelt auf und suchte mit ihren Händen nach Halt, doch schaffte es nicht, aufzustehen.

So schnell wie es Marylin nur möglich war, löste sie die verbleibenden Fesseln und sprang auf den Boden. Sie schlang die Peitsche um den Hals ihrer knienden Tante. Marylin war stärker, als sie es selbst je geahnt hätte. Ihre Tante hatte keine Chance, sich zu befreien. Erst stöhnte sie, dann blieben ihr nur vergebliche Versuche, nach Luft zu ringen. Marylin glaubte in jenem Moment, ein Fünkchen Vergeltung sei das Schönste, was diese Welt zu bieten hatte.

Wie sehr Marylin ihre Tante töten wollte. Doch sie hatte jeden Tag über den Tod nachgedacht, wie leicht es sei zu sterben, statt zu leiden. Nach alledem, was sie hatte durchmachen müssen, würde sie es ihrer Tante nicht so leicht machen.

Sie zog eine Spritze mit Betäubungsmittel aus dem Stiefel ihrer Tante, welche sie dort stets griffbereit trug. Noch nie war Marylin ihrem Ziel so nah gewesen, also durfte sie keine Risiken eingehen. Ihre Tante bei Bewusstsein zu lassen, war zu gefährlich.

Marylin rammte ihrer Tante die Spritze in den Rücken. Sie drückte den gesamten Inhalt in ihren dürren Körper und zerrte sie mühevoll auf den Tisch, an den sie sie fesselte, so wie sie selbst unzählige Male gefesselt worden war. Marylin stopfte ihrer Tante den Knebel in den Mund und verließ den Raum.

Sie betrat erneut den Raum mit den Fotos. Mit den Augen suchte sie die Wände ab und blieb erneut vor dem Foto des Mädchens mit dem goldbraunen Haar stehen. Marylin wollte dieses Foto mitnehmen, doch sie entschied sich dagegen, denn sonst würde ihre Tante anhand des fehlenden Bildes schließen können, wohin Marylin reisen wollte.

Nur mit einem Slip bekleidet schritt Marylin durch das Haus, das ihr Leben lang ihr Heim gewesen war. Der Abschied von diesen Wänden erfüllte sie nicht mit Traurigkeit. Die Gewissheit, dass ihre Tante eingesperrt war, verlieh ihr das Gefühl, sich größer zu fühlen denn je. Sie war 15 Jahre alt, doch ihr Leben begann erst jetzt.

In ihrem Zimmer angekommen, zog sie sich ein weißes Kleid mit Schleifen und Spitze an. Kleider in einem anderen modischen Stil besaß sie nicht, anders als die Kinder auf den Fotos mit ihren Jeans und Shirts. Darüber warf sie eine hellgraue Strickjacke mit Blumenapplikationen. Mit einer Stoffmaske, die sie wie üblich trug, um ihr Gesicht zu verdecken, und schwarzen Lackballerinas betrachtete sie sich im Spiegel. Auch einen Rucksack mit Betäubungsspritzen und Messern, die sie ihrer Tante entwendet hatte, hatte sie sich gepackt. Dazu noch eine Decke und Geld aus dem Portemonnaie ihrer Tante.

So stand sie vor dem Spiegel. Ein großgewachsenes Mädchen in befremdlicher Kleidung, das noch nichts von der Welt gesehen hatte, doch das sollte sich bald ändern.

Begleitet von den Schreien ihrer Tante, die sich vom Knebel befreit hatte und dem ohrenbetäubenden Gebrüll der Alarmanlage verließ sie das Haus und blickte auf ihrem Weg zum Bahnhof kein einziges Mal zurück, während das Blut von ihrem Rücken durch ihr weißes Kleid sickerte.

Kapitel 15: 2015

Hanna trat in Leonies Zimmer, nachdem ihr Klopfen nicht erwidert worden war. Sie wusste nicht, was sie erwarten würde. Das war nie vorauszusehen. Manchmal fand sie Leonie ohne ersichtliche Gründe weinend oder nicht ansprechbar vor, während sie in die Leere starrte, manchmal wiederum war sie gut gestimmt.

Leonies Vater äußerte unermüdlich Zweifel an Leonies psychischer Gesundheit. Nun hatte sein Verdacht Bestätigung gefunden. Die Situation schien aus einem kontrollierbaren Rahmen gelaufen zu sein und dagegen musste etwas unternommen werden. Für Hanna war es vorrangig zu ergründen, was der Auslöser von Leonies Zusammenbruch gewesen war.

Für Leonies Verhalten gab es einige plausible Gründe: Sie war ein schüchternes Mädchen, das keine Freunde hatte. Zwar wurde sie nicht gemobbt, doch vermutlich nur, weil sie für ihr Umfeld unsichtbar war. Hanna versuchte Leonie von Anfang an Selbstsicherheit zu vermitteln, aber musste schon sehr früh feststellen, dass Leonie eine gewisse Basis dafür fehlte. Leonie mangelte es an

Selbstsicherheit, Willenskraft und dem Glauben daran, etwas erreichen zu können. Sie versuchte es nicht einmal mit halbherzigem Einsatz. Anstatt sich für etwas einzusetzen, wurde alles mit einem „ist halt so“ abgetan. Hanna vermutete zudem, dass Leonie sich selbst auf eine körperliche Art für ihre Misserfolge bestrafte, doch Hanna wusste Leonie nicht auf diese Vermutung anzusprechen. Hanna erfasste Informationen zwar sehr schnell, doch angemessen auf diese Informationen reagieren konnte sie oftmals nicht. Sie schwieg meist lieber, bevor sie die Situationen mit ihrem Verhalten verschärfte. Hanna suchte das Gespräch mit Leonie David zuliebe, obwohl es nicht ihre Aufgabe war. Vorerst wollte sie nach Leonie sehen und versuchen, ihr zu helfen, wobei Hanna den Eindruck hatte, es wäre ohnehin zwecklos. Sie war beinahe überzeugt davon, dass es mit Leonie nicht gut enden würde, weil irgendetwas mit ihr nicht stimmte. Auch wenn Hanna sich das nicht eingestehen wollte, stimmte sie Leonies Vater zu.

Leonie lag unter der Decke in ihrem Bett. Nur einige Haarsträhnen schauten heraus. Bis auf ihre Haare verriet nichts ihre Anwesenheit in diesem Raum. Hanna sah sich um. Es gab keine Bilder oder Poster an den Wänden, die Jalousien waren halb geschlossen, es gab keinen Teppich, keine persönlichen Gegenstände wie Kuscheltiere, Urlaubserinnerungen oder Bücher, wie man es im Zimmer eines Teenagers erwarten würde.

Betrat man das Zimmer, so konnte man anhand dessen Einrichtung nichts über die Identität des Besitzers schlussfolgern. Selbst Hotelzimmer waren heimeliger. Nicht einmal in einem derart privaten Raum gab Leonie etwas von sich preis.

„Schläfst du?“, fragte Hanna leise.

„Nein“, antwortete Leonie mit einer eisernen Stimme. Sie klang tiefer als sonst.

„Willst du mit mir reden?“

„Nein."

Hanna schloss die Tür hinter sich und setzte sich auf den Bettrand, als hätte das „Nein" ein „Ja" bedeutet. „Du solltest mit mir reden. Deine Eltern drehen durch. Ich könnte das schlichten."

„Was sagen sie?", fragte Leonie im gleichen Tonfall.

„Sie sind besorgt", wich Hanna aus.

„Das heißt, sie wollen mich in eine Klapse stecken."

„Nein, aber von einer psychotherapeutischen Behandlung war die Rede."

„Du meinst psychiatrischen"

„Ich sagte es, wie ich es meinte."

In Wahrheit hatte Leonie Recht, doch Hanna wollte Leonie keine Angst machen.

„Ihr werdet handeln. Ihr werdet mich einsperren und damit werdet ihr Recht haben. Außerdem hätten alle dann ihre Ruhe."

Hanna hörte Verzweiflung in Leonies Stimme. Für eine kurze Zeit herrschte Schweigen. Dann legte Hanna ihre Hand auf die Decke an die Stelle, unter der sie Leonies Arm vermutete. Nach einigem Zögern zog Hanna die Decke langsam weg. Leonie verdeckte ihr Gesicht mit ihren Händen und begrub es im Kissen. Hanna legte sich zu ihr und umarmte sie mit einem Arm von hinten.

Eine Weile lagen sie so da. Hanna suchte nach einer passenden verbalen Reaktion und Leonie genoss Hannas tröstende Anwesenheit. Sie wusste nicht mehr Hass von Zuneigung zu unterscheiden, denn wenn ihr jemand helfen konnte, dann war es Hanna. Leonie glaubte Hanna sogar ihre Liebe zu David anvertrauen zu können. Hanna würde das zwar nicht verstehen, aber sie würde es tolerieren und für sich behalten, würde ganz sicher versuchen, ihr zu helfen, anstatt sie zu verurteilen, doch das wäre ein viel zu großer Schritt und würde Leonies reifende Pläne aushebeln. Leonie entschied sich, darüber zu schweigen, aber ganz auf Hannas Rat und Hilfe verzichten konnte sie nicht, sie brauchte Hanna, sie wusste ohne eine leitende Person nicht zu überleben.

„Ich habe Angst“, sagte Leonie leise durch das Kissen.

„Wovor?“

„Vor den Konsequenzen.“ Sie sprach so, als hätte sie etwas verbrochen. Leonie empfand ihre mehr als nur schwesterliche Liebe zu David und ihren Hass auf Hanna oft, und so auch in jenem Augenblick, als ein Verbrechen.

„Wieso ist das passiert?“, fragte Hanna, um das Gespräch aus der Sackgasse zu lenken. Sie erkannte Leonies Schuldgefühle in diesen Worten nicht.

„Ich weiß es nicht, aber nicht, weil du mit David schläfst.“ In diesem Augenblick wollte Leonie nicht, dass Hanna sich schuldig fühlte, Hanna verdiente es nicht, sich schlecht zu fühlen, sie hatte nichts falsch gemacht, doch Leonie wollte zugleich den Stand der Dinge erfahren und fügte daher hinzu: „Ist es ernst mit euch?“

Hanna deutete diese Frage als reine Äußerung von Interesse. „Nein, es ist nur Sex“, antwortete sie.

Leonie nahm das Kissen von ihrem Gesicht und legte es unter ihren Kopf. „Wieso nicht *mehr*?“

Hanna lachte: „Bei dem Thema Sex hast du mich immer in Verlegenheit gebracht. Ich weiß noch: Als du acht warst, fragtest du mich, was Sex sei. Ich war zwölf und sagte: Das, womit man Kinder macht. Als du neun warst, fragtest du mich, was „ficken“ sei und ich sagte: Ein hässliches Wort für etwas Schönes. Ich war mit dieser Frage überfordert und wollte meine Aussage für dich romantisieren. Außerdem fiel mir auf die Schnelle nichts Besseres ein.“

„Waren diese Antworten wahr?“, lachte Leonie nun auch.

„Na ja, die biologische Komponente dieser Tätigkeit schon.“

Kurz gelang es beiden die Konversation zu genießen und

die Umstände zu vergessen. Leonie rutschte weg von Hanna und legte sich auf den Rücken. Der Blick auf die Decke brachte sie zurück zu ihren finsteren Gedanken.

Sie fuhr fort: „Weißt du, Hanna, ich bin irgendwie falsch hier. Ich enttäusche meine Eltern, ich werde ein Schuljahr wiederholen müssen, ich schaffe den Stoff einfach nicht, obwohl du und David so viel mit mir gelernt habt. Ich habe keine Freunde. Zwar ist niemand gemein zu mir, aber es will auch niemand etwas mit mir zu tun haben. Kein Junge guckt mich an und die meisten Mädchen in meiner Klasse haben schon ihren ersten Freund."

„Leo, es ist nun mal so, dass nicht immer alles kommt, wie man es sich wünscht, aber das bedeutet nicht, dass du – ", Hanna suchte nach einem passenden Wort, „aufgeben kannst. Ich weiß, deine Eltern wollen, dass du so gut in der Schule bist wie David, aber das heißt nicht, dass du das musst oder dass du ein weniger wertvoller Mensch bist, wenn es dir nicht gelingt. Es ist okay. Und hast du nicht einen Freund?"

Leonie runzelte die Stirn. „Dominik ist doch nicht mein Freund, wir machen ab und zu was zusammen, aber Freund... Er ist nicht der, mit dem ich *etwas Wundervolles* machen würde."

„Das Schöne würde ich auch für einen würdigeren Kandidaten aufheben", murmelte Hanna skeptisch, da sie nichts von Dominik hielt. Er stammte aus einer sehr wohlhabenden Familie und war deshalb der Meinung, nichts im Leben leisten zu müssen. Sein größtes Talent bestand darin, das elterliche Geld zu verprassen, um Mädchen zu beeindrucken. Er hatte aus Hannas Sicht definitiv keine Gefühle für Leonie, doch Hanna wollte ihr nicht die Illusion über einen der wenigen Menschen, die ihr Aufmerksamkeit schenkten, rauben, nicht an jenem Tag. Leonie dachte kaum besser von ihm, obwohl sie in Wahrheit mehr zusammenhielt als bloß Leonies Wunsch nach Aufmerksamkeit. Zudem galt Dominiks Begehren jedem nicht *ganz* unattraktiven Mädchen, sodass seine wenigen sexuellen Anspielungen auf Leonie trotz allem als Komplimente aufgefasst werden konnten, welche Leonie dringend nötig hatte. Doch irgendwie tat Leonie Hannas Aussage weh, weil sie sofort an David denken musste. Wenn sie an andere Männer dachte, musste sie sie immer mit David vergleichen und stellte dabei jedes Mal schmerzlich fest, dass niemand den Vergleich mit ihm gewinnen konnte.

„*Du* hast es doch auch nicht getan“, warf Leonie verbittert ein. Sie wusste nicht genau, mit wem Hanna ihr erstes Mal gehabt hatte, doch sie war sich sicher, dass es kein Sex aus Liebe gewesen war.

„Ich mache auch Fehler“, antwortete Hanna, ohne auf die steigende Emotionalität einzugehen. Hanna wusste, dass Leonie in ihr ein Vorbild sah, zweifelte jedoch an ihrer Tauglichkeit in dieser Funktion.

„Bereust du es denn? Wann war es überhaupt?“

Hanna zweifelte, ob sie antworten sollte, aber die Antwort zu verweigern, würde Leonie als einen Versuch, sie vor der Wahrheit zu schützen, deuten und sich umso angegriffener fühlen.

„Mit 13. Ich weiß nicht, ob es ein Fehler war“, antwortete Hanna schließlich.

„Wäre David der Richtige gewesen?“ Diese Frage konnte sich Leonie aus Neugier nicht verkneifen. Zugleich stieg in ihr Wut auf, dass ihr Hanna in einer weiteren Sache, dem Verlust der Jungfräulichkeit, voraus war.

„Was macht in deinen Augen denn den Richtigen aus?“, entgegnete Hanna, denn sie musste feststellen, dass sie über die Definition des „Richtigen“ selbst nie nachgedacht hatte.

Leonie fand sofort eine Antwort: „Der Richtige ist entweder der, den man liebt oder der, der es besonders gut macht.“

„Dieser Definition zufolge, wäre David der Richtige dafür, ja.“ Diese Abweichung vom Thema missfiel Hanna, doch sie war so verblüfft von der Frage, dass sie sie beantwortet hatte, obwohl es Leonie nichts anging.

Leonie dachte nach. Gerne würde sie Hanna über jede Einzelheit ausfragen, doch das würde Verdacht wecken und Hanna würde nicht über jede Einzelheit mit ihr reden wollen. Leonie würde zudem noch wütender und neidischer auf Hanna werden, wenn sie mehr wüsste. Weitere Informationen würden sie noch stärker quälen und sie ertrug es jetzt schon kaum noch. Ihre Welt war bereits zusammengebrochen, denn ihre schlimmste Befürchtung hatte sich erfüllt – Hanna und David schliefen miteinander. Leonie befand sich im Verdrängungsprozess, um einen klaren Kopf zu bekommen und sich einen Plan zu überlegen, wie sie einen Keil zwischen die beiden treiben konnte. Darauf wollte sie sich konzentrieren.

Leonie wusste, dass Hanna Gefühle mied wie der Teufel das Weihwasser und daher eine emotionale Beziehung zu einem Mann, auch zu David, für sie nicht in Frage kam. Dafür kannte Leonie sie gut genug. Hanna war eine Frau, die den Sex liebte, aber nicht die Menschen, mit denen sie schlief. Leonie fragte sich, ob Hanna überhaupt dazu in der Lage war, zu lieben. Mit diesem Schwachpunkt, der Liebe, wollte sie Hanna nun verschrecken.

„Ich denke, für David ist es *mehr*. Ich denke, dass er das lange schon wollte“, kam es aus Leonie herausgeschossen. Leonie hoffte, dass dem nicht so war, aber um Hanna zu verunsichern, war das der richtige Ansatz.

Hanna legte sich mit einem tiefen Atemzug auf den Rücken und strich sich die Haare aus dem Gesicht. „Wieso denkst du das?“, fragte sie.

„Weil ich meinen Bruder kenne.“

Hanna wusste nicht, ob Leonies Aussagen zuverlässig

waren, aber allein der Gedanke daran versetzte sie in Panik. Sie wollte keine feste Bindung. Schon am Morgen hatte sie den Eindruck gehabt, dass David Gefühle für sie hatte und das zuzulassen wäre unverantwortlich. Sie hatte Angst vor emotionaler Nähe und sie hatte Angst, David wegen so einem Unsinn zu verlieren.

„Also wieso bist du nun zusammengebrochen?“

Hanna wusste, dass dieser Umbruch des Themas beinahe taktlos war, doch Leonie hatte sie aus der Fassung gebracht. Das bemerkte auch Leonie und lächelte breit, was Hanna nicht sah, weil ihr Blick ebenfalls an die Decke gerichtet war. Es fühlte sich für Leonie an, wie einer der größten Erfolge, die sie je erlebt hatte. Sie wollte diesen Erfolg steigern:

„Ich weiß es nicht. Ich bin überfordert und irgendwie ist etwas in mir geplatzt, als ich gesehen habe, dass du mit David schläfst. Ich habe Angst bekommen, dass du ihn verletzen würdest.“

Leonie begann, leise zu weinen. Sie verstand nicht, wieso sie weinte. Vielleicht, weil ihr Körper so darauf ausgerichtet war, Hanna zu manipulieren, dass er handelte, bevor sie ihm Anweisungen gab. Diese Tränen waren perfekt. Leonie, das arme, wehrlose, niedergeschlagene, kleine Mädchen, das unter dem Druck der Geschehnisse innerhalb der Familie zusammengebrochen war. Alle waren schuldig, selbst Hanna, die es doch so gut mit ihr meinte und nichts falsch gemacht hatte, selbst sie, wurde durch Leonies geschicktes Verhalten in die Position einer Schuldigen gerückt. Möglicherweise war Hanna älter und klüger, doch Leonie war berechnend. Sie genoss die Macht und den Einfluss, die sie durch ihre Opferrolle erhielt. Nun handelte sie durch Hannas Hände, indem sie sie manipulierte: Hanna würde Leonies Eltern einreden, sie seien an dem Zusammenbruch schuldig, sodass sie Leonie aufgrund schulischer Misserfolge nicht länger unter Druck setzen würden. Hanna würde von David Abstand nehmen und sich als Leonies Konkurrentin selbst disqualifizieren, vielleicht sogar gänzlich als Freund auf ihn verzichten. Durch ihre Opferrolle würde David ihr mehr Aufmerksamkeit schenken. Hanna würde ihren Platz für Leonie räumen und dabei das Gefühl haben, das Richtige zu tun – so Leonies Theorie.

Das eine war es, Macht über die Begierden der Männer zu haben, das andere, die Macht über sein gesamtes Umfeld zu besitzen. Das eine war es, mit seinem wahren Gesicht zu überzeugen, das andere, sich zu verstellen, um das gewünschte Ergebnis zu erzielen. Hannas Erfolge waren natürliche Ergebnisse, Leonies Erfolg würde einer perfekten Planung entspringen.

Leonie lehnte ihren Kopf an Hannas Schulter und weinte lautlos. Sie wusste, dass Hanna sich schrecklich fühlen musste. Das war das erste Mal, dass Leonie glaubte, siegreich aus einer Angelegenheit zu treten und die Oberhand in einer Situation gewonnen zu haben. Das war der Tag, an dem Leonie auf den Geschmack kam, Menschen zu manipulieren.

Kapitel 16: 2017

Hanna parkte wortlos gegenüber ihres Wohnhauses ein, ohne David eines Blickes zu würdigen.

Wie hatte er Leonie nur bei Celine zurücklassen können? Sie war kaum mehr als ein Kind gewesen. Ein kleines wehrloses Kind, das in eine fürchterliche Situation geraten war, sie alle drei – Hanna, David und Leonie – waren einst in eine schwierige Situation geraten, doch Leonie war diejenige, die nie in ihrem Leben nur auf irgendeine Weise zurechtgekommen war, denn ihr psychisches Wohlbefinden war lange äußerst beeinträchtigt gewesen. Nach einer Reihe schrecklicher Ereignisse und durch Celines Eintritt in Leonies Leben war ihr trauriges Schicksal endgültig besiegelt worden. Und wie um alles in der Welt sollte man Leonie jetzt finden? Es gab keine Chancen und es gab keine Hoffnung. Weder war es möglich, eine Spur von Leonie zu finden, noch von Konstantin, dessen Erscheinen sicherlich von Celine erfunden worden war, um sich vor Davids Wut zu schützen, wie Hanna vermutete.

Auch, wenn Konstantin tatsächlich bei Celine gewesen

und nach Leonie gesucht haben sollte, wären seine Chancen, sie zu finden wohl kaum größer als die von Hanna und David. Selbst ein Idealverlauf – das Auffinden Leonies – barg wenig Hoffnung, denn was würde schon noch von Leonie übrig sein? Das süße, kleine Mädchen, das Hanna gekannt hatte, konnte es nicht mehr geben. Dieses „unschuldige“ Mädchen hatte Hanna zudem verschwiegen, dass David noch am Leben war. Wie grausam es auch klang: Hanna würde es ihr nie verzeihen. Sie würde es Leonie nicht vergelten, David zuliebe nicht, doch Hannas Hass war unausweichlich und das war ein sehr bitterer Gedanke.

David starrte mit einem verlorenen Ausdruck in die Leere, ohne zu bemerken, dass es Zeit war, auszusteigen. Es tat Hanna weh, ihn so zu sehen, aber sie konnte nichts für ihn tun. Selbst wenn sie bereit wäre, ihn anzulügen und ihm seine Schuld an der Situation auszureden, so würden ihr doch keine überzeugenden Argumente dafür einfallen.

„Ich werde sie nie wiedersehen; ich werde meine Schwester niemals wiedersehen. Ich habe versagt“, sagte er plötzlich leise.

„Ich dachte auch, ich würde dich nie wiedersehen und – siehe da“, erwiderte Hanna und stieg aus dem Auto. Sie konnte gerade nicht empathisch sein, weil sie um ihre Fassung fürchtete. David blieb sitzen. „Ich bitte dich, wenn du im Auto übernachtest, wirst du damit auch niemandem helfen“, sagte sie, ohne den harten Tonfall ihrer Stimme zu sänftigen. Sie ging auf die andere Seite und öffnete die Beifahrertür. „Komm schon!“, befahl sie.

Er stand auf und umarmte sie. Sie wusste, dass er in jenem Augenblick auf ihr Mitgefühl angewiesen war und als sie realisierte, wie furchtbar er sich gerade fühlen musste, was sie an seinem stockenden Atem und an der Art und Weise, wie er sie umarmte, erfasste, gewann ihr Mitgefühl die Oberhand. Sie erwiderte seine Umarmung, auch wenn es sie sehr viel Überwindung kostete. Nun spürte sie unendliche Traurigkeit. Hanna wusste nicht, was passieren würde, wenn sie die Selbstbeherrschung verlöre. Vielleicht würde sie vor Mitleid in Tränen ausbrechen, vielleicht aus Enttäuschung über Leonie; vielleicht aus Sorge um David. Womöglich würde sie auch um sich schlagen; vielleicht David sichtbar für die Situation verantwortlich machen. All das waren keine Optionen für Hanna, und aus dem Grund erlaubte sie sich keine emotionalen Ausbrüche. Erst hatte sie es sich als Kind verboten, um keine Schwäche zu zeigen und als sie sich endlich in der Position befunden hatte, sich Emotionen erlauben zu können, konnte sie sie nicht mehr beherrschen.

„Ich habe versagt“, flüsterte er und lehnte sich mit seinem ganzen Gewicht gegen sie, sodass sie sich kaum halten konnte.

„Ich habe dich trotzdem lieb“, antwortete sie, woraufhin er sie noch fester mit einem tiefen Atemzug umarmte. Er umarmte sie so fest, als sei es das Letzte, was er im Leben tun würde. Sie erwiderte kurz die Intensität der Umarmung und stieß ihn dann leicht von sich. „Lass uns jetzt reingehen.“ Ihre emotionale Distanz zu ihm verringerte sich merklich. Das wollte sie nicht zulassen, nicht heute.

Vor der Einfahrt parkte ein unbekanntes Auto, ein weißer BMW M3. Andreas stand mit Sonja und einem Mann, den Hanna nicht kannte, vor der Haustür.

Der Gestik nach zu urteilen, schienen Sonja und Andreas aufgebracht zu sein. Laut waren sie auch, doch aus der Entfernung war es unmöglich zu verstehen, was sie sagten.

Der Fremde wollte bereits gehen, blieb jedoch stehen, als er Hanna und David erblickte, die gerade die Straße überqueren wollten. Er war um die einen Meter achtzig groß, gut gebaut, trug einen Dreitagebart und seine Kleidung war gelungen kombiniert. Er trug einen dunkelgrauen Sakko zu einer ebenso dunkelgrauen Jeans und einer dunkelgrau karierten Schiebermütze. Sein Hemd und seine polierten Schuhe waren schwarz, seine Gesichtszüge markant. Hanna schätzte ihn auf einen sich gut gehaltenen Mittvierziger.

„David! Johanna!“, rief er im Kommandoton, während er schnell und doch gelassen auf sie zuschritt. Hanna erkannte ihn nicht und rührte sich nicht von der Stelle. Auch David blieb stehen.

„Ich sagte, du sollst verschwinden! Ich rufe gleich die Polizei!“, rief Andreas und folgte dem Mann mit eiligen Schritten. Sonja folgte Andreas, änderte jedoch die Laufrichtung, als er seinen Arm gegen sie ausstreckte, um sie zurückzuhalten. Sie machte einen Bogen um Andreas und den Unbekannten, überholte beide Männer und raste auf Hanna und David zu. Sie umklammerte ängstlich Hannas rechten Arm, nachdem sie sich zwischen Hanna und David gedrückt hatte, als würde ihr die Position zwischen den beiden verstärkten Schutz bieten. Sie war völlig außer Atem.

Andreas überholte den Fremden und stellte sich vor Hanna, während der Mann weiterhin auf Hanna, Sonja und David zuschritt.

Er ließ sich keinerlei Anspannung anmerken. Andreas‘ Drohung, die Polizei zu rufen, schüchterte ihn nicht im Geringsten ein. Er schien Andreas nicht ernst zu nehmen, was bedeutete, dass der Mann entweder sehr dumm war, da er einen Prädikatsjuristen, der das Wort „Polizei“ erwähnte, nicht fürchtete oder sehr klug, da er Andreas durchschaute. Hanna wusste, dass Andreas nicht die Polizei rufen konnte, da kein Hausfriedensbruch vorlag, jedenfalls jetzt nicht mehr, da der Mann das Hausgelände verlassen hatte. Andreas‘ Drohung war daher nicht haltbar.

„Was ist hier los?“, fragte Hanna und entriss ihren rechten Arm Sonjas Griff.

„Dieser Mann da, dieser Mann -“ Sonja schaffte es nicht, den Satz zu beenden und klammerte sich erneut an Hanna, diesmal fester. Die Angst stand ihr ins Gesicht geschrieben. Sie presste weinend ihr Gesicht an Hannas Schulter. Es war nicht zu erkennen, ob sie die Situation bloß dramatisierte oder ob tatsächlich eine Gefahr von jenem Mann ausging. Er strahlte zumindest nichts Bedrohliches aus, doch etwas an ihm war sehr unsympathisch.

„Dieser Mann ist ein Arschloch!“, beendete Andreas Sonjas Satz. Derartige Kraftausdrücke gehörten nicht zu seinem üblichen Vokabular.

Der Mann trat vor Hanna, während er Andreas mit einer Hand ruhig, aber bestimmt zur Seite schob, wie ein im Weg stehendes kleines Kind, und wandte sich an sie.

„Erkennst du mich?“, fragte er schmunzelnd. Er grinste sie mit einem provokativen Blick an und trat unangenehm nah vor sie. Seine dunklen Augen musterten sie von Kopf bis Fuß. Hanna schüttelte den Kopf. Nichts an ihm kam ihr bekannt oder vertraut vor. Sie wich nach hinten hin von ihm weg.

„Lass die Spielchen, Konstantin“, sagte David mit erschöpfter Stimme. „Hanna, dieser Mann ist dein leiblicher Vater“, erklärte er zu ihr gewandt, „ja, wir kennen uns. Er hat mich kontaktiert, als meine Eltern gestorben sind und mir seine Hilfe angeboten. Ich habe nichts davon erzählt, weil kurz darauf –“, seine Stimme brach und er blickte in die Leere.

„Weil sich dann keine Gelegenheit mehr für ein Gespräch ergeben hat“, beendete Konstantin den Satz für David. „Er ist erst seit gestern wieder da und es war nur ein einziges unbedeutendes Gespräch zwischen uns, also nimm es ihm nicht übel, dass du nichts davon weißt. Ich bin ja keine wichtige Figur in deinem Leben.“ Er trat noch näher und betrachtete Hannas Gesicht, während er sie grob am Kinn packte, um sie sich näher zu betrachten. Sie schlug seine Hand aus ihrem Gesicht und er stellte fest: „Du bist ja *wirklich* von mir!“ Es war nicht erkennbar, ob er sich darüber freute oder ob ihn diese Feststellung lediglich amüsierte. Zu rühren schien ihn diese Bestätigung seiner Vaterschaft offensichtlich nicht.

Er neigte sich näher zu David und Hanna und flüsterte: „Ich bin wegen Leonie hier. Kommt mit!“ Er deutete mit seinem Kopf in die Richtung des M3. Die beiden nickten.

Andreas fuhr dazwischen. Konstantin wich zur Seite, bevor Andreas in Versuchung geraten konnte, ihn wegzustoßen. Andreas presste Hanna und Sonja, die in der Zwischenzeit erneut Hannas Arm umklammert hatte, mit aller Kraft gegen Hannas Auto.

„Wenn du jetzt mitgehst, dann ist dir nicht mehr zu helfen!“, brüllte er Hanna ins Gesicht. Sie zog ihren Kopf zurück, um seinem Atem und umhersprühenden Speichel auszuweichen.

„Es geht um Leonie. Ich werde jetzt mitgehen“, entgegnete sie ruhig, doch bestimmend.

„Du Verräterin“, brüllte er noch lauter und schlug mit offener Handfläche gegen das Auto, „du bist *durch und durch* eine Verräterin!“

Einige Nachbarn tauchten an ihren Fenstern auf. Auch wenn Hanna nichts auf die Meinung der Nachbarschaft gab, wurde ihr die Situation spätestens jetzt unangenehm.

„Was?!“, lachte sie entsetzt auf. David hob erstaunt die Brauen, als er feststellte, dass, ihr reflexartiges Lachen Konstantins Schmunzeln erschreckend ähnelte. Es war nicht überraschend, dass Celine diese Ähnlichkeit ins Auge gesprungen war. Sie hatten nicht nur sehr ähnliche Gesichtszüge, sondern sogar eine übereinstimmende Mimik, obwohl sie einander noch nie zuvor begegnet waren.

Sonja löste sich von Hannas Arm und drückte sich zwischen Hanna und Andreas. Sie flehte durch ihre Tränen hindurch: „Bitte rede nicht so mit ihr. Er ist doch *ihr Vater*, lass sie einfach gehen, sie hat ein Recht darauf!“

Andreas packte Sonja am Arm und stieß sie zu Boden, um den Weg zu Hanna zu räumen. Kurz vor dem Aufprall wurde sie von David aufgefangen. Er griff von hinten unter Sonjas Arme und zog sie hoch.

Konstantin räusperte sich, um die allgemeine Aufmerksamkeit auf sich zu lenken und sagte: „Ich zieh mir diesen Zirkus lieber vom Auto aus rein, bevor Andreas gleich so viel Sodbrennen vor Aufregung bekommt, dass ich Feuer fange. Entweder schwingt auch ihr gleich eure Ärsche hinein oder ich verschwinde allein. Ich gebe euch drei Minuten.“ Mit diesen Worten ging er zu seinem Auto.

Andreas setzte seinen wütenden Vortrag fort, ohne in Sonjas Richtung zu sehen: „Du bist eine Verräterin, Hanna, du bist es schon immer gewesen! Erst verlässt du deine Mutter, weil du es bei mir besser hast und jetzt haust du mit deinem neu ernannten Vater ab! Des Geldes wegen, was?! Hast wohl seine Luxuskarre gesehen und glaubst, du hast es bei ihm besser! Du geldgeile Hure!“

Hanna beendete seine Rede mit einer festen Ohrfeige, die Andreas kurz aus dem Gleichgewicht brachte. Er sah sich beschämt und erschrocken um, als hätte ihn Hannas Schlag wachgerüttelt und zugleich in einen Schockzustand versetzt. Er starrte in die erschrockenen Gesichter vor ihm: David sah ihn erstaunt und angewidert an, Sonja drückte ihre Stirn an Hannas Auto und betrachtete ihn aus einem Augenwinkel heraus. Sie weinte lautlos und zitterte. Hanna betrachtete ihn voller Abscheu und Enttäuschung.

Sonja erwachte als erste aus ihrer Starre des Entsetzens. Ihr Gesicht war noch mit Tränen benetzt. Als sie glaubte, fest genug zu stehen, löste sie sich von Hannas Auto, zog die Schultern hoch und ging mit eiligen, unbeholfenen

Schritten zurück ins Haus.

Hanna warf Andreas einen vernichtenden Blick zu. Er erwiderte ihn mit einem flehenden Blick, sie schüttelte den Kopf und folgte Konstantin in sein Auto. David folgte ihr, ohne Andreas anzusehen.

Kapitel 17: 2017

Konstantin fuhr sofort los, sobald sich Hanna und David auf den Rücksitzen niedergelassen hatten. Er hatte eine ruhige Hand beim Fahren. In seinem Auto roch es nach hochwertigem Männerparfüm, dessen Geruch Hanna bereits wahrgenommen hatte, als er vor ihr gestanden hatte.

Auf dem Boden seines Autos befand sich kein einziger Krümel, auf den Fenstern nicht ein unachtsam hinterlassener Fingerabdruck. Das Fahrzeug war beinahe steril. Unübersehbare Eigenschaften an Konstantin waren die Liebe zur Ordnung, Sauberkeit, Hochwertigkeit und hervorragend abgestimmter Kleidung. Hanna fühlte sich mit ihrem alten Shirt, ausgewaschenen Jeans, etwa fünf Jahre alter Sommerjacke und genauso alten, abgetragenen Chucks fehl am Platz. Dazu war ihr sofort nach der Abfahrt aufgefallen, dass sie ihre Handtasche, in der sich ihr Portemonnaie befand, in ihrem Auto vergessen hatte. Aktuell galt ihre Sorge jedoch nur den Neuigkeiten über Leonie.

„Nur, damit das klar ist“, verkündete Konstantin, „ich

bin nicht hier, um die Zeit als Vater nachzuholen. Ich komme nur, weil Leonie bei mir ist und sie ihren Bruder sehen will. *Nur* deswegen bin ich hier. Andreas hat meinen Besuch völlig falsch interpretiert. Ich möchte nicht, dass du das auch tust, Johanna. Ich habe kein Interesse an dir."

„Das ist mir schon vor langer Zeit aufgefallen", stellte Hanna ohne Bedauern oder Wut fest. Seine Worte überraschten und enttäuschten sie nicht, sie erfüllten ihre durch sein konkludentes Handeln geprägten Erwartungen, auch wenn sie seine herzlose Direktheit erstaunte. Sie hatte diese Reaktion von sich selbst erwartet, als sie noch ein Kind gewesen war, wenn sie in Gedanken eine Begegnung mit ihm durchgespielt hatte. Dass sie tatsächlich so reagierte, dass sie nichts bei seinen gleichgültigen Worten empfand, überraschte sie jedoch selbst. Sie war zum ersten Mal in ihrem Leben ihrem leiblichen Vater begegnet und dieser Mann war ihr absolut gleichgültig. Er löste keinerlei Gefühle bei ihr aus.

Sie holte ihr Handy aus ihrer Hosentasche und schrieb Sonja eine SMS: *„Andreas wollte dir nicht wehtun. Es tut mir leid. Danke, dass du dich für mich eingesetzt hast."* Sonjas Einsatz hatte Hanna beeindruckt und ein Danke war sie ihr dafür mindestens schuldig.

„Wo ist Leonie?", stellte David die Frage des Tages, während Hanna noch schrieb.

„Da werdet ihr nicht erfreut sein", sagte Konstantin,

„Sie ist im Krankenhaus. All die Zeit war sie bei Celine und hat gearbeitet."

„Als was gearbeitet?", fragte David.

„Als Prostituierte", berichtete Konstantin trocken, „hast du geglaubt, Celine würde sie durchfüttern?" Konstantin klang belustigt darüber, dass David von dieser Tatsache überrascht war. „Auf jeden Fall hat sie manchmal ihre Kunden zu Hause bedient. Leonie lud wohl einen Kunden ein, als Celine nicht da war. Dieser hat sie angeblich entführt. Er hat sie wohl dazu gezwungen, Celine einen Abschiedsbrief zu schreiben, um die Polizei rauszuhalten. In dem Brief war eine versteckte Botschaft."

„Welche Botschaft?", fragten David und Hanna gleichzeitig.

„Habt ihr den Brief gesehen?"

„Habe ihn sogar mitgenommen." Hanna holte den Brief aus ihrer Hosentasche und streckte David das inzwischen zerknüllte Blatt Papier entgegen, während sie ihr Handy zurück in die Hosentasche stopfte.

Celine,

hör mal,
ich bin weg, wenn du das
liest. Ich melde mich, wenn ich einen
festen Wohnsitz habe.
Entschuldige!

!!!

Deine Leonie

Sie lasen den Brief mehrere Male, doch fanden auf die Schnelle keinen versteckten Hinweis. Konstantin klärte sie auf: „Der Brief ist doch ganz seltsam formuliert. Das muss euch aufgefallen sein." Beide nickten. „Und jetzt überlegt mal, wie man eine Botschaft noch verfassen kann."

Hanna kam als erste drauf und gab „Oh Gott!" von sich. David brauchte eine Sekunde länger, bis er endlich jeden Anfangsbuchstaben der Zeilen vertikal las.

„Ich schätze, sie stand unter Zeitdruck", erläuterte Konstantin, „man hätte leicht drauf kommen können, aber Celine hat das wahrscheinlich nicht interessiert und ihr seid offenbar einfach Idioten."

„Was ist jetzt mit ihr?", fragte David, ohne auf die

Beleidigung einzugehen.

„Sie wurde in einem Keller festgehalten. Was man genau mit ihr gemacht hat, weiß ich nicht. Als ich sie fand und ins Krankenhaus brachte, stand ihr Leben in der Schwebe. Sie hatte eine schwere Lungenentzündung und einige Geschlechtskrankheiten, die zu weit fortgeschritten waren, um noch etwas dagegen zu tun. Die Gebärmutter musste raus. So viel dazu."

David schloss die Augen und sank tief in den Autositz. Hanna wollte sich nicht vorstellen, was bei diesen Informationen in ihm vorgehen musste. Sie legte ihre Hand auf Davids Knie, obwohl sie wusste, dass diese Geste zwecklos war, doch sie unterlag dem Zwang, *irgendetwas* zu tun, um es ihm leichter zu machen. Gegebenenfalls verfolgte sie ein unerreichbares Ziel. Davids Schuldgefühle waren nicht zu besänftigen, das wusste sie.

Dann lehnte sie sich nach vorne und suchte einen Winkel, in dem sie Konstantins Gesicht im Rückspiegel sehen konnte. Sie saß direkt hinter ihm und war neugierig auf seinen Gesichtsausdruck. Auch wenn sie nichts mit ihm zu tun haben wollte, interessierte es sie, was er für ein Mensch war, denn er machte schließlich die Hälfte ihrer Gene aus. Und sie hatte so gut wie nichts mit ihrer Mutter gemeinsam. Hanna hatte sich manchmal gefragt, ob sie die Eigenschaften, die sie an sich schätzte, von ihrem leiblichen Vater geerbt hatte, doch sie sah nichts Positives in ihm.

Sie betrachtete sein seelenruhiges Gesicht, das auf die Fahrbahn gerichtet war, im Rückspiegel. Sie sahen sich sehr ähnlich, doch nichts schien ihr an ihm vertraut oder löste Gefühle bei ihr aus. Es war ein Mann wie jeder andere, mit dem Unterschied, dass sie seine braunen Augen und Haare sowie die meisten seiner Gesichtszüge bei sich selbst wiederfand. Er war ein Fremder, und dieser Fakt betrübte sie nicht. Womöglich war Konstantin in jenem Augenblick nur deshalb interessant, weil Hanna versuchte, nicht an Leonie zu denken. So konnte Hanna ihre Nervosität vor der Begegnung mit Leonie verdrängen. Wahrscheinlich würde am darauffolgenden Tag die Neugier in Bezug auf Konstantin endgültig verblassen, aber in jenem Augenblick brauchte sie ihre Neugierde, um Ruhe zu bewahren.

„Wie haben Sie Leonie gefunden?“, fragte Hanna, als sie sich an seinen Anblick gewöhnt hatte.

„Ich habe da meine Methoden und Kontakte. In diesem Fall lief es mehr zufällig als geplant. Darum hat es auch so lange gedauert, sie zu finden.“

„Und der Mann, der sie entführt hat? Wurde er gefasst?“

„Ich denke, dass er sie zurückgelassen hat, um sie dort sterben zu lassen, nachdem er mit ihr fertig war. Ich konnte ihn nicht ausfindig machen, auch die Polizei nicht.“

„Wieso haben Sie das getan?“

„Was?“

„Sie gesucht, ihr geholfen“, hakte Hanna nach.

„Weil ihr Vater mein bester Freund war und ich ihm versprochen habe, auf seine Kinder aufzupassen, falls ihm etwas zustoßen sollte.“

Kapitel 18: 2017

Während der gesamten Fahrt über wagte Hanna es nicht, David anzusprechen, weil sie nichts Hilfreiches zu sagen hatte. Sie wusste, dass er sich die Schuld an allem, was mit Leonie geschehen war, gab und sie konnte ihm diese Schuld nicht nehmen. Keine Lüge würde ihn von seinen Schuldgefühlen entlasten. Diese Machtlosigkeit machte sie traurig. Zugleich war sie angespannt und hatte Angst davor, Leonie zu sehen; Angst davor *was* sie sehen würde.

Konstantins freundschaftliche Loyalität erschien ihr dabei fragwürdig. Fragwürdig war, dass er ein fremdes Mädchen, die Tochter eines ehemaligen Freundes, aus einem Versprechen heraus gerettet hatte, denn Hanna hatte Konstantin nie in Gegenwart von Davids Eltern gesehen. Konstantin machte den Eindruck eines Menschen, der nur für sich lebte und nicht in der Lage war, Rücksicht zu nehmen oder für jemand anderen Sorge zu tragen. Es war ein Gefühl, das sie sofort hatte, als sie ihn sah und Hanna vertraute auf ihre Intuition, sie hielt sie für einer Art unbewusste Intelligenz, für einen Sinn, mit dem sie etwas erkannte, was sie nicht in Worte fassen konnte. Konstantin war ein absoluter Egoist. Das war offensichtlich für sie, obwohl sie diese Thesen nicht mit Fakten belegen konnte und sie war sich sicher, dass es nicht ihre Abneigung gegen ihn war, die sie dazu drängte, schlecht von ihm zu denken, um ihre Kränkung durch seine Gleichgültigkeit zu mildern.

Wieso sollte dieser Mensch Leonie helfen? Wozu so viel Aufwand? Hanna kaufte ihm seine Loyalität gegenüber Davids und Leonies Vater nicht ab. Sie war davon überzeugt, dass Konstantin aus anderen, ihnen unbekannten Motiven handelte, doch es war ihr nicht möglich, aus aktuellem Kenntnisstand heraus, Erklärungen dafür zu finden. Seine Handlungsmotive durften zu diesem Zeitpunkt aber auch keine Rolle spielen. Er hatte Leonie gerettet und das war das einzige, was zählte.

Als sie im Krankenhaus ankamen, begann es langsam dunkel zu werden. Auch im Krankenhaus spürte man das Ausklingen des Tages, denn in den Gängen war es leer und still. Konstantin führte Hanna und David durch so viele Gänge, dass Hanna das Gefühl hatte, den Weg nach draußen allein nicht wiederfinden zu können. Sobald sie das Krankenhaus betreten hatten, gingen ihr nicht mehr viele Gedanken durch den Kopf, weil sie sie alle zurückstellte, um nicht in Aufregung zu verfallen, während David vor Anspannung zu platzen drohte, was nicht zu übersehen war. Seine Fäuste waren geballt, seine Kiefer mahlten und sein Blick war fest auf einen unsichtbaren Punkt fokussiert. Er musste sich einen Plan zurechtlegen, wie er Leonie entgegentreten würde und gegen seine Schuldgefühle ankämpfen, die bereits vor Konstantins Erscheinen begonnen hatten, ihn aufzufressen, während Hanna auf Spontanität setzte. Sie hatte keine Schuldgefühle und hatte es somit leichter. Nur eine Frage ließ ihr keine Ruhe: Wieso war Leonie nicht zu ihr gekommen? Wieso hatte sie lieber als Prostituierte gearbeitet, anstatt das Erbe ihrer Eltern zu beanspruchen? Wieso hatte sie Hanna die Ungewissheit über Davids Leben angetan? Wie sollte Hanna Leonie mit diesem Wissen im Hinterkopf entgegentreten?

Endlich standen sie vor der richtigen Tür. Konstantin klopfte an und sagte laut: „Leonie, ich bin's, ich habe Besuch für dich mitgebracht."

Er öffnete die Tür, obwohl er keine Antwort erhalten hatte, und trat ein. David folgte ihm, Hanna blieb vorerst auf der Türschwelle stehen.

In dem kleinen Zimmer mit orange gestrichenen Wänden stand ein einziges Bett. Leonie saß dort im Schneidersitz, eine Decke um ihre Schultern gelegt. Ihr Kopf war nach unten gesenkt und ihr langes, feines, strohiges Haar verdeckte ihr Gesicht. Hanna fürchtete den Augenblick, in dem Leonie ihren Kopf heben würde. Dennoch betrat sie das Zimmer schließlich nach David und schloss so leise wie möglich die Tür.

Konstantin trat näher an Leonie heran. „Hey, Schnucki, David ist hier", sagte er mit einer liebevollen, aufmunternden Stimme. Bei ihrem Anblick war er plötzlich völlig verändert, väterlich, freundlich. Er berührte sie an der Schulter und sie zuckte zusammen. Ihr Kopf erhob sich und ihr Blick blieb an David hängen.

Ihr Gesicht war kalkweiß vor Blässe und ihre Augenringe waren von einem gräulich-dunkelbraunem Ton, während ihre Lippen so trocken waren, dass sich eine Hautkruste um sie herum gebildet hatte. Ihre Wangenknochen ragten heraus wie bei einer mumifizierten Leiche. Hanna hatte selten derart dünne Menschen gesehen. Leonies Blick war wirr, aber glücklich, während ihre Mundwinkel asynchron nach oben zuckten, sie ihre Arme ausbreitete und die Decke von ihren Schultern glitt.

David ging auf sie zu und schloss sie in die Arme. Hanna

lächelte und ließ ihren Blick von den beiden Richtung Konstantin abweichen, der zufällig auch in ihre Richtung sah. Als ihre Blicke sich trafen, lächelten beide reflexartig und sahen sofort wieder voneinander weg.

Plötzlich löste Leonie ihr Gesicht von Davids Schulter mit weit aufgerissenen Augen und fixierte Hanna. Ihr Gesicht errötete und verzog sich zu einer wütenden Grimasse. Sie ließ David los, der überrascht zur Seite trat, und sagte mit lauter, wütender Stimme: „Was hat *sie* hier verloren!?“ Ihre Stimme war hoch und heiser. Hanna starrte sie verwirrt an. Sie begriff nicht, wieso Leonie verärgert war.

Leonie wandte sich an Konstantin: „Ich sagte doch, bring *David* mit! *Nicht sie*!“, schrie sie.

Konstantin wirkte ebenso verwirrt und erklärte: „Ich dachte, du würdest dich freuen, sie zu sehen. Ihr wart doch Freundinnen, du hast so viel von ihr erzählt.“

„Nein!“, schrie Leonie und schlug ihre Hände vor das Gesicht.

Hanna bewegte sich langsam zur Tür, ohne den Blick von Leonie abzuwenden, öffnete diese und verließ den Raum.

Kapitel 19: 2017

Es war ein entsetzliches Gefühl, Leonies Krankenzimmer zu verlassen. David und Konstantin folgten Hanna nicht. Einerseits war es erleichternd, denn Hanna wollte allein sein, andererseits enttäuschend, weil sie keinen Hauch Beistand spürte. Sie erwartete keine warmen Worte von „ihrem Vater", den sie an jenem Tag zum ersten Mal getroffen hatte, aber von David hätte sie mehr erwartet.

Sie ließ die Tür hinter sich zufallen und hörte erst einige Meter hinter sich, wie sie ins Schloss fiel. Sie drehte sich nicht mehr um. Wie in Trance ging sie den Gang entlang. Die erste offene Tür des Ganges registrierend, huschte sie hinein, nachdem sie mit einem flüchtigen Blick überprüft hatte, dass in diesem Zimmer kein Krankenbett stand.

Sie glitt auf einen Stuhl links neben der Tür und verdeckte ihr Gesicht mit ihren Händen. Nun begann sie zu realisieren, was geschehen war: Sie hatte bereits Zweifel an einer idyllischen Zusammenkunft gehabt, als sie erfahren hatte, dass Leonie ein halbes Jahr lang in Bonn gewesen war, ohne Hanna erfahren zu lassen, dass David lebte.

Diese Grausamkeit war Hanna unbegreiflich gewesen, doch ein Teil von ihr hatte nicht daran geglaubt, dass Leonie so etwas tun würde. Ein Teil von ihr befand sich im Glauben an ein Missverständnis, an eine Nachricht, die Hanna nie erreicht hatte, an etwas, was für Leonies guten Willen sprechen konnte, Hanna von diesem Irrtum – dem Ausgehen von Davids Tod – zu entlasten. Mit diesem Funken Glauben hatte Hanna Leonies Zimmer betreten. Nach Konstantins Auskunft war ihr bereits bewusst gewesen, dass eine idyllische Zusammenkunft ausgeschlossen war, doch Leonies Reaktion hatte Hannas Befürchtungen übertroffen, denn jetzt wurde ihr bewusst, dass Leonie sie regelrecht hassen musste. Eine andere Erklärung konnte es für Leonies Verhalten nicht geben. Bereits kurz vor dem Tod ihrer Eltern, gerade wenige Minuten davor, hatte Leonie versucht, gegen Hanna zu hetzen und Hanna hatte nie mehr daran gedacht. Es war nicht mehr von Belang, denn nach dem Tod von Davids Eltern war nichts mehr so wie früher gewesen und alle anderen Probleme waren in den Hintergrund getreten. Eine Auseinandersetzung mit flüchtigen Worten im Angesicht des Wahnsinns, dem Leonie damals verfallen war, war bedeutungslos geworden, aber jetzt, in einem Augenblick der Reflexion, begriff Hanna, dass Leonie sie damals schon gehasst haben musste und dies noch immer tat. Seit wann war das so? Hatte Hanna jahrelang eine Schlange, die sich um ihren Hals gewickelt hatte, genährt? Hanna stand es zu, wütend auf Leonie zu sein, weil Leonie ihr verschwiegen hatte, dass David noch lebte, doch stattdessen erfüllte das Geschehene Hanna mit tiefer Traurigkeit. Leonie hasste sie.

Das realisierend merkte Hanna, dass lautlose Tränen über ihr Gesicht flossen. Sie wollte diese Enttäuschung verdrängen, aber das Gefühl wollte nicht weichen.

Hinzu kam noch das Entsetzen über David: seine

Unsicherheit, seine Idiotie, Leonie bei Celine zurückgelassen zu haben, die ganzen Fragen um sein Verschwinden und die Tatsache, dass er gerade nicht bei Hanna war, sondern bei Leonie, die Hanna an seinen Tod glauben gelassen hatte. Bei dem Gedanken an David kam Hanna plötzlich in den Sinn, dass sie das Gefühl verfolgte, dass seine Persönlichkeit in Trümmern lag. Sein Verhalten gab keine klaren Indizien - seine Unsicherheit als Beleg dafür konnte argumentativ ausgeschaltet werden, während sich Leonie gerade in einer misslicheren Lage befand als Hanna und somit trotz allem mehr auf Davids Gegenwart angewiesen war, doch um all das ging es Hanna nicht – ihre Intuition konnte Davids Verfall spüren. Etwas war mit ihm geschehen, was etwas Bedeutendes an ihm zerstört hatte. Sie spürte das; sie witterte das und womöglich kaschierte ihre Wut das Realisieren dieser Erkenntnis. Hanna war so wütend gewesen an diesem Tag: Sie hatte Celine gewürgt, sie hatte Andreas geohrfeigt. Auch wenn die beiden das verdient hatten, so sagten diese Maßnahmen mehr über Hannas Zustand aus als über das Fremdverschulden. Jetzt, als der Fall ihrer Wutmaske durch Leonies Reaktion ausgelöst worden war, begriff sie, wie es um David stand. Ja, etwas an ihm erkannte und schätzte sie immer noch, es änderte nicht einmal etwas an ihren Gefühlen für ihn, doch sie erkannte die Veränderung: Er war zerstört. Hanna konnte das spüren, sie konnte die Risse in seiner Persönlichkeit beinahe ertasten, doch sie wusste nicht, wie tief sie gingen.

Es tat ihr so leid und verdammt - sie weinte nicht wegen Leonie, sie war Hanna nie *so* wichtig gewesen – sie weinte wegen und um David. Nur seinetwegen hatte sie in den letzten Jahren je geweint. Ihre Maske war gefallen. Hinter der Wut hatten sich Sorge und Mitgefühl versteckt.

So etwas konnte sie sich doch nicht hier im Krankenhaus erlauben. Sie musste sich zusammenreißen!

Plötzlich ertönte ein Geräusch, das Hanna zusammenfahren ließ. Es war ein leiser Knall direkt neben ihr. Sie zuckte hoch und gab einen erschrockenen, leisen Laut von sich.

Vor ihr stand eine Frau in weißer Kleidung und einem Mundschutz, der ihr Gesicht verbarg. Die Frau war recht groß und sehr schlank. Ihr dunkles Haar war zu einem Knoten zusammengebunden und ihre dezent geschminkten Augen sahen Hanna aufmerksam an.

„Den brauchen Sie gerade wohl mehr als ich“, sagte die Frau trocken und deutete mit dem Blick auf die Stelle, von der das erschreckende Geräusch ausgegangen war. Ihre Stimme war tief und wurde etwas durch die Maske gedämpft. Hanna folgte mit dem Blick ihrem langen Arm und erblickte eine Tasse mit Espresso, zumindest roch es nach Espresso, billigem, ekelhaftem Espresso. War diese Frau etwa bereits im Raum gewesen, als Hanna ihn betreten hatte? Sie hatte zumindest keine Schritte gehört. Hannas Herz raste. Die Frau machte ihr Angst, die Maske irritierte sie. Hanna schossen fürchterliche Bilder durch den Kopf, wie entstellt das Gesicht dieser Frau sein könnte und das versetzte sie in Panik.

Hanna rührte sich nicht. Nur ihr Blick sprang von der Frau zum Kaffee und wieder zurück. Sie wählte den Anblick der Kaffeetasse und zog verunsichert ihre Schultern hoch.

„Was machen Sie hier?“, fragte die Frau mit einer festen Stimme. Hanna war nicht im Stande zu antworten. „Die Küche hat nur für das Personal und die Patienten oder ihre Besucher während der Besuchszeiten geöffnet“, erläuterte die Frau monoton.

Hanna sah sich um. Der Raum war tatsächlich eine kleine Küche mit mehreren Kaffeemaschinen, Wasserkochern und einem Kühlschrank. Eine Küchenplatte verlief entlang dreier Wände. Nur die Wand, in der sich die Tür befand, war frei von ihr. Auf der anderen Seite der Küche standen zwei kleine Tische mit Stühlen. Hanna saß auf der linken Seite der Küchenplatte neben der Tür. Erneut konnte sie keine Antwort geben. Sie fühlte sich wie gelähmt, während sie nicht verstand, was die Frau von ihr wollte. Sie stellte Hanna einen Kaffee hin und wies sie darauf hin, dass sie sich dort unbefugt aufhielt. Das machte keinen Sinn. Es spielte jedoch auch keine Rolle, denn Hanna wollte den Raum verlassen. Sie ertrug den Gedanken nicht, sich mit einem Menschen in einem Raum zu befinden, dessen Gesicht sie nicht sehen konnte.

„Sie besuchen Leonie Ramershoven“, konstatierte die Frau, bevor Hanna aufstehen konnte und nahm ihre Hand von der Tasse. Sie trat einige Schritte zurück und schwang sich mit Leichtigkeit vor Hanna auf die Küchenplatte gegenüber.

„Woher wissen Sie das?“, fragte Hanna. Sie klang heiser.

„Die Besuchszeit ist längst vorbei und Konstantin Korden ist einer der Wenigen, der er sich herausnehmen würde, außerhalb der Besuchszeiten zusätzlichen Besuch mitzubringen. Außerdem sehen Sie aus wie seine Tochter“, erklärte die Frau.

„Das habe ich heute schon mal gehört“, warf Hanna gereizt ein. Das Gespräch entspannte sie etwas, ließ die Panik aber nicht gänzlich weichen. Hanna wagte eine Frage: „Wer sind Sie?“

„Ich gehöre zum Krankenhauspersonal.“, antwortete die Frau und deutete mit den Armen auf ihre Kleidung. Eine Krankenschwester also. Diese Antwort erklärte nicht die Maske. Hanna hielt es jedoch für taktlos, die Frau darauf anzusprechen.

Nach wenigen Sekunden Schweigen fuhr die Frau fort: „Kann ich etwas für Sie tun?“

Hanna schüttelte verstört den Kopf. „Nein, danke. Den

Kaffee können Sie auch behalten. Mir wird er nicht helfen und Sie haben bestimmt viel zu tun.“

„Gerade nicht.“

„Ich werde dann mal gehen“, sagte Hanna. Für Höflichkeit fehlten ihr gerade die Nerven.

„Warten Sie.“ Die Frau sprang von der Küchenplatte wie eine Katze. Hanna hatte viele Jahre trainiert, doch niemals eine solche Körperbeherrschung erlangt. Die Ausdrucksweise dieser Person war ebenfalls auffallend gehoben. Vielleicht war sie ja eine Ärztin, doch sie trug keinen Kittel, nur einfache weiße Kleidung und Krankenschwestern trugen Hannas Wissen nach grüne, weite Uniformen. Etwas an dieser Person war unstimmig.

„Warum?“, fragte Hanna, während die Frau sich ihr näherte. Sie stellte sich vor Hanna und schien zu überlegen. Ihre dunklen Augen musterten Hannas Gesicht so eindringlich, dass die Situation ihr unheimlich zu werden begann. „Was wollen Sie mir sagen?“, hakte Hanna nervös nach.

„Ich habe Leonies Reaktion auf Ihren Besuch mitbekommen. Es tut mir leid“, kam der Frau endlich über die Lippen.

„Sie hasst mich, nicht wahr?“ Hannas Kiefer begannen zu mahlen.

„Fahren Sie nach Hause und verdrängen Sie dieses Gespräch, Ihren ganzen Besuch hier“, antwortete die Frau. Sie wandte sich im Begriff zu gehen zur Tür.

Hanna hatte das Gefühl, dass die Frau ihr etwas sagen wollte. „Ist das alles, was Sie mir sagen wollten?“, fragte sie schließlich ihren Mut wiedererlangend.

Die Frau sah Hanna mit ihren erschöpften, dunklen, großen Augen an. Sie hatte so traurige Augen, dass Hanna es schaffte, für einen kurzen Augenblick zu vergessen, dass sie ihr Gesicht nicht vollständig sehen konnte. Hanna wusste nicht, wie sie die Frau angesehen hatte, doch nach kürzester Zeit blickte diese verlegen von Hanna weg. Es folgte keine Antwort.

Hanna seufzte. „Tut mir leid, ich hatte das Gefühl, dass Sie mir etwas sagen wollten. Ich will einfach nur verstehen, was los ist und wieso Leonie so auf mich reagiert. Ich habe ihr nichts getan, aber sie scheint mich buchstäblich zu hassen. Ich weiß nicht, seit wann und wieso, aber es ist *mein* Problem."

Die Frau schien zu lächeln, dann wiederholt zu überlegen. „Sie brauchen mich nicht für diese Antworten", sagte sie schließlich, „vieles liegt auf der Hand. Wenn das Wunschdenken und die Vorstellung, wie alles sein sollte, weichen, wird sich alles wie ein Puzzle fügen. Wenn nur die Fakten übrig sind, werden Sie sehen, wer Leonie wirklich ist."

Hanna starrte sie mit weit aufgerissenen Augen an. Das war mehr an Information, als sie sich erhofft hatte, doch ihre Gesprächspartnerin hatte auch leicht reden.

„Woran erkenne ich aber, ob die Fakten wahr sind?", wollte Hanna wissen.

„Wenn es auf solche Fragen universelle Antworten gäbe, würde ich hier nicht arbeiten", antwortete die Frau.

Hanna nickte. Diese Frage konnte ihr niemand beantworten und sie sollte aufhören, zu bohren. Ihr wurde schon genug gesagt.

Sie würde erkennen, wer Leonie war, wenn sie sich die Fakten ansehen würde, hieß es. Das bedeutete, dass Leonie nicht die Person war, für die Hanna sie hielt. Wer war nur das Mädchen gewesen, dessen Zimmer und dessen Kleidung niemals Informationen preisgegeben hatten, und was war aus ihr geworden nach all dem Grauen, das ihr zugefügt worden war? Was, wenn sie eine Feindin war und Hanna es jahrelang nicht hatte wahrhaben wollen? Hanna hatte gerade keine Kraft, darüber nachzudenken. Sie musste dringend schlafen, um Energie für derartige

Überlegungen zu schöpfen.

„Danke für die Antworten“, sagte Hanna schließlich.

„Nicht dafür. Fahren Sie nach Hause. David und Leonie werden viel zu bereden haben. Das wird dauern. Direkt am Haupteingang hält ein Bus. Ich könnte auch ein Taxi rufen.“

Die Frau sprach ihr aus der Seele, doch Hanna hatte ihr Portemonnaie in ihrem Auto liegen lassen und dort befanden sich ihre Busfahrkarte sowie ihr Geld. Die einzige Alternative, die ihr blieb, sofern sie nicht mit Konstantin und David zurückfahren wollte, war also laufen. Das Krankenhaus befand sich in der Stadtmitte. Von dort aus bis zu ihr waren es etwa 30 Minuten Fußweg. Der Fußmarsch an der frischen Luft würde Hanna vermutlich sogar guttun.

„Ich komme schon klar, danke“, erwiderte Hanna und lächelte der Frau freundlich zu.

Die Frau nickte bestätigend.

Es war Zeit, sich zu verabschieden, doch die Frau blieb weiterhin vor Hanna stehen. Es brach eine verlegene Stille ein, die Hanna nicht zerstören wollte, weil sie es für möglich hielt, dass die Frau ihr noch etwas zu sagen hatte, etwas Konkretes und Wichtiges. Doch es kam nichts. Was wollte diese Frau nur von ihr?

Die Hand der Frau zuckte kurz hoch, als wollte sie Hanna berühren. Als das geschah, zuckte Hanna voller Angst zurück, als würde das Entstellte, falls sich dies hinter dem Mundschutz verbarg, auf Hanna bei einer Berührung überspringen. Trotzdem hatte diese Geste etwas Vertrautes. Sie geriet beinahe in Panik, als die Frau so nahe kam, dass sie ihren ruhigen Atem durch die Maske hören konnte. Durch ihren Kopf schossen unzählige fürchterliche Bilder von Entstellungen, die sich hinter dieser Maske befinden konnten und doch spürte sie gleichzeitig diese unerklärliche Vertrautheit und das Gefühl, dass sie nichts zu befürchten hatte, welches sie sonst nur von David kannte. Sexuelle Anziehung war das keineswegs. Aufgrund von Hannas Angst war sie absolut ausgeschlossen, doch was war es dann?

Endlich sagte die Frau: „Passen Sie auf sich auf."

Mit diesen Worten verließ sie den Raum. Hanna erschauderte, als die Frau an ihr vorbeischritt. Einige Minuten lang blieb sie allein in der Küche stehen und lauschte den Schritten, die immer leiser wurden, bis sie verstummten.

Hannas Gefühlslage war ein Hybrid aus Schaudern, Verunsicherung, Traurigkeit wegen Leonies Verhaltens, Sorge um David, Verwirrung und der Angst, die die unbekannte Frau in ihr geweckt hatte. Sie wusste nicht, welches Gefühl überwog, aber hatte den Eindruck, dass mit dieser Frau etwas nicht stimmte. Sie arbeitete vermutlich wirklich hier, aber wozu die Maske? Hatte sie vergessen, sie nach einem Patientenbesuch abzunehmen, wollte sie nicht erkannt werden oder hatte sie andere Gründe, ihr Gesicht zu verbergen? Diese Frau wusste zu viel für eine Außenstehende oder hatte bewusst diesen Eindruck vermittelt?

Plötzlich schoss Hannas Puls in die Höhe. Sie sah sich hektisch um und entdeckte einen Spiegel, der über dem Stuhl hing, auf dem sie gesessen hatte. Sie hatte plötzlich einen Angstschub. Verängstigt wagte sie einen Blick in den Spiegel. Ihr Gesicht war intakt, müde aber intakt. Nur ihr Lidstrich war verschmiert. Sie strich mit der Hand über die Wangen, um sicher zu gehen, dass sie auch richtig sah.

Wann würde dieser verdammte Panik-Knacks um ihr Gesicht endlich verschwinden? Manchmal machte sie diese Angst wahnsinnig und es war eine Schwäche. So etwas durfte keine Macht über sie gewinnen.

Kapitel 20: 2007

Marylin wurde von zwei Polizisten in einen Raum geführt und zu einem Stuhl geleitet, wo ihr die Handschellen abgenommen wurden. Als sie ihre Hände in eine natürliche Position brachte, sah sie sofort das geronnene Blut, das an ihren Fingern klebte, fremdes Blut. Der Anblick verstimmte sie nicht. Der Anblick von Blut konnte sie nicht verstimmen. Zudem wusste sie nicht, was an dem Tod so schlimm sein könnte.

Vor ihr saß ein Mann mit dunkelbraunem, an einigen Stellen bereits grau werdendem Haar markanten Gesichtszügen. Er wirkte sehr ernst. Sein Hemd war penibel gebügelt, was ihn von seinen Kollegen unterschied, während ihn sein breiter, muskulöser Körper sportlich erscheinen ließ. Sie trennte ein breiter Schreibtisch, auf dem er Unterlagen ausgebreitet hatte und mit unleserlicher Schrift Formulare ausfüllte.

Sie neigte ihren Kopf vor Anspannung nach unten und sah ihn aus diesem unbequemen Winkel heraus an, wobei sie ihre Augen bis auf das Äußerste verrenken musste.

Die Ungewissheit über das, was gleich geschehen würde, verunsicherte und verängstigte sie keineswegs. Vielleicht würde sie einst verlernen, Angst zu haben, womöglich hatte sie das bereits und diese Vorstellung gefiel ihr. Was konnten diese Menschen ihr schon antun, was ihr nicht bereits angetan worden war?

In der Ecke saß ein Protokollant, der etwas in seinen Computer eintippte. Es war ein junger Mann mit einer hässlichen Hornbrille in einem unansehnlichen Gesicht, der gespannt und neugierig auf sie starrte. Die zwei Polizisten, von denen sie in den Raum geführt worden war, blieben neben der Tür stehen. Sie war noch nie im Leben mit so vielen Menschen in einem Raum gewesen.

„Setzen Sie sich“, sagte der Mann vor ihr verzögert, als sie bereits Platz genommen hatte, „Oberkommissar Vogt“, stellte er sich desinteressiert vor, ohne seinen Blick von den Unterlagen abzuwenden, „Wie lautet ihr Name?“

„Marylin Josephina Maria von Weichs“, antwortete sie mit einer ruhigen Stimme, ohne ihren Blickwinkel zu verstellen, obwohl ihr die Haare in das Gesicht rutschten und ihr Blickfeld einengten. Die eingeschränkte Sicht störte sie nicht, weil sie bereits den gesamten Raum gemustert hatte. Sie wusste, dass links vor ihr ein vergittertes Fenster war, durch das sie nicht fliehen konnte und dass die Polizisten allesamt bewaffnet waren, aber sie wollte vorerst nicht den Raum verlassen. Er war beheizt und der Oberkommissar hatte etwas Interessantes an sich.

Er hielt inne als würde er ihre Stimme analysieren und legte langsam den Kugelschreiber auf den Tisch.

Ihre Stimme war tief, nicht ihrer äußeren Erscheinung entsprechend. Das war das erste, was ihn stutzig machte und sein Interesse weckte, sodass er sein Gesicht hob, um das erwartete Bild mit der Realität zu vergleichen. Nun konnte sie es zum ersten Mal ganz betrachten. Er sah müde und überarbeitet aus, und nicht minder bedrückt.

So sahen sie sich einige Augenblicke lang forschend an, wobei der Oberkommissar eindeutig mehr Zeit für seine Einschätzung benötigte. Er war wie gefesselt von ihrer Präsenz, obwohl er nur ihre hellgrünen Augen, deren aggressiver Farbton von der schwachen Lampe gedämpft wurde, sehen konnte und erkannte, dass sie sehr schlank und groß gewachsen war.

Den Rest des Gesichtes verdeckte eine Maske, die denen von Chemotherapiepatienten ähnelte. Sie verdeckte ihre Nase sowie ihren Mund. Das Mädchen sah ihn durch ihre dreckigen, schwarzen, verklebten Haarsträhnen an und ihre Maske sowie ihr Hals waren mit vertrockneten Blutspritzern beschmutzt. Sie bot einen gruseligen Anblick. Ihr Blick vermittelte nicht mehr als Aufmerksamkeit und Konzentration, aber keinerlei Angst oder Unsicherheit, auch kein bisschen Sympathie. Ihr Anblick glich einer gelungenen Halloweenverkleidung mit ihrem dreckigen weißen Kleid und ihrer weißen Strickjacke, welche aus der Kinderabteilung zu stammen schienen. Für einige Augenblicke musste Jörg sich fragen, ob er gerade träumte, denn das Mädchen wirkte völlig unwirklich auf ihn, wie eine Person aus einer anderen Zeit, wenn nicht gar aus einer anderen Welt.

Jörg Vogt hatte erlebt, wie erwachsene Männer auf ihrem Platz sitzend vor Verunsicherung in Tränen ausgebrochen waren. Verängstigt oder zumindest beunruhigt waren auf besagtem Stuhl sogar unbeteiligte Zeugen, doch nur wenige Fälle, die er an einer Hand abzählen konnte, schafften es, die Ruhe selbst auf diesem Stuhl zu bleiben. Er erkannte kein bisschen Schuldgefühl wegen dem, was sie getan hatte.

Jörg Vogt schüttelte unauffällig das Gesicht und fuhr fort: „Geburtsdatum?“

„13. Oktober 1992.“

Der Mann nickte und sagte dann: „Gut, also, ich muss

Ihnen einige Fragen zu dem Vorfall stellen. Sie haben das Recht zu schweigen, dürfen niemanden unter Verdacht ziehen, von dessen Unschuld Sie überzeugt sind und Sie müssen nicht gegen Angehörige aussagen. Haben Sie mich verstanden?“

Marylin nickte ebenfalls.

„Was ist also passiert?“, fragte er freundlich und ernst zugleich, wobei er seine Verwirrung über ihre ganze Person kaum überspielen konnte.

„Ich habe mich auf einen Kinderspielplatz schlafen gelegt, dort habe ich schon vor einigen Tagen übernachtet. Ich wurde von diesem Mann geweckt, weil er plötzlich über mich gebeugt stand und mich anfasste. Als er mir den Mund zuhielt und mir mit einem Messer drohte, zog auch ich ein Messer aus meiner Tasche. Wegdrücken konnte ich ihn nicht, er war zu schwer und zu stark. Ich schnitt ihm, als er mir unter das Kleid griff, mit meinem Messer in den Hals. Er begann zu schreien und fiel zu Boden, womit er Aufmerksamkeit auf uns zog“, erzählte sie vollkommen ruhig, während sie sich an das abartige Gesicht des Mannes erinnerte und wieder den Gestank von abgestandenem Bier, Tabak und Urin auf seiner Hand in der Nase spürte, der so stark gewesen war, dass er durch den Mundschutz dringen konnte. Sie kräuselte ihre Nase für einen winzigen Augenblick vor Ekel, was durch die Maske jedoch nicht zu bemerken war.

Herr Vogt holte etwas aus einer Schublade unter dem Tisch und legte es vor sie. „Dieses Messer?“ Das Messer befand sich in einer geöffneten, durchsichtigen Plastiktüte. Es war bis zum Griff voller Blut, aber sie erkannte es. Es war eines der Messer, die sie bei ihrer Flucht mitgenommen hatte.

„Was haben Sie gemacht, nachdem Sie ihn verletzt haben?“

„Ich blieb auf der Bank sitzen.“

„Haben Sie versucht, dem Mann zu helfen?“

„Nein.“

Jörg Vogt stockte verwirrt über Marylins kühlen Bericht und erwiderte: „Sie haben ihm mit einem Schnitt die Kehle durchgeschnitten. Er hatte wahrscheinlich keine Überlebenschancen mehr. Von den Umständen ausgehend wird man ihnen wahrscheinlich keinen Totschlag durch Unterlassen unterstellen können.“

Sie wusste nicht, ob dies etwas Positives oder etwas Negatives bedeutete. Sie erkannte nicht, ob das, was sie getan hatte, ein Verbrechen war oder nicht. War das Handeln des Mannes überhaupt falsch gewesen? Sie schien nicht einmal zu verstehen, was er von ihr gewollt hatte. Ihr fehlte völlig das Bewusstsein für Recht und Unrecht, ihr Handeln war rein intuitiv, denn die Welt, in der sie sich befand, war ihr völlig fremd, aber es fühlte sich nicht falsch an. Er hatte sie bedroht und sie hatte sich geschworen, sich gegen Gewalt zu wehren. Was die Folgen eines solchen Grundsatzes in der realen Welt waren, konnte sie bisher jedoch nicht wissen.

Der Oberkommissar wartete eine Reaktion ab, doch ihr Blick veränderte sich nicht. Dabei hatte er ihr mit seiner Auskunft darüber, dass sie wahrscheinlich keine Strafe erwarten würde, Hoffnung machen wollen, um zu prüfen, ob sie zu Emotionen fähig war. Dem schien jedoch nicht so zu sein, also war sie höchstwahrscheinlich ein Fall für die Psychiatrie.

Nach dem vergeblichen Warten kramte er in seinen Unterlagen und zog ein Blatt Papier heraus, während er eine weitere Frage stellte: „Kannten Sie diesen Mann, der sie...“, er zögerte, weil nach einer passenden Umschreibung suchte, und nahm schließlich Marylins Formulierung auf, „angefasst hat?

„Nein.“

„Was haben Sie denn hier in Deutschland nachts auf

dem Spielplatz gemacht? Sie sind doch wohnhaft in Wien, oder nicht?“

„Ich bin von zu Hause weggelaufen.“

Jörg Vogt drehte seinen Bildschirm in Marylins Richtung. Darauf war das Foto eines Mannes abgebildet. „So sah er aus. Vielleicht kannten Sie ihn und haben ihn während des Vorfalls nicht erkannt“, erklärte der Oberkommissar.

Auf dem Bild war ein breit gebauter Mann im Alter von etwa 60 Jahren abgebildet, dem man seinen langjährigen Alkoholkonsum unverkennbar ansah, welcher sein Gesicht deformiert hatte.

Sie erkannte ihn wieder und schüttelte den Kopf. „Ich kannte ihn vorher nicht.“

Jörg Vogt glaubte ihr. „Wie kommen Sie aus Wien nach Düsseldorf?“

„Mit dem Zug“, antwortete Marylin. Für die Fahrkarten hatte sie das Geld ihrer Tante benutzt.

„Wieso sind Sie ausgerechnet nach Düsseldorf gekommen? War das Ihr Endziel?“

„Ich wollte in eine große Stadt, weil ich dachte, dass man mich hier nicht finden würde. Darum blieb ich auch nicht in Österreich.“ Das war gelogen. Düsseldorf war nicht ihr Endziel gewesen, doch sie traute den Polizisten nicht und es tat nichts zur Sache.

„Sie sprechen aber ein reines, dialektfreies Deutsch“, merkte Herr Vogt verwundert an.

„Ich habe gelernt, nur so zu sprechen. Österreichisches Deutsch habe ich kaum verstanden.“

Jörg Vogt nickte. „Und was waren das für Spritzen in Ihrer Tasche? Wieso hatten Sie so viele Messer bei sich und woher hatten Sie so viel Geld?“

„Das alles habe ich von meiner Tante mitgenommen, als ich weggelaufen bin. Ich dachte, für den Fall, dass sie mich findet, könnte ich mich gegen sie oder gegen andere

Menschen wehren. In den Spritzen ist ein Anästhetikum, ausgelegt für eine Person, die 50 Kilogramm wiegt, um sie für etwa eine halbe Stunde zu betäuben“, klärte Marylin ihn auf.

„Wen wollten Sie betäuben?“

„Niemanden. Meine Tante benutzte es für mich und ich habe alles davon mitgenommen, was ich finden konnte. Ich dachte, es könnte nützlich sein, falls mich jemand angreift. Ich dachte, es sei besser, jemanden zu betäuben, statt ihm wehzutun. Als der Mann mich angefasst hat, konnte ich aber nur das Messer greifen.“

Jörg Vogt wirkte verwundert über diese Ausführung.

„Wieso dachten Sie, dass jemand versuchen würde, Ihnen wehzutun?“

„Warum sollte ich mit etwas anderem rechnen? Letztendlich ist es auch passiert. Ich wurde doch angegriffen oder nicht?“

Der Oberkommissar seufzte und legte seinen Stift nieder. Dann fuhr er sich mit seinen Händen durch die Haare. „Das dürfte fürs Erste reichen.“, erwiderte er. Nach langem Zögern sagte er allerdings: „Darf ich Sie noch eine letzte Sache fragen?“

„Ja.“

„Wieso tragen Sie diese Maske?“ An sich hatte er mehr über die Flucht des Mädchens aus ihrer Heimat und die Tatsache, dass sie kein Österreichisches Deutsch verstand, in Erfahrung bringen wollen, doch sein Interesse an ihrer Maske überstieg das Interesse an allem anderen. Er war so gefesselt von ihrer außergewöhnlichen Augenfarbe und ihrer ganzen Art, dass er ihr diese Frage stellen musste. Etwas an diesem seltsamen Mädchen faszinierte ihn, etwas Besonderes hatte sie an sich. Zudem war ihm klar, dass er nur dieses eine Gespräch mit ihr haben würde, weil er sie danach zu einem Psychiater weiterleiten müsste. Ihre Psyche war auffällig, sodass sie bald nicht mehr Sorge der

Polizei sein würde.

„Man sagte mir, ich sei entstellt geboren worden“, antwortete Marylin zaghaft.

Jörg Vogt sah sie voll nachsichtigen Mitgefühls an, bis er zu seiner eigenen Überraschung erwiderte: „Würden Sie den Mundschutz bitte abnehmen?“

Plötzlich fühlte sich Marylin in die Ecke gedrängt, es war ihr peinlich, weil sie bis zu jenem Augenblick nicht wusste, ob diese Aussage der Wahrheit entsprach. Alle Anwesenden starrten sie voller Neugier an. Sie wollte es nicht tun, aber glaubte, es sei vernünftiger, dem Polizisten zu gehorchen. Sie hatte schreckliche Angst, aber ließ sich keinen Funken Verunsicherung anmerken und zog die Maske nach unten, wo sie sie unter ihr Kinn klemmte. Vogts Gesicht füllte sich mit Erstaunen und sie wusste nicht, wie sie es deuten sollte, doch endlich würde sie eine Antwort auf diese Frage bekommen, er konnte sie ihr geben und das trug unabhängig von der Wahrheit etwas Erleichterndes in sich.

Nach einigen Sekunden Stillschweigen verzog der Mann entsetzt das Gesicht und brach aus sich heraus: „*Wer* hat Ihnen *das* gesagt?“

„Meine Tante.“

Der Mann schüttelte den Kopf und notierte nervös etwas auf einem Blatt Papier. „Das ist doch Schwachsinn!“, rief er, den Blick auf das Blatt Papier gerichtet, „Wo sind Sie denn bitte entstellt?!“

„Also war es eine Lüge“, erwiderte Marylin leise, aber ohne sichtbare Erleichterung. Sie war nicht dazu in der Lage, das Gesagte vollwertig zu realisieren.

Die Polizisten an der Tür flüsterten sich etwas zu, was sie nicht verstehen konnte.

Jemand klopfte an die Tür, woraufhin einer der Polizisten sie öffnete und einen Mann in zivil hineinließ, der mit schnellen Schritten an den Schreibtisch ging, sich zu Herrn Vogt neigte und ihm eine dünne Mappe reichte. Er hatte eine Glatze am Hinterkopf und trug eine gelbe Strickweste über einem braun gestreiften Hemd. Als er Marylin ins Gesicht sah, lächelte er sie mit seinen gelben Zähnen überfreundlich an und verließ eilig den Raum. Sie konnte sein Lächeln nicht deuten und erwiderte es nicht, weil sie nicht sicher war, ob Herr Vogt sie bezüglich ihres Gesichtes belog und das Lachen des eben eingetretenen Mannes Spott verhieß.

Jörg Vogt betrachtete die neuen Unterlagen voller Konzentration und sagte dann: „Welch eine Überraschung, Sie sind in Österreich als vermisst gemeldet, Frau von Weichs."

„Und jetzt?", fragte sie. Ihr Herz raste vor Anspannung.

Er machte eine gereizte Kopfbewegung und antwortete voller Selbstverständlichkeit: „Ich werde ihre Erziehungsberechtigten benachrichtigen, in diesem Falle *Erziehungsberechtigte*, Edwina von Weichs, und ihr mitteilen, dass Sie hier sind."

Kälte lief über Marylins Rücken und ihre Augen weiteten sich voller Entsetzen. Ihr Blick raste panisch durch den Raum und blieb auf dem Messer auf dem Tisch stehen. Ohne nachzudenken ergriff sie es, riss es aus der Tüte, sprang auf und hielt es dort an ihren Hals, wo sie ihre Hauptschlagader vermutete. „Nein!", schrie sie panisch auf.

„Bitte, bitte, beruhigen Sie sich!", sagte der Oberkommissar ruhig und wies mit seinen Händen auf ihren Stuhl. „Wir können über alles reden, es gibt kein Problem, das sich nicht aus der Welt schaffen ließe."

„Ich glaube ihnen nicht", entgegnete sie voller Bitterkeit.

„Ich bitte Sie, Marylin, so darf ich Sie doch nennen, oder? Wenn Sie ein Problem mit ihrer Tante haben, lässt sich da sicherlich etwas machen. Machen Sie keine

Dummheiten“, versuchte er zu schlichten und stand auf, was seine Kollegen als Ankündigung eines Eingriffs interpretierten und in eingriffsbereite Positionen gingen.

„Bleibt, wo ihr seid!“, drohte sie.

Einer der Polizisten an der Tür schien ihre Selbstmorddrohung nicht ernst zu nehmen und bewegte sich auf sie zu. Sie stach sofort in die angedeutete Stelle, jedoch bewusst nicht tief genug, um sich ernsthaft zu verletzen, wobei es einen großen Kraftaufwand bedurfte, die Haut mit der stumpfen Klinge zu durchdringen. Der Polizist wich sofort zurück. Blut triefte aus der Einstichstelle und es war nicht mehr weit bis zur Hauptschlagader. Ihr Blut vermischte sich mit dem des Mannes, den sie getötet hatte, während sie ihren rasenden Puls an der Klinge fühlte.

„Ich bitte Sie, legen Sie das Messer nieder. Wenn Sie nicht zurück zu Ihrer Tante wollen, dann finden wir eine andere Lösung“, versuchte Herr Vogt erneut, sie zu beschwichtigen, mittlerweile sichtbar beunruhigt. Für einen kurzen Augenblick hatte er geglaubt, sie hätte ihre Hauptschlagader durchtrennt.

Er sah ihr ins Gesicht, in ihr tatsächlich bildschönes Gesicht, und in ihre Augen, die ihn inzwischen nicht mehr an ihren Absichten zweifeln ließen. Nein, sie war nicht emotionslos, sie war alles andere als das. Sie zitterte so sehr, dass sie die Einstichstelle Stück für Stück mit dem immer noch in ihr steckenden Messer aufriss und Schweißtropfen rannen ihr über die Stirn.

Wieso hatte sie Angst? Sie hatte doch nichts zu verlieren! Aber diese Angst würde sie nicht an ihrem Vorhaben hindern, wenn nötig, denn der Tod – *alles* - war besser als die Rückkehr in das Haus, aus dem ihr nach so vielen gescheiterten Versuchen endlich die Flucht gelungen war.

„Ich verspreche Ihnen, es wird sich eine Möglichkeit

finden lassen, um ruhig über diese Angelegenheit zu reden. Sie müssen nichts tun, was Sie nicht wollen und wir werden Sie auch zu nichts zwingen“, sagte Jörg Vogt in einem freundlichen, verständnisvollen Ton, „niemand will Ihnen etwas Böses.“

Er schien das Gesagte ernst zu meinen und etwas an ihm wirkte vertrauenswürdig. Marylin schluckte nervös und ließ das Messer los. Es fiel klirrend auf den Boden.

Bevor sie sich wieder setzen konnte, wurde sie von zwei Polizisten gepackt und mit dem Oberkörper auf den Tisch gedrückt. Sie stöhnte auf, weil sich die Tischkannte in ihren Bauch bohrte.

„Ihnen wird niemand etwas tun“, versicherte Jörg Vogt.

Er schien überrannt vom rabiaten Vorgehen seiner Kollegen, auch wenn dies in vorliegender Situation angemessen war, da sie sich wehrte, indem sie versuchte, nach den Polizisten zu treten und sich loszureißen, doch der geübte Polizeigriff war zu stark.

„Schluss für heute“, ordnete Jörg Vogt an, „lasst sie medizinisch untersuchen.“

Marylin fühlte sich sofort erleichtert, auch wenn das ihren körperlichen Widerstand nicht verringerte, doch plötzlich rief einer der Polizisten voller Entsetzen: „Was zum Teufel!“ und zog an ihrer offenen Strickjacke. Ihr Kleid unter der Jacke hatte dünne Träger und ließ den oberen Rücken frei. Der Polizist zog weiter an ihrer Jacke sie begann sich umso mehr zu wehren, doch konnte sich nicht befreien. Als Jörg Vogt sich über ihren Rücken beugte und der Protokollant neugierig aufstand, begann sie zu schreien und versuchte, sich aufzubäumen, doch sie wurde desto stärker an den Tisch gepresst. Sie konnte inzwischen kaum noch atmen. Alle starrten entsetzt auf die tiefen, frischen sowie alten Narben auf ihrem Rücken. Nun wussten jeder in diesem Raum, warum sie eher sterben als zurückkehren wollte.

Kapitel 21: 2017

Hannas Grübeleien wurden von Konstantin unterbrochen. Er stand im Flur, ohne über die Türschwelle zu treten und sagte: „Da bist du ja. Was machst du hier?"

Hanna zuckte apathisch mit den Schultern, sah sich um, bemerkte die unberührte Kaffeetasse und antwortete: „Hab einen Kaffee mit einer Krankenschwester getrunken."

Wieso sie die Information mit der Frau preisgab, während sie keinen Schluck vom Espresso getrunken hatte und nicht sicher war, ob diese Frau eine Krankenschwester gewesen ist, wusste sie nicht. Anscheinend war ihr Kopf derart mit Fragen überlastet, dass sie nicht mehr klar reflektieren konnte, was sie aussprach. Sie konnte schwer den Werdegang der Gedanken zu Worten filtern, wenn sie müde war und sie spürte die Müdigkeit vom Tag, die von der ununterbrochenen Spannung unterdrückt gewesen war, nun extrem. Sie zuckte reflexartig auf, um sich aufzuwecken und kontrollierte ein letztes Mal ihr Gesicht im Spiegel. Es war intakt.

„Mit wem", fragte Konstantin interessiert, „Mira?"

„Sie hat sich nicht vorgestellt."

„So eine Hübsche, Schwarzhaarige?", hakte er nach. Seine Mimik und Gestik waren viel lockerer als zuvor.

„Sie hatte eine Maske auf, ich habe ihr Gesicht nicht gesehen", antwortete Hanna überrumpelt.

„Das wird bestimmt Mira gewesen sein. Eine sehr nette Person."

„Aha", sagte Hanna skeptisch, „auf mich wirkte sie eher gruselig."

Hanna war noch verwirrter als zuvor. Plötzlich war er freundlich und aufgeschlossen oder gab sich zumindest die Mühe, Interesse an einer Konversation mit ihr zu heucheln. Möglicherweise war sein anfängliches Verhalten eine Tarnung gewesen, um eine Begegnung auf emotionaler Ebene mit ihr zu vermeiden. Dies wäre überaus verständlich, doch um einen positiven Eindruck bei Hanna zu hinterlassen, war es zu spät.

„Ich fahre jetzt nach Hause", fügte Hanna schnell hinzu, um nicht noch auf die Idee zu kommen, ihn nur auf irgendeine Weise sympathisch zu finden.

Er nickte. „Ich fahre dich." Hanna schüttelte den Kopf.

„Doch, doch", widersprach er, „ich fahre dich nach Hause. David bleibt ohnehin noch eine Weile hier."

Es sprach nichts dagegen, sich vom Erzeuger nach Hause fahren zu lassen, er hatte seine moralische Pflicht als Vater nie erfüllt, also war nichts dabei, ein solches Angebot auszuschlagen, denn Hanna war müde. Und selbst, wenn Andreas Konstantins Auto erneut vor der Einfahrt stehen sehen und sich darüber aufregen würde: Es ginge ihn nichts an. Vielleicht hätten sie seine Gefühle bis vor einigen Stunden geschert, nun aber, seit er sie als Verräterin und geldgeile Hure bezeichnet hatte, nicht mehr. Sie hatte in diesem Augenblick nichts mehr als Ekel für Andreas übrig und sah daher keinen Grund, das Angebot abzulehnen.

Sie ging mit Konstantin zum Auto, wo sie sich auf den Beifahrersitz setzte. Beim Ausparken fuhr er plötzlich fort: „Es war offensichtlich ein Fehler, dich mitzunehmen, aber ich hatte angenommen, Leonie würde sich freuen. Anscheinend sind so viele Besucher auf einmal noch etwas zu viel für sie. Ich hätte ihren Zustand besser einschätzen müssen. Es tut mir leid, dass du jetzt enttäuscht bist. Ihr standet euch so nahe.“

„Woher wissen Sie denn bitte, wie nahe wir uns standen?“, platzte aus Hanna heraus. Sie war gereizt und seine Entschuldigung wirkte wie eine Demütigung auf sie. Ein Kind verlassen konnte er, ohne sich zu entschuldigen, aber dass er Leonies Reaktion falsch eingeschätzt hatte, tat ihm leid?

„Leonie hat mir das gesagt“, antwortete er ruhig. Entweder nahm er Hanna nicht ernst oder er wollte nicht auf ihren Vorwurf eingehen. „Sie sagte, dass du dich viel um sie gekümmert hast. Darum dachte ich, dass sie sich freuen würde. Ich dachte, sie wollte mich nicht darum bitten, dich mitzubringen, weil -“

„Weil Sie ein Arschloch sind“, beendete Hanna den Satz für ihn. Sie hatte sich diese unpassende Bemerkung nicht länger verkneifen können. Es war ihre erste und möglicherweise letzte Begegnung. Hanna wollte diese Gelegenheit, ihre Gedanken zu äußern, nutzen, auch wenn sie alles andere als wohlüberlegt waren.

Er schwieg kurz und antwortete darauf: „Denk, was du willst. Ich war dir genetisch etwas schuldig, aber ich habe es nicht beglichen. Ich kann damit leben und was du daraus machst, ist mir egal. Du bist erwachsen und brauchst mich nicht. Denk von mir, was du willst. Ich habe meinem besten Freund versprochen, für seine Kinder zu sorgen, falls ihm etwas passieren sollte, und ich halte meine Versprechen. Deiner Mutter oder dir versprach ich nichts.“

Den Rest der Fahrt verbrachten sie schweigend. Hanna sah ihn wenige Male an. Sein Gesicht war ungerührt von jeglicher Emotion. Er war die Ruhe selbst. Auch Hanna wirkte ungerührt. Das kleine Kind in ihr wollte diesen Mann verletzen, wollte, dass er seine Entscheidungen bereute, aber die erwachsene Frau in ihr interessierte sich nicht mehr für diese Angelegenheit. Das Kind in ihr hatte dieses Thema früh hinter sich gelassen. Heute war er ein Fremder und das kurzzeitig ausgebrochene Kind in ihr verstummte ohne schmerzhafte Empfindungen.

Wie war das nur möglich? Ein Vater, der sich nicht im Geringsten für sein Kind interessierte und eine Tochter, der diese Tatsache gleichgültig war. Hanna kannte viele Geschichten von Menschen, die ihre leiblichen Eltern liebten und verehrten, die ihnen restlos alles verzeihen konnten, aber sie gehörte nicht zu dieser Spezies. Verlassene oder bereits adoptierte Kinder suchten verzweifelt nach ihren leiblichen Eltern, klopften unzählige Male an ihre Türen, um abgewiesen zu werden, weil sie ungewollt, unwillkommen waren, verkrafteten dies nicht, litten ihr Leben lang daran, ohne die Hoffnung auf Wiedervereinigung aufzugeben, aber Hanna war anders. Sie unterzog sich keiner einzigen Erniedrigung von seiner Seite. Sie suchte nicht nach Nähe und wurde nicht abgewiesen. Sie wurde nicht enttäuscht, denn sie hatte keinerlei Zeit vergeudet, hatte nie Erwartungen, aber vor allem hatte sie nie Gefühle für einen Mann, den sie nicht kannte, gehegt. Sie klammerte sich nicht an die Illusion eines Mannes, den sie sich hätte in Kindestagen erfinden können, um sich über seine Abwesenheit hinwegzutrösten. Stattdessen hatte sie sich damit illusions- und erwartungsfrei abgefunden – sie war frei. Frei von ihm und einer schmerzhaften Bindung an ein halb erfundenes Phantom.

Hanna stieg aus dem Auto, ohne ein Wort zu sagen und

ohne ihn anzusehen, weil ihr gleichgültig war, was er dachte. Es war nicht von Bedeutung, wie er ihr Verhalten deutete und es spielte keine Rolle, ob er die Wahrheit über seine Gleichgültigkeit sagte oder nicht. Egal was, er bliebe ein Fremder.

Sie betrat das Haus und hörte Konstantin wegfahren, noch bevor sie die Tür hinter sich zufallen ließ. Sie sah sich im Flur um und fühlte sich plötzlich leer. Nicht, weil Konstantin weg war, sondern, weil das ganze Haus eine deprimierende Stimmung erzeugte. Das Haus war mit so vielen Erinnerungen verbunden. Hanna kamen nur traurige Erinnerungen in den Sinn. Sie ging nach oben und betrat das Badezimmer, um zu duschen. Sie fühlte sich dreckig nach diesem Tag. Sie war angewidert von Celine, von Konstantin, von Andreas, wobei Andreas unter ihnen der einzige Mensch war, der sie enttäuscht hatte. Dieser Tag war merkwürdig und verwirrend gewesen und sie hätte ihn am liebsten vergessen. Sie schloss die Augen, stellte das Wasser so heiß, dass es gerade noch erträglich war und versuchte, sich zu entspannen. Das Wichtigste jetzt war, nicht an David und seine Degradierung zu denken. Sie ertrug diesen Gedanken nicht.

Kapitel 22: 2015

Etwa zwei Wochen, nachdem Leonie von Hannas und Davids Affäre erfahren hatte, lud Hanna Leonie, David und Dominik zu sich ins Haus ein, da Andreas mit Jonathan verreist war.

Leonie empfand nichts für Dominik und wusste, dass er auf Sex mit ihr aus war, doch das auch nur, weil er von Hanna unzählige Körbe kassiert hatte. Als er sie einst vor Jahren betrunken unsittlich berührt hatte, hatte Hanna ihm den Arm ausgerenkt und als er sie daraufhin beleidigte, brach sie ihm zwei Finger. Zwar hatten sich beide gegenseitig für ihr Verhalten entschuldigt, doch seitdem hegte Dominik einen unbändigen Hass auf Hanna. Dass ihn jemand abgewiesen hatte, wollte und konnte er nicht akzeptieren, sodass sich seine Geilheit in Hass und Rachsucht verwandelt hatte.

Leonie hatte diesen Hass einen Monat zuvor bemerkt, als er wütend gegen eine Wand geschlagen hatte und weinend auf dem Boden niedergesunken war. Sie empfand Mitleid und brachte ihm Eis für seine Hand und Taschentücher für seine Körperflüssigkeiten.

Diese Geste empfand Dominik als Freundschaftsangebot und erzählte ihr, dass Hanna der Grund für diese Reaktion gewesen sei, weil sie ihm eine „heiße Braut weggeschnappt“ hatte und das, ohne ihr nur einen Drink zu spendieren. Leonie stufte ihr Gegenüber als wenig intelligent ein und entschloss sich, diese Bekanntschaft auszubauen, um einen potenziellen Verbündeten auf ihre Seite zu ziehen. So eröffnete Leonie ihm einen Teil ihrer eigenen Geschichte. Sie erzählte davon, wie sehr sie Hanna beneidete und wie sehr sie unter ihrer Gegenwart litt. Ihrer Erzählung um Neid und Leid fügte sie die Angst um ihren Bruder hinzu, den Dominik zwar nicht mochte, doch eben nicht hasste. Als sich kurze Zeit später das gegenseitige Vertrauen gefestigt hatte, beichtete Leonie ihm ihre Gefühle für David.

Sie begannen, gemeinsame Pläne zu schmieden und diese waren wahrhaft diabolisch. Manchmal lagen die beiden auf einer Wiese oder im Bett nebeneinander mit geschlossenen Augen und schilderten einander ihre Phantasien von Demütigungen an Menschen, die sie sich ausmalten. Manchmal ängstigten Leonie Dominiks Phantasien, denn sie muteten wie aus dem Drehbuch eines Splatter-Films an. Er steigerte sich so sehr in diese Phantasien hinein, dass seine Augen zu funkeln begannen und sie das Gefühl hatte, er würde ohne mit der Wimper zu zucken einem Menschen grausame Qualen zufügen. Leonies Phantasien waren ähnlich, sodass sie manchmal Angst vor sich selbst bekam, was Dominik zu faszinieren schien.

Die Konversationen dieser merkwürdigen Verbindung drehten sich bald ausschließlich um dieses Thema. Leonie glaubte manchmal, durch diese Gespräche sexuell erregt zu werden, doch sie hatte Dominik sofort klar gemacht, dass sie nicht ohne Weiteres mit ihm schlafen würde.

Die Vereinbarung war, dass Leonie nur dann mit ihm

schliefe, wenn er Hanna etwas antun würde. Das war es Leonie wert, auch wenn er sie anwiderte und sie sich eigentlich für David aufsparen wollte: Wenn es nicht anders ging, dann wäre es zu verkraften, wenn sie ein Gleichgesinnter entjungfern würde, denn trotz aller gemeinsamer Phantasien fürchtete sie dennoch, dass Dominik letztlich einen Rückzieher machen würde, wenn es darauf ankäme.

Leonie hatte eine perfekte Grundlage für ihren teuflischen Plan geschaffen: Sie hatte zwei Wochen zuvor die Vermutung geäußert, dass David Gefühle für Hanna hatte, um Hanna dazu zu bringen, sich von David zu distanzieren und genau das war geschehen. Hanna wusste nicht, was sie tun und sagen sollte, also ignorierte sie seine Anrufe und mied Begegnungen mit ihm. Aus Schuldgefühlen und Sorge unternahm sie gleichzeitig viel mit Leonie. Sie versuchte, ihr Selbstwertgefühl zu steigern, indem sie ihr beibrachte, sich vorteilhaft zu schminken und mir ihr shoppen ging. Leonie sah nun aus wie eine aufpolierte Version ihrer selbst. Plötzlich hatte sie das Gefühl, sie ginge neben Hanna nicht mehr unter, was jedoch eher auf ihr neu gewonnenes Selbstbewusstsein aufgrund ihrer Manipulationen zurückzuführen war. Endlich fühlte sie sich Hanna nicht mehr unterlegen.

Mit David lief es jedoch nicht, wie erwartet. Sein Verhalten hatte sich Leonie gegenüber nicht verändert. Anscheinend hatte Leonie Recht mit ihrer Befürchtung bezüglich seiner Gefühle für Hanna, denn er war schlecht gelaunt und zog sich zurück. Hanna hatte ihm vermittelt, dass sie sich vorerst von ihm distanzieren würde. David hatte einmal nach dem Grund gefragt und geschwiegen, nachdem er keine Antwort erhalten hatte. Leonie sah, dass auch Hanna ihn vermisste, obwohl sie es Leonie und sich selbst nie eingestehen würde.

Selbst wegen Leonies Wutausbruchs in Davids Zimmer

schenkte David Leonie kaum mehr Aufmerksamkeit als sonst und erst recht nicht die Art von Aufmerksamkeit, die sie sich wünschte. Weder die Opferrolle noch ihr neuer Look weckten sein sexuelles Interesse. Er bemerkte nur flüchtig die Veränderungen und machte unbedeutende Komplimente.

Das hieß, dass es höchste Zeit war, Leonies Plan, den sie gemeinsam mit Dominik geschmiedet hatte, umzusetzen. Dieser Plan bestand aus zwei Schritten: 1. Davids Aufmerksamkeit auf Leonie ziehen. Dazu sollte er glauben, Leonie hätte ein Verhältnis mit Dominik. Das sollte Sorgen bei ihm erwecken oder noch besser – Eifersucht und 2. Hanna vernichten. Diesen Teil des Planes überließ sie überwiegend Dominik. Dominiks Gegenwart an diesem Abend diente der Erfüllung des ersten Punktes ihres gemeinsamen Planes. An der Ausarbeitung von Teil 2 arbeiteten sie noch.

Der Abend ähnelte einem Gedenkabend, an dem sich die eine Hälfte der Anwesenden über den Traueranlass freute und andere Hälfte tatsächlich trauerte. Hanna hatte einige Snacks eingekauft und zerbrechliche Gegenstände weggeräumt, da ihr Dominiks zerstörerische und rücksichtslose Art bekannt war. Sie konnte ihn nicht ausstehen. Manchmal baten seine Eltern sie darum, ihn bei den Prüfungsvorbereitungen zu unterstützen, denn sein Schulabschluss war in Gefahr. Hanna tat es widerwillig, weil seine Eltern ihr sympathisch waren, doch ärgerte sich jedes Mal darüber, sich darauf eingelassen zu haben. Meistens kam er viel zu spät und saß lediglich die Zeit ab, um so tun zu können, als hätte er etwas geleistet. Es war der faulste, unsympathischste und unhöflichste Mensch, dem Hanna je begegnet war. An jenem Abend war Hanna zudem durch die angespannte Situation mit David besonders leicht reizbar.

Diesen Abend veranstaltete Hanna nur für Leonie. Sie

wollte ihr dadurch helfen, soziale Kontakte zu stärken, und auch Davids Anwesenheit erschien ihr unvermeidlich, denn sie wusste um Leonies Zuneigung für ihn.

Dominik sprang durch das Haus und stopfte sich, ohne nach einer Erlaubnis gefragt zu haben, mit dem Essen aus dem Kühlschrank voll, während er Leonie schmatzend einige unsanfte Küsse aufdrückte. David fand ihn widerlich: Ein Sonnyboy in einem rosa Hollister-Hemd, dazu weiße Lacoste-Schuhe und eine Sonnenbrille auf dem Kopf – und das spät abends.

Ekel stieg in David auf, wenn er Dominiks breites, primitives Grinsen erblickte. David wusste, dass Leonie Gefahr lief, von Dominik verführt zu werden und wusste zugleich, dass er durch das Schaffen von Hindernissen Leonies Interesse an Dominik steigern könnte. Sie musste ihre eigenen Erfahrungen machen, doch er war sich nicht sicher, ob er bereit war, sich das mit anzusehen.

David saß vor dem ausgeschalteten Fernseher im Wohnzimmer und starrte in Gedanken vertieft auf den schwarzen Bildschirm. Er wartete auf einen ungeschickten Zug von Hanna, um ihr die Hölle wegen ihres Verhaltens ihm gegenüber heiß zu machen, denn er wusste, dass sie in solchen Angelegenheiten immer ungeschickt war. Er würde ihr all seinen Ärger über ihr Verhalten mitteilen und sie würde ihm nicht ausweichen können. Er hatte in seinem Kopf eine Rede skizziert, mit der er sie auseinandernehmen würde, doch er fürchtete auch Hannas Ehrlichkeit, die er erzwingen wollte.

Hanna wusste nicht, wie sie sich verhalten sollte und fragte ihn vorsichtig, ob alles okay sei, während sie sich umsah, um zu überprüfen, ob Dominik und Leonie ihnen zuhörten. Dominik und Leonie befanden sich noch in der Küche. Diese Frage war der ungeschickte Zug, auf den David gewartet hatte, denn sie war mehr als überflüssig.

„Ich denke, die Frage erübrigt sich“, antwortete David

trocken. Hanna setzte sich zu ihm auf die tiefschwarze Ledercouch. David riss den Blick vom Fernseher und musterte ihre Beine, um Blickkontakt zu meiden. Sie trug eine schwarze, gemusterte Nylonstrumpfhose.

Hanna versuchte dem vermuteten Hauptgrund seiner Stimmung auszuweichen und sagte: „Es ist besser so, ich will sie nicht noch mehr belasten. Wenn man ihr verbietet, ihn zu sehen, dreht sie endgültig durch. Gibt man ihr aber Gelegenheiten, ihn zu sehen, ohne Druck auf sie auszuüben, verliert dieser Vollidiot schnell an Reiz und wir sind ihn los."

Das offensichtliche Ausweichmanöver war der zweite ungeschickte Zug, weil sie wusste, dass David es durchschauen würde, aber David war klar, dass sie sich selbst in die Ecke gedrängt hatte und nichts anderes zu tun wusste als das.

„Einen Anfall mehr nehme ich gerne in Kauf, um den Kerl nicht mehr sehen zu müssen", sagte David. Und seine geplante Rede hatte sich in null Komma nichts verflüchtigt.

„Sei nicht so" Hanna bemerkte seine unterschwellige Wut.

„Und wenn er sie ins Bett kriegt? Sie weiß mit ihren 14 Jahren sicherlich nicht einmal, wie man verhütet." David wollte sich nicht auf Hannas Ausweichversuche einlassen, doch dieses Thema war zu wichtig, als dass man es einfach hätte fallen lassen können.

„David, das lernt man in der Schule, und blöd ist sie auch nicht."

„Ich habe Zweifel an deinen Erziehungsmethoden", erwiderte David mit einem angriffslustigen Unterton. Er wollte sie nicht attackieren, nicht deshalb, doch er war wütend auf sie. Hanna erkannte das und warf ein: „Jetzt ist nicht der richtige Zeitpunkt, um zu streiten."

„Nein." David nahm eine Zigarette aus der Packung in seiner Hosentasche, zündete sie an und setzte fort: „Der richtige Zeitpunkt war zwei Wochen lang gegenwärtig, doch das Gespräch beginnst *du* zu einem ungünstigen Zeitpunkt, um ja keine Gelegenheit zu haben, vernünftig zu reden."

Eigentlich wurde in Hannas Haus nicht geraucht, aber das schien David nicht zu interessieren. Es war nicht seine Art, keine Rücksicht auf derartige Grundregeln zu nehmen. Seine Nerven spielten verrückt.

„Was soll ich denn tun? Dich für immer ignorieren?"

„Was willst du denn tun?"

„Ich weiß es nicht." Hanna wandte ihren Blick von David ab. Sie wusste nicht, was sie tun sollte und wollte keine falschen Entscheidungen treffen. David reichte ihr eine Zigarette, die er zuvor für sie angezündet hatte. Er wusste, dass auch sie das gerade brauchte. Sie nahm die Zigarette, an der sie sofort nervös zog, an und lehnte sich zurück.

Dominik raste in das Wohnzimmer und riss Hanna die Zigarette aus der Hand, bevor sie reagieren konnte, weil sie in Gedanken vertieft war. Sie zischte wütend. David hingegen schaute sie nur mit einem „selber-Schuld-Blick" an und zuckte die Achseln.

„Wir gehen hoch ins Gästezimmer", verkündete Dominik und zog an Hannas Zigarette.

„Wozu?", fragte David und stand langsam auf.

Dominik wich zurück, als würde er befürchten, David könnte ihm etwas antun, obwohl Davids Körperhaltung keine Anhaltspunkte dazu gab. Das Bild von David und dem vor ihm stehenden Dominik war befremdlich: Sie waren zwar beide ungefähr gleich groß, doch Dominik wirkte neben David wie ein kleiner, abgemagerter Bücherwurm.

David schritt auf ihn zu und nahm ihm die Zigarette aus dem Mund, die er im dekorativen Aschenbecher auf dem Couchtisch löschte. Er hasste Respektlosigkeit. Vor allem gegenüber Hanna und Leonie. Dominiks Augen weiteten sich so stark, als könnten sie ihm vor Angst aus den Augenhöhlen herausfallen.

„Film gucken“, sagte Leonie, die ihm gefolgt war. Sie trat zu Dominik und umarmte ihn von hinten. Er wandte sich zu ihr um und küsste sie zögerlich auf die Lippen, während er sich Davids Beobachtung durchaus bewusst war.

„Was für einen Film?“, fragte David mit einer ungewöhnlich tiefen Stimme.

„*SAW*, sein Lieblingsfilm“, antwortete Leonie mit einem breiten Lächeln. Sie wirkte glücklich, doch Davids Gesichtsausdruck wurde dadurch nicht besänftigt. Stattdessen blickte er Dominik erneut hypnotisierend an und sagte mit Grabesstimme: „Ich wünsche euch viel Spaß, doch nur noch eine Unhöflichkeit gegenüber Hanna oder meiner Schwester und ich lasse dich deinen Lieblingsfilm nachempfinden.“

Hanna schluckte nervös, um nicht wegen Dominiks erstarrtem Blick zu lachen. David nahm den Umgang anderer mit Leonie und Hanna überernst. Er übertrieb oft und das missfiel Hanna in vielen Situationen, da sie gut auf sich selbst aufpassen konnte, doch zugleich liebte sie seine beschützerische Art. Dazu war es unterhaltsam, zu sehen, wie er Dominik in Panik versetzte.

Hanna konnte es sich nicht verkneifen, noch eins draufzusetzen. Sie schnappte sich Davids Zigarettenpackung samt dem Zippo, die er auf der Couch liegen gelassen hatte und zündete sich eine neue Zigarette an. Sie ging mit der angezündeten Zigarette einmal um Dominik und Leonie herum, als wollte sie Dominik mit dem Zigarettenrauch ausräuchern.

Dominik schien mehr Angst vor Hanna zu haben als vor David. Schließlich hatte David ihm noch nie etwas getan. Nachdem sie ihren Gang beendet hatte, blieb sie vor

Dominik stehen und sah ihm in die Augen.

„Das ist ein sehr brutaler Film, Dominik“, sagte sie, „ich glaube er ist erst ab 18 freigegeben. Damit ist unter anderem das geistige Alter gemeint, also wenn was ist: Die Toilette befindet sich links vom Gästezimmer. Ruft uns, wenn ihr uns braucht.“

Leonie lächelte unsicher; sie schien nicht verstanden zu haben, dass ihr „Freund“ gerade fertiggemacht worden war. Statt verärgert zu sein, ging sie auf Hanna zu, umarmte sie und drückte ihr mit dem Wort „danke“ einen Kuss auf die Wange. Sie eilte mit Dominik durch den Flur nach oben und lächelte Hanna von dort aus zu, bevor sie hinter der Tür verschwand.

Diese Gesten waren keineswegs gespielt. Leonie hatte plötzlich für wenige Sekunden eine kindliche Wonne bei Hannas Anblick empfunden und Hanna freute sich in diesen wenigen Augenblicken wie eine stolze Mutter.

Nachdem sich die Tür hinter den beiden geschlossen hatte, drehte Hanna sich zu David um. Er trug noch immer einen finsteren Gesichtsausdruck, doch seine Augen leuchteten, als hätte er die vorausgehende Konversation vergessen.

„Du kleine Poserin“, sagte er belustigt. Sie sahen sich an und mussten gleichzeitig lachen. Sie waren zufrieden miteinander, denn sie hatten einen gemeinsamen Feind in die Schranken gewiesen. Gleich, ob sie sich kindisch und lächerlich verhielten; gleich ob David über das unklare Verhältnis wütend war; gleich, dass Hanna nicht wusste, was sie empfand: Sie waren ein perfekt eingespieltes Team. Hanna machte den ersten Schritt und umarmte ihn. Irgendwie liebte sie ihn. Ob als Liebhaber oder Freund, war ihr unklar und in diesem Augenblick gleichgültig.

Sie liebte ihn einfach, ehrlich und formlos.

Kapitel 23: 2017

Jemand schüttelte sie. Hanna schlug die Augen auf und sah durch den Dampfnebel ein erschrockenes, blaues Augenpaar. Es war Sonja.

„Gott sei Dank!“, piepste sie erleichtert.

Hanna wollte sich aufrichten und bemerkte, dass der Boden unter ihr rutschig war. Sie saß in der Duschkabine, während das heiße Wasser auf sie herabfloss. „Was soll das?“, murmelte sie verwirrt dem Wasser entgegen und streckte einen Arm nach oben, um es abzustellen. Sie bedeckte ihre Brüste mit dem anderen Arm und schüttelte ihren Kopf, um wach zu werden, während Sonja beschämt wegsah.

„Ich habe gehört, dass jemand nach Hause gekommen ist und habe an der Tür deine Schuhe gesehen, also wusste ich, dass du zu Hause bist. Eine Stunde lief das Wasser. Ich hatte Angst, dir wäre was passiert“, erklärte Sonja aufgeregt, ohne Hanna einen Augenblick zu geben, um zu begreifen, wie ihr geschah, „es hätte ja ein Herzinfarkt oder ein *Schlackanfall* sein können!“

„Oh, ich bin unter der Dusche eingeschlafen“, stellte

Hanna fest, sobald sie die Orientierung wiedererlangt hatte. Sonja reichte ihr einen Bademantel durch die Schiebetür der Duschkabine. Hanna gab sich Mühe, Sonjas Fehler, den „Schlackanfall“, zu überhören.

„Ich habe geklopft, aber du hast mich nicht gehört. Die Tür war nicht abgeschlossen, also bin ich rein. Tut mir leid.“, fügte sie beschämt hinzu.

Hanna griff nach dem Bademantel, stand auf und zog ihn an. Das Nacktsein brachte sie keineswegs in Verlegenheit. An ihrem Körper gab es nichts, wofür sie sich schämte, sodass ihr die Tatsache, von Sonja so gesehen zu werden, nichts ausmachte. Sonja hingegen sah weiterhin verlegen weg.

„Das macht nichts“, sagte Hanna gelangweilt und ergänzte im nächsten Augenblick „bist du okay?“

Sonja nickte. „Ist halt schlimm, ihn so erlebt zu haben, aber wir sind alle nur Menschen.“

„So habe ich ihn noch nie erlebt und ich kenne ihn seit fast zehn Jahren“, gestand Hanna.

„Bist du ihm denn böse?“, äußerte Sonja besorgt.

„Ich bin enttäuscht, dass er so von mir denkt, auch wenn er das nur im Affekt sagte. Irgendwo muss er diesen Gedanken bereits gehabt haben. Er kam ihm ja nicht aus heiterem Himmel“, erklärte Hanna.

Sie verließ die Duschkabine und setzte sich auf die geschlossene Toilettenschüssel. Sonja kniete weiterhin vor der Dusche. Sie sah Hanna, da sie nun bekleidet war, besorgt ins Gesicht und fragte dann: „Wirst du ihm das je verzeihen?“

„Ich weiß es nicht. Bist *du* ihm denn böse?“

Sonja sah nachdenklich zu Boden und antwortete nach einer Weile: „Jetzt ja, aber ich werde ihm verzeihen. Ich kann nicht lange böse auf ihn sein.“

Hanna warf lächelnd die Kapuze des Bademantels über ihren Kopf, um das Trocknen ihrer Haare zu beschleunigen. „Gut."

„Und was ist mit Leonie? Was ist mit Konstantin? Habt ihr euch versöhnt?", fragte Sonja neugierig.

„Ach bitte, frag mich morgen aus", stöhnte Hanna künstlich auf, aber Sonja sah Hanna mit wehleidigem Blick an, der sie nachgeben ließ. „Nun ja, Leonie befindet sich in keinem guten Zustand, aber sie wird es auf jeden Fall schaffen", antwortete Hanna, ohne näher darauf einzugehen, weil sie wusste, mit welch enthusiastischer Fragerei das enden würde. „Was Konstantin betrifft - es gab keinen Grund, mich mit ihm zu versöhnen." Sie zuckte mit den Schultern.

„Ach so, natürlich. Er ist ja *dein Vater*. Da gibt es ja nichts zu versöhnen?", lachte Sonja verwirrt auf, während ihr Mondgesicht noch breiter wurde.

Hanna starrte Sonja mit vor Verwunderung weit aufgerissenen Augen an und stellte ihre Worte nüchtern richtig: „Nein, nein, so meine ich das nicht. Statt einer Begrüßung warf er mir an den Kopf, dass er mir nichts schuldig sei und Leonie nur deshalb geholfen hat, weil er damit seine freundschaftliche Pflicht gegenüber ihrem Vater erfüllte."

„Oh nein, das glaube ich nicht! Es tut mir so leid, Hanna!", rief Sonja voller Empörung auf und schlug entsetzt die Hände vor den Mund.

„Das braucht es nicht. Er interessiert mich genauso wenig, wie ich ihn."

„Aber Hanna, das sagst du doch nur, weil du verletzt bist."

Sonjas Interpretation verstimmte Hanna, aber sie war nicht in der üblichen Verfassung, die sie sonst dazu veranlassen würde, Sonja etwas Fieses an den Kopf zu werfen.

„Du kannst das nicht verstehen, Sonja", sagte Hanna friedlich, „ich kenne ihn nicht und will ihn nicht kennen lernen. Er ist irrelevant für mein Leben. Wenn er mir Gründe genannt hätte, wieso alles so kam, wie es kam, dann würde ich vielleicht eine Nacht drüber schlafen und ihm die Chance geben, Kontakt zu mir aufzubauen, aber als Vater ansehen könnte ich ihn selbst dann nicht. Und nach den heutigen Ereignissen bleibt alles, wie es vorher war. Ich war bis heute zufrieden damit. Das bin ich noch immer. Alles ist beim Alten, also alles in Ordnung."

„Aber Hanna!", versuchte Sonja ihr zu widersprechen, doch ihr fielen keine Widerworte ein.

„Der einzige Unterschied ist, dass er seine Gleichgültigkeit zum ersten Mal aktiv demonstriert hat", konstatierte Hanna. Sonja starrte sie verwirrt an, nicht verstehend, was sie meinte. Hanna erklärte: „Früher zeigte er seine Gleichgültigkeit passiv, er war einfach nicht da. Man konnte nur aus seinem Verhalten Schlüsse ziehen. Nun hat er es mir ins Gesicht gesagt."

„Aber nur, weil er das sagt, heißt es nicht, dass er das auch so meint."

„Das stimmt, aber meine gesamte Lebenszeit bestätigt seine Worte. Ich bin erwachsen, könnte ihm keine Verpflichtungen aufbürden, habe mich ihm nie aufgedrängt. Er hätte also nichts davon, mir Gleichgültigkeit vorzumachen. Er hat einfach kein Interesse und ich ebenso wenig. Falls doch, hatte er seine Chance. Die hat er nicht genutzt."

Sonja lehnte sich an die Wand und blickte traurig auf ihre Füße, die über die Ränder ihrer Schuhe quollen. „Das ist grausam. Dann verstehe ich aber nicht, wieso er Leonie geholfen hat, also wieso ihm das Kind des besten Freundes wichtiger ist, als das eigene. Das macht keinen Sinn", gab Sonja niedergeschlagen und nachdenklich von sich.

Hanna zuckte mit den Schultern. „Es ist traurig, aber nicht alle Eltern sind verantwortungsbewusst. Es trifft mich nicht, also spielt das auch keine Rolle." Hanna stand auf und machte sich auf den Weg zur Tür, die Sonja mit ihrem Körper versperrte.

„Ich glaube nicht, dass es dich nicht trifft. Er ist doch *dein Vater*. Wenn ich erfahren würde, dass mein Vater nicht tot ist, sondern mich und meine Mutter verlassen hat - ich würde alles tun, um ihn zu finden und so lange um seine Liebe kämpfen, bis er mich wieder in seine Arme schließt“, erwiderte Sonja, ohne zu bemerken, dass Hanna an ihr vorbei wollte.

„Ich bin aber nicht du, Sonja“, sagte Hanna sanft, „ich will jetzt schlafen.“

Sonja erhob ihren Kopf und sah Hanna mit Tränen gefüllten Augen an. „Ich glaube dir aber nicht.“

Hanna lächelte müde. „Auch das ändert nichts.“

„Soll ich dir was zeigen?“, warf Sonja plötzlich mit einem fröhlichen Gesicht ein. Sie war innerhalb von Sekunden wie ausgewechselt.

Hanna verdrehte die Augen und nickte. „Aber schnell.“

Sonja packte Hannas Hand und legte sie an ihren Bauch, während Hanna in die Hocke ging. „Ich kann sein Herz fühlen!“, sagte Sonja voller Begeisterung.

„In welchem Monat bist du denn?“

„In der sechsten Woche.“

„In der sechsten Woche fühlt man noch gar nichts. Ist wahrscheinlich dein eigener Puls“, entgegnete Hanna und zog ihre Hand skeptisch zurück. Sie legte die andere Hand auf ihren eigenen Bauch und bemerkte, dass sie tatsächlich den Nachhall ihres eigenen Pulses ertasten konnte.

„Nein, nein, ich höre ihn“, widersprach Sonja und legte Hannas Hand zurück auf ihren Bauch.

Hanna lachte. „Na gut, aber ich fühle trotzdem nichts.“ Sie wollte nicht mit Sonja darüber diskutieren. Schließlich machte diese Vorstellung Sonja glücklich.

„Ich sag dir was“, fuhr Sonja fort, „wenn man die Hand auf den Bauch einer Schwangeren legt und sich etwas wünscht, dann geht der Wunsch in Erfüllung. Lass uns jetzt wünschen, dass du dich irgendwann mit deinem Vater verstehst."

Hanna verzog genervt die Augenbrauen. „Kann ich mir den Wunsch bitte wenigstens selbst aussuchen?"

Sonja lächelte unwillig. „Na gut, aber verrat ihn mir nicht. Sonst geht er nicht in Erfüllung."

Hanna wollte Sonja nicht den Spaß verderben, also spielte sie mit und überlegte sich ernsthaft einen Wunsch. Dabei überkam sie Traurigkeit. Sie sagte im Geiste: *„Ich will den alten David zurück."* Sie war keineswegs abergläubig, doch sich etwas zu wünschen, kostete sie ja nichts. Dann löste sie ihre Hand von Sonjas Bauch und sagte: „So, Wunsch abgeschickt." Hanna konnte die Traurigkeit in ihrem Blick kaum überspielen. Ihr kamen plötzlich die Eindrücke von David während der vergangenen beiden Tage hoch und sie musste mit sich kämpfen, um nicht sentimental zu werden.

„Ich denke ich weiß, was du dir gewünscht hast", ließ Sonja verlauten.

Hanna schüttelte nur den Kopf.

„Nun gut", äußerte Sonja darauf optimistisch, „wenn das Baby geboren ist, geht der Wunsch in Erfüllung, versprochen!"

Kapitel 24: 2017

Am darauffolgenden Nachmittag versuchte Hanna, ihre Gedanken zu ordnen, während sie Kleidungsstücke auf der Arbeit sortierte. Obwohl sie an diesem Tag Spätschicht hatte, war sie noch müde vom Vortag. Sie war erst nach fünf Uhr morgens im Bett gewesen. Zu ihrem Glück arbeitete sie heute in der Männerabteilung, die zu fast jeder Tageszeit einem vergessenen Ort glich. Mehr als zwei Kunden gleichzeitig auf dieser Etage anzutreffen, war sehr ungewöhnlich und gerade war sie ganz allein. Das war der Grund, aus dem Hanna gern in der Männerabteilung arbeitete: hier hatte sie ihre Ruhe. Diese konnte sie an jenem Tag ganz besonders gebrauchen.

In unregelmäßigen Zeitabständen schwankte ihr Blick rüber zu den Spiegeln, an denen sie vorbeischritt oder in deren Nähe sie stand und sie erblickte ihre widerspenstigen Haare, die nach dem Aufstehen nicht mehr zu retten gewesen waren, weil sie sich mit nassem Haar schlafen gelegt hatte. Zudem mussten ihre Ansätze dringend nachgefärbt werden.

Von Natur aus waren ihre Haare kastanienbraun und

wurden im Sommer etwas heller. Sie hatte sie sich dunkelbraun gefärbt, weil sie geglaubt hatte, dass ihr diese Farbe besser stand. Ihre mittlerweile bereits deutlich sichtbaren Ansätze waren ihr jedoch unangenehm, denn es machte einen ungepflegten Eindruck. Zudem war es ihr nicht gelungen, ihre Augenringe gut zu überschminken, da sie trotz der späteren Schicht beinahe verschlafen hatte, aber vermutlich hätte ihr mehr Zeit vor dem Aufbruch auch nicht geholfen: Sie war gereizt, müde und hungrig, was ihr Gesichtsausdruck sehr deutlich zeigte. Für gewöhnlich wurde sie bei der Arbeit im Laufe der Schicht zwei bis drei Mal von Kunden angesprochen, die auf der Suche nach etwas waren. Heute hatte das niemand gewagt, denn sie sah vermutlich aus, als würde sie gleich Amok laufen. Vielleicht sollte sie diesen Gesichtsausdruck öfter aufsetzen, um ihre Ruhe zu haben. Feuern würde sie die Chefin sowieso nicht. Hanna arbeitete in dem Bekleidungsgeschäft bereits seit Jahren und hatte sich während dieser Zeit keine Fehler erlaubt, während sie neue Aushilfen besser und schneller einarbeiten konnte als jeder andere.

Sie seufzte. Der zurückliegende Tag hatte viele Spuren bei ihr hinterlassen: Davids Verhalten, das ihr gezeigt hatte, wie gebrochen er war, diese widerliche Celine, Konstantin, wohl einer der unsympathischsten Männer dieser Welt, zudem Andreas mit seiner lächerlichen Eifersucht auf Konstantin, Leonie, die von Hanna nichts mehr wissen wollte und zur Krönung noch diese maskierte Frau im Krankenhaus.

Hanna stockte während des Faltens eines T-Shirts bei dem Gedanken an diese Frau und betrachtete sich gründlich im Spiegel. Ihre Fassade war weiterhin intakt und somit konnte sie ihre Gedankengänge fortsetzen.

Andreas - dass er offenbar so schlecht von ihr dachte, hatte sie sehr enttäuscht. Sie wollte sich nicht mehr mit ihm unter einem Dach aufhalten. Am liebsten hätte sie nach dem Aufwachen ihre Sachen gepackt und wäre gegangen, doch wohin? Einige Minuten später fragte Hanna sich plötzlich, ob sie mit diesen Gedanken überreagierte. Sie musste Andreas doch eine Chance geben, das zu klären. Er war immer so geduldig mit ihr gewesen, hatte sich zuvor noch nie ihr gegenüber etwas Unangemessenes erlaubt, obwohl sie als Teenager so schwierig gewesen war, doch schon kurze Zeit später verwarf sie ihre versöhnlichen Gedanken. Dieses Spiel wiederholte sich einige Male.

Mit einem Blick auf die Uhr stellte sie fest, dass sie bald Feierabend machen konnte. Es war fast 20 Uhr. Was sollte sie nun in Bezug auf Andreas tun? Sie wusste nicht weiter.

Schließlich fragte sie sich, was David ihr raten würde. Sie hatte ihn in all den Jahren ihrer Freundschaft oft um Rat gebeten. David, diese Person mit seiner kaputtanalysierenden Langweiler-Art, der sie ständig davon abgehalten hatte, aggressiv und bösartig zu sein. Er hatte sie tatsächlich zu einem besseren Menschen gemacht und das schon in seinen vorpubertären Jahren. David war wirklich einst ein toller Mensch gewesen und vielleicht geblieben.

Er hatte ihr einen Notizzettel mit den Worten *„Es tut mir leid, dass ich es heute nicht geschafft habe, für dich da zu sein. Danke für alles. Lass uns morgen reden. David“* unter die Tür geschoben. Das war eine nette und für ihn typische Geste. Wenn man ihm keine Vorwürfe machte, entschuldigte er sich sofort für jede Tat, die ihm im Nachhinein unangemessen erschien, aber wehe man hielt ihm etwas vor – dann konterte er. Das war eine sehr unangenehme Eigenschaft, vermutlich die einzige, die Hanna je an ihm gestört hatte. Er hatte schließlich selten Gründe geboten, um ihm Vorwürfe zu machen und wenn doch, wartete sie einfach ab, bis er sich von sich aus entschuldigte und damit war sie immer gut gefahren. Hätte er erfahren, dass sie enttäuscht war, weil er sie vergangene Nacht hatte gehen lassen, statt mit ihr zu reden, hätte sie dieses Blatt Papier nicht erhalten. Vermutlich war es falsch, sofortigen Bericht über die Gründe seiner Abwesenheit zu verlangen, vermutlich hatte sie ihn neulich in der Bar völlig überfordert. Sie hatte ihn unter Druck gesetzt und wer wusste schon, was er im Laufe des vergangenen Jahres hatte durchmachen müssen? Wenn sie sich zurückhielt, würde sie womöglich viel eher an ihr Ziel kommen und das Ziel war, die Wahrheit zu erfahren. Mit Druck würde sie nichts erreichen. Das hätte sie bereits in der Bar wissen müssen, doch sie war zu aufgewühlt gewesen, um so weit zu denken - um überhaupt zu denken.

Der Gedanke an eine plötzlich erschienene Umgangsweise mit der Situation ermunterte Hanna jedoch kaum, denn sie konnte sich immer noch kein Szenario vorstellen, welches die Geheimhaltung vor ihr rechtfertigen würde und dennoch war sie es ihm schuldig, ihm die Chance zu einer Stellungnahme zu geben. Sie hatte ihn so lange gekannt, so viel mit ihm erlebt. Wenn sie nur daran dachte, wie viel Energie er immerzu in ihre Entwicklung gesteckt hatte. Sie war ihm dieses Verständnis schuldig. Fraglich war nur, ob es ihr gelingen würde, es ihm tatsächlich entgegenzubringen.

Sie nickte sich selbst zu und strich über den blauen Druck eines gelben, verboten hässlichen T-Shirts. War ihr Arbeitgeber ein profitorientiertes Unternehmen? Sie überkam großer Zweifel daran, wenn sie sich umsah. So viel geschmacklose Kleidung mit Sprüchen wie „love lasts forever“. Bah!

Direkt neben dem Stapel mit den gelben Shirts lag ein Stapel mit den gleichen in pink - pink in der Männerabteilung! Gewiss, wer Männlichkeit ausstrahlte, hatte pink nicht zu fürchten, doch so viele Männlichkeit ausstrahlende Männer wie T-Shirts auf dem pinken Stapel gab es nicht. Dass sich Menschen selbst unattraktiver machten, indem sie sich geschmacklose Kleidung kauften, war wirklich amüsant. Hanna kicherte schadenfroh und kehrte zu ihren Gedanken zurück.

Als sie ein Kind gewesen war, kam sie mit nur wenigen anderen Kindern zurecht, denn entweder war sie von ihnen gelangweilt gewesen oder sie hatten versucht, sie zu mobben, weil sie in kein Grüppchen eingebunden gewesen war und Vaterlosigkeit für viele einen Angriffspunkt dargestellt hatte. Zu den Kindern, mit denen sie vor David befreundet gewesen war, bestand kein Kontakt mehr. Sie hatten sich aus den Augen verloren. Irgendwann hörte Hanna nichts mehr von ihnen und sie war daran gewöhnt, sich das nicht zu Herzen zu nehmen. Die anderen hatten eben ihre eigenen Familien und fanden leichter Freunde als Hanna. Sie wurde spätestens nach ihren Umzügen wegen der Liebschaften ihrer Mutter unbedeutend. Sie war ein sehr verkorkstes Kind gewesen, aber wie hätte sie auch werden sollen bei ihrer Mutter und einem nicht vorhandenen Vater, während sie zugleich mit Intelligenz gestraft – oder gesegnet? - war? Ja, sie war eine durchaus tragische Gestalt. Bei dem melodramatischen Gedanken musste sie wieder kichern, weil es nach Davids Ausdrucksweise klang.

„Ich habe dich zu einem besseren Menschen gemacht, Hanna! Ich habe den Drang, dich zu beschützen, auch wenn du das nicht ausstrahlst und das nicht brauchst, ich mach's trotzdem! Ich spüre doch, dass du tief in dir Gefühle für mich hast und dich danach sehnst, dass meine starken und zugleich sanften Hände deine Brüstchen kneten!", imitierte sie David gedanklich stark überzogen, seine Mimik imitieren konnte sie zu ihrem Bedauern auf der Arbeit nicht, hier waren schließlich Kameras installiert. Sie konnte nicht aufhören zu kichern, hielt jedoch inne, als

sie bemerkte, dass sie sich mit dem Wort „Brüstchen“ aus seinem Vokabular gerade selbst aufgezogen hatte. Sie sah erneut in den Spiegel, diesmal kritischer als sonst. Da blickte ihr die knallharte Realität entgegen: Ihre Brüste waren zu Brüstchen degradiert, mindestens eine Körbchengröße Volumenverlust. Ihr enges Shirt, das obenrum nicht mehr so gut saß wie früher, ließ keine andere Einschätzung zu. Ob sie das schlimm finden sollte, wusste sie noch nicht.

Jemand tippte fest und unerwartet auf Hannas Schulter. Sie drehte sich um in der Hoffnung, ihr Posieren vor dem Spiegel sei unbemerkt geblieben, doch als sie sah, wer vor ihr stand, hätte sie sich vor Entsetzen sofort wieder weggedreht, wenn sie nicht so überrascht gewesen wäre: Vor ihr stand Celine mit einem breiten, frechen, leicht schiefen Grinsen.

Hanna verschränkte die Arme, während sie einen Schritt zurücktrat, als könnte Celine Geschlechtskrankheiten über die Atemluft übertragen. Hanna war müde und konnte die Augen kaum offenhalten, weshalb sie leicht blinzelte. Sie war im Laufe des Tages nicht einmal dazu gekommen, einen Kaffee zu trinken. Selbst das Entsetzen über Celines Gegenwart konnte sie nicht ausreichend aufwecken.

„Siehst mitgenommen aus“, gab Celine mit dem gleichen Grinsen von sich. Sie sah aus wie ein kleines, stolzes, zickiges Mädchen, das gerade mit hoher Erfolgswahrscheinlichkeit etwas Bösartiges vorhatte und bereits vor Durchführung in Schadenfreude schwelgte.

Celines feines Haar war zu einem Pferdeschwanz zusammengebunden, zu dem die Bezeichnung „Rattenschwanz“ deutlich besser passte und sie war recht dezent geschminkt. Die Kleidung war schlicht, beinahe schick: einfache schwarz-weiße, lange, ärmellose Bluse mit dezentem, schematischem Blumenmuster und eine schwarze Jeans zu schwarzen, flachen Pumps. Dazu Perlenohrringen und eine lange silberfarbene Kette mit einem geschmackvoll ausgesuchten Anhänger. Das einzig Unpassende an ihrer neutralen Erscheinung waren ihre Hände mit abgekauten Fingernägeln, die den Träger einer kleinen, schwarzen Handtasche festhielten, die an ihrer Schulter hing - sowie Hannas Handabdruck an ihrem Hals. Celine hatte die Blutergüsse auf ihrer hellen, für sichtbare Verletzungen anfälligen Haut, nicht überdeckt, weder mit Make-up, noch mit Kleidung oder offen getragenen Haaren, obwohl ihre Hautunreinheiten überschminkt waren. Sie schien zu wollen, dass man die Misshandlungsspur sah, sie darauf ansprach und dass sie möglichst vielen Fremden ins Auge sprang. Sie wollte damit Aufmerksamkeit als Opfer auf sich ziehen. Daran hatte Hanna keinen Zweifel.

Celines Kleidung wirkte beinahe unscheinbar. Hieß es, dass das Outfit am Tag zuvor beabsichtigt offenherzig gewesen war, weil sie glaubte, David käme allein zu ihr? Hanna wollte sich nicht mit Celines Motiven befassen, doch dieser Gedanke schoss ihr sofort durch ihren Kopf und hinterließ einen üblen Nachgeschmack.

„Damenmode ist unten“, sagte Hanna trocken und legte dabei mit geradem Rücken ihren Kopf zur Seite.

„Ich bin nicht zum Shoppen hier“, entgegnete Celine.

„Was willst du?“, zischte Hanna und sah sich um. Celine wollte ihr offensichtlich etwas mitteilen und das sollte nicht vor Kunden oder Kollegen geschehen. Hanna traute Celine Haareausreißen und hysterisches Gekugel auf dem Boden zu. Auch wenn es Hanna gleichgültig war, wie man von ihr dachte, wäre es ihr unangenehm, mit einer derartigen Person in Verbindung gebracht zu werden.

„Ich will dir etwas sagen“, antwortete Celine mit einem inzwischen zurückgenommenen Gesichtsausdruck. Ihre Stimme klang monoton und sie nuschelte etwas, was

Hanna bei ihrer ersten Begegnung nicht aufgefallen war. Wenn Celine sich nicht gerade freute oder hysterisch war, konnte man sie als Schlaftablette vermarkten.

„Du bist hergekommen, um mir etwas zu sagen?“, fragte Hanna irritiert.

„Ja.“

„Dann leg los, ich habe zu tun“, erwiderte Hanna ungeduldig.

„Hast du nicht, in fünf Minuten macht der Laden zu“, entgegnete Celine nun lauter und deutlicher.

„Das heißt nicht, dass ich nichts Besseres zu tun habe, als mit dir zu reden.“

Celine grinste siegessicher, sammelte sich kurz und warf dann vorlaut in den Raum: „Ich werde gewinnen!“

„Was?“, brach Hanna erstaunt aus sich heraus. Sie schüttelte überrascht den Kopf und zog ihre Augenbrauen zusammen. „Was willst du von mir?“ Celine ließ ihr Zeit, sich die Worte durch den Kopf gehen zu lassen, doch das änderte nichts daran, dass Hanna keine Vorstellung davon hatte, was Celine ihr damit sagen wollte. Vermutlich war es ihr Plan, Verwirrung zu stiften und Hanna dadurch zu verunsichern. Die Ausführung des ersten Teils war ihr zweifellos gelungen.

„Ich wollte dir sagen, dass ich gewinnen werde und der Preis heißt David. Ich will ihn haben“, sagte Celine langsam, alle Silben stark betonend. Anscheinend kannte sie ihr Nuschel-Problem und versuchte dem entgegenzuwirken.

„Du willst mit David zusammen sein?“, schlussfolgerte Hanna zögerlich aufgrund der Offensichtlichkeit der Absurdität und der Fragwürdigkeit dieser Mitteilung.

„Genau.“

„Und ich will ein Einhorn als Haustier. Zieh Leine“, äußerte Hanna spöttisch. Sie drehte sich um und setzte, Celine demonstrativ missachtend, das Falten der

Kleidungsstücke fort.

Hanna hoffte, Celine damit abgewimmelt zu haben, doch stattdessen folgte sie Hanna, lehnte sich zu ihr vor und sagte mit lauter Stimme: „Ich meine es ernst, unterschätze mich nicht. Ich bin nicht dumm, ich wollte nur testen, wie du dich verhältst. Ich habe dich bewusst provoziert und du lässt dich leicht provozieren.“ Celines Stimme wurde unangenehm hoch, während sie sprach, als würde sie sich mit einer Schwerhörigen unterhalten.

Hanna erhöhte ihre Provokationsstufe: „Du hast mich bewusst provoziert, dir wehzutun?!“, lachte sie auf und schenkte ihr erneut einen kurzen, abwertenden Blick.

„Ja“, antwortete Celine unerwartet ruhig.

„Ich bitte dich. Wenn du das Geschehene nicht peinlich für dich aussehen lassen willst, dann hör auf, dich noch lächerlich zu machen. Lass uns das hiermit beenden“, bot Hanna beinahe gutmütig an, weil sie glaubte, dass es Celine umso mehr auf 180 bringen würde und fügte süffisant hinzu: „Und was du von David willst, interessiert mich ebenso nicht. Mach es mit ihm aus. Ich werde nicht mit dir schlammcatchen.“

„Nein. Ich habe dich wirklich absichtlich provoziert“, entgegnete Celine in einem ruhigen Tonfall.

Hanna glaubte ihr nicht. Sie wandte sich die Augen verdrehend und mit verschränkten Armen Celine zu. „Das kann doch nicht dein Ernst sein“, äußerte sie mit erschöpfter Stimme.

„Doch, und ja, ich wusste dank Leonie, wozu du fähig bist, körperlich. Sie sagte, du hast null Selbstbeherrschung.“

„Wenn dem so wäre, wüsstest du aber auch, dass ich dich hätte erwürgen können.“

„Hast du aber nicht und hättest du nicht.“

„Weil ich nicht *deinetwegen* im Knast wegen Totschlags landen wollte.“

„Und das wird sich nicht ändern. Das heißt, du hast mehr Kraft als Verstand und die Kraft kannst du nicht anwenden, also bist du harmlos. Außerdem hätte David dich sowieso aufgehalten.“ Celine zwinkerte Hanna provozierend zu. Hanna begegnete der Äußerung mit angewidertem Gesichtsausdruck. Celine fuhr nachdenklich fort und ließ dabei ihren Blick durch das Geschäft schweifen: „Als ich David und Leonie kennen lernte und sie von dir erzählten - beide so begeistert - da dachte ich mir: ebenbürtige Rivalin, aber wenn ich dich so sehe...“ Celine schüttelte den Kopf und zog ihre Lippen zusammen, während sie ihre Nase ablehnend kräuselte. „Nein, du bist weder so schön, wie Leonie sagte, noch so klug, wie David behauptete. Ich glaube schon, dass du klug bist, aber du bist nicht mehr als das nette Mädchen von nebenan, das sich ein paar Kampfsportsachen angeeignet hat und auf böse macht, seit es vom Leben ein bisschen gefickt wurde oder du machst auf böse, weil du Spaß daran hast, dich über andere zu stellen, das ist auch egal, denn *mehr* bist du nicht. Du bist nichts Besonderes. Du nimmst das Leben zu ernst, nimmst David zu ernst und das ist dein Fehler. Du versuchst zu planen, was du bald mit ihm machen willst und wie du erfährst, wo er so lange war und bist eingeschnappt, wenn er etwas tut, was dir nicht passt. Er ist dir wichtig und das macht dich angreifbar, es macht dich *schwach*.“

„Was willst du von mir?“, zischte Hanna, mittlerweile sehr gereizt. Sie war so überrumpelt von Celines Verhalten, dass sie nicht angemessen darauf zu reagieren wusste.

„Das habe ich schon gesagt.“

„Du willst mit David zusammen sein?“

„Genau.“

Hanna atmete verhalten tief durch, während sie versuchte, zu realisieren, dass Celine es tatsächlich wagte, sie herauszufordern und sagte dann, weiterhin überheblich: „Erstens hat er da auch noch ein Wörtchen mitzureden und zweitens: Wir sind kein Paar, also bist du bei mir falsch."

„Aber er ist dir in jedem Falle wichtig. Du willst ihn behalten und ich will ihn ganz für mich. Das ist ein Interessenkonflikt. Abgesehen davon, dass ihr zusammengekommen seid und euch nie getrennt habt, also seid ihr faktisch *noch* ein Paar."

Hanna stutzte und begriff schnell, dass Celine mit der Beurteilung ihres Beziehungsstatus Recht hatte. Für eine Außenstehende wusste sie sehr viel über Hanna. Hanna und David hatten sich vor seinem Verschwinden nicht getrennt.

„Und du glaubst, ich lasse mich auf Spielchen mit *dir* ein?!", sagte Hanna von oben herab.

„Das hast du automatisch, weil er dir wichtig ist und deshalb wirst du verlieren. Für mich ist das ein Spiel und du drehst durch, wenn er dich enttäuscht und das wird er, denn du weißt im Gegensatz zu mir nicht, wer er ist, *was* er geworden ist, *wozu* er in der Lage ist. Dieses Spielzeug überschreitet deine Kompetenz, glaub mir, früher oder später wirst du sowieso nicht mehr wissen, wohin mit ihm, denn du hast keine Macht mehr über ihn. Die habe *ich* jetzt. Als ob dir nicht aufgefallen ist, dass er sich verändert hat. Er ist mir hörig. Du hast deine Macht längst verloren, Hanna und bald bist du ein Niemand mehr für ihn. Wusstest du eigentlich, dass Leonie dich abgrundtief hasst?" Die letzte Aussage konnte Hanna kaum bestreiten. Den Rest glaubte sie Celine nicht. Celine wollte Hanna doch bloß verunsichern.

„Dank diesem Gespräch wird mir klar, wieso." Auch, wenn Hanna den Zeitpunkt des Beginns von Leonies Hass auf sie nicht zwangsläufig auf Celines Eintritt in Leonies Leben gleichsetzte, war dies eine günstige Anmerkung.

„Du bist wirklich naiv", äußerte Celine beinahe

enttäuscht, „sie hat dich schon immer gehasst, denk drüber nach und rechne eins plus eins zusammen. Aber das ist ein anderes Thema."

Celine drehte sich um und schien gehen zu wollen, doch nach einigen Schritten kehrte sie zurück. Sie fügte euphorisch mit einem von Glück erfüllten Gesicht hinzu: „Nur noch eines: Du wirst mir nichts tun und wenn du es versuchst oder – nein, vielleicht auch dann, wenn ich einfach mal mies drauf bin, mache ich dich vielleicht mal mit meinen Freunden bekannt. Als Revanche dafür, dass du mich gewürgt hast. Du magst dich ja wehren können und stark sein *für eine Frau*, aber glaube mir: Gegen fünf Typen mit Baseballschlägern hast du keine Chance. Sie würden dich zwar nicht töten, aber bestimmt ficken. Demütigung täte dir mal gut, damit du lernst, wo du wirklich hingehörst. Oder …", Celine legte genüsslich grinsend eine Redepause ein, „ein bisschen Salzsäure in deiner Fresse würde dir sicherlich auch gut stehen. Ach, ein Pech für dich, dass David mir erzählt hat, dass du dich seit damals vor solchen Dingen fürchtest und - wer weiß, was er mir noch erzählt hat und erzählen wird? Also wiege dich besser nicht in Sicherheit. Ich schätze, das war ein guter Abschluss." Sie grinste breit und Hanna wusste diese Freude nicht zu ersticken.

Hannas Gesichtsausdruck hatte sich nicht verändert, auch wenn maßlose Wut in ihr von Wort zu Wort aufgestiegen war. Jetzt hatte Celine einen schwachen Nerv getroffen. Hanna wollte sich jedoch nicht von ihr provozieren lassen und sagte mit betont lockerer Gestik und einem spöttischen Grinsen: „Schwing deinen Arsch hier raus, Clearasilversuchszone."

„Gut", erwiderte Celine, „Ich habe ja auch alles gesagt. Zusammengefasst: Für mich ist David nur ein Spiel, weil es mir Spaß macht, dir oder anderen etwas wegzunehmen. Und weil das ein Spiel für mich ist, wirst du verlieren,

Hanna."

„Na dann, versuch dein Glück, Miststück", erwiderte Hanna mit einem Hauch Arroganz, heiser vor Anspannung, aber ohne sichtbare Unsicherheit.

Celine entfernte sich mit einem breiten Grinsen.

Kapitel 25: 2017

Hanna kochte vor Wut. Sicherlich war genau das Celines Plan gewesen – und er war geglückt. Hanna war wütend, unheimlich wütend. Diesmal kaschierte die Wut keine ihrer unterschwelligen Intentionen, nein, diesmal war sie bereit, David zu zerfleischen. Er hatte diesem Miststück erzählt, dass sie Angst um ihr Gesicht hatte. Wie konnte er etwas so Persönliches, eine Schwachstelle, nur irgendjemandem anvertrauen? Hanna war rasend vor Wut, doch sie musste sich beherrschen. Celine wollte genau das: Sie wollte, dass Hanna die Kontrolle verlor; sie wollte Streit zwischen Hanna und David initiieren. Siegreich durfte Celine nicht hervorgehen und das hieß, dass Hanna sich zügeln musste. Das Miststück wollte spielen – bitte. Hanna würde schon einen Weg finden, Celine in die Schranken zu weisen. *Das* würde sie nicht auf sich sitzen lassen.

Hanna wollte David das Leben zur Hölle machen, denn genau das hatte er verdient, doch damit würde sie in Celines Sinne handeln. Celine war ein Miststück mit strategischen Fähigkeiten und somit war sie ein Problem, gegen welches Hanna vorgehen musste - nur wie? Selbst, wenn sie leere Drohungen von sich gab, musste Hanna ihr das heimzahlen, Rache war ihre Lebensphilosophie. Etwas musste sie unternehmen, und zwar wohl überlegt. Sie musste sich zusammenreißen, aber sie wusste zugleich, dass ihr das nicht gelingen würde. David würde ihre Wut bemerken, er hatte Hannas Gemütslagen immer treffend eingeschätzt. Sobald sie ihn sehen würde, würde sie erneut vor Wut kochen, David würde das erkennen und ihr den Grund entlocken. Er würde nicht lockerlassen, und was dann?

Nach 20 Minuten Wartezeit an der überfüllten Bushaltestelle und etwa sechs Zigaretten später kam ihr in den Sinn, dass genau das – ihre gegen David gerichtete Wut - die Lösung war. Celine dachte sehr taktisch. Hanna konnte sich nur rächen, indem sie dachte wie Celine: Celine wollte David für sich allein haben. Celine hatte sich sogar mehr Gedanken über das Verhältnis von Hanna und David gemacht als Hanna selbst, denn Hanna war gar nicht darauf gekommen, dass sie rein faktisch noch mit David liiert war. Womöglich war Celine clever, aber wie weit hatte sie gedacht? Sie erwartete, dass Hanna wütend auf David werden würde, aber würde David dann nicht die Frage nach dem Wieso stellen? Wenn Hanna doch wütend war, weil Celine über vertrauliche Informationen verfügte, von denen nur David gewusst hatte, dann würde es doch auf Celine zurückfallen, wenn Hanna den Grund ihrer Wut mitteilte, denn David hatte es Celine sicherlich nicht verraten, um ihr die Möglichkeit zu geben, es Hanna unter die Nase zu reiben und erst recht nicht, um dieses Wissen in eine Drohung umzuwandeln.

Genial: Celine hatte sich ins eigene Fleisch geschnitten! Mit der Streitprovokation blieb Celine nämlich nicht im Hintergrund, sondern würde sofort zum Sündenbock werden und Davids Missfallen ernten. Hanna musste lediglich David zusammenfalten, ihm zeigen, wie wütend und enttäuscht sie war. In diesem Moment würde Hannas Gefühlsausbruch Celine enttarnen. Zudem war David aktuell sicherlich alles andere als gut auf Celine zu sprechen, weil sie zugelassen hatte, dass Leonie anschaffen gegangen war. David hatte das mit Sicherheit nicht bloß neutral zur Kenntnis genommen. Sie hatten schließlich ein Vertrauensverhältnis gehabt, welches darauf basierte, dass Celine auf Leonie aufpasste. Hanna kam Konstantins überheblich-belustigte Äußerung des gestrigen Tages in den Sinn: *„Irgendwie musste sie ja über die Runden kommen oder hast du geglaubt, Celine würde sie durchfüttern?“*. Ob Celine Leonie zum Anschaffen gedrängt hatte? Hanna hielt es für denkbar. Ob David es Celine zutraute, konnte Hanna nicht beurteilen, doch die von Konstantin gesetzte Intension war mehr als deutlich: Celine hatte diese Tätigkeit allermindestens begünstigt, allein dadurch, dass Leonie ihre Kundschaft von zu Hause aus bediente – in ihrer gemeinsamen Wohnung. Celine musste die Intention gehabt haben, ihren Konflikt mit David in den Hintergrund zu rücken, indem sie einen Konflikt zwischen ihm und Hanna inszenierte.

Celine musste verzweifelt sein und Verzweiflung konnte jeden zu unüberlegtem Handeln treiben. Celine wollte vermutlich dringend aus der ungünstigen Situation herauskommen, weil ihr das Verhältnis zu David wie Sand durch die Finger zu entgleiten drohte.

Hanna fühlte sich wieder überlegen, als sie in den Bus stieg und sich zu Klängen von 30 Seconds to Mars aus ihren Kopfhörern gedanklich auf die Schulter klopfte, doch da war noch eines, das Unangenehmste von allem: David hatte Fakten über Hanna preisgegeben. Er war der einzige, der wusste, dass Hanna Probleme mit Entstellungen hatte und das bedeutete, dass er nicht immer loyal ihr gegenüber gewesen war und dass er noch mehr verraten haben konnte, doch so weit durfte Hanna im Augenblick nicht denken. Sie durfte sich nicht verrückt machen. Die Freundschaft zu David musste mehr wiegen als das Geschwafel einer übergeschnappten Furie. David hatte sich über viele Jahre mühevoll eine Vertrauensbasis aufgebaut, das musste Hanna würdigen.

Sie kniff die Augen zusammen und versuchte, sich ohne Ausblick nach draußen in dem überfüllten, stickigen Bus stehend, auf die Musik zu konzentrieren. Das Lied lieferte ihr zufällige Denkanstöße: Angenommen, Hanna würde David zeigen, was sie fühlte, und es nicht bloß sagen. Was würde er tun? Dieser Verrat tat weh. Die Vorstellung, dass Celine derart sensible Informationen über Hanna hatte und verbreiten könnte, machte ihr Angst. Wäre David, wenn er sehen könnte, wie sich Hanna fühlte, nicht verstärkt dazu angespornt, Celine aus seinem Leben zu streichen? Das wäre eine der mächtigsten Methoden in diesem Kampf, doch Hanna wusste, dass sie sie nicht anwenden konnte, denn um ihre Emotionen so preiszugeben, war sie zu stolz. Womöglich glaubte Celine, Hanna sei zu stolz, David von der Drohung zu erzählen. Vielleicht war das ihr grandioser Plan, Hannas Stolz gegen sie selbst zu verwenden. So viel war denkbar, so viele Motive und Strategien gab es. Und ebenso viele Möglichkeiten, zu handeln.

Zum ersten Mal betrachtete Hanna dieses per Zufallsprinzip gestartete Lied als einen Katalog von Handlungsmöglichkeiten: Es war möglich das Verhältnis zu David zu beenden, der Situation keine Bedeutung beizumessen, aufzugeben und vieles mehr. Hanna hatte sich, so weit sie sich erinnern konnte, fast immer für das Kämpfen entschieden. Sie hatte immer gekontert, immer mit Angriffen ihre Positionen gesichert und gleich würde sie das wieder tun. Sie wollte David im Fall seiner Schuld dafür bluten lassen. Kein Verständnis, kein

Entgegenkommen. Das war ein beschränktes Verhaltensrepertoire, das sie berechenbar machte, wie sie wusste.

Hanna war trotz des Versuchs, sich auf die Musik zu konzentrieren, ungeduldig und nervös. Sie musste David darauf ansprechen, sobald sie das Haus betreten hatte, doch sie durfte ihn nicht zu sehr überfahren, denn sonst würde er in die Defensive gehen, wenn nicht sogar einen gekonnten Gegenangriff starten, oder sie musste ihn so stark angehen, dass er zusammenbrechen und ihr die Wahrheit sagen würde. Das Überfahren war jedenfalls kompromisslos als Teil ihres Vorgehens eingeplant.

Um kurz vor 21 Uhr kam Hanna zu Hause an. Sie begrüßte gedanklich ihr Auto auf der gegenüberliegenden Straßenseite, während sie phantasierte, wie schön es wäre, Celine damit zu überfahren und möglichst leise den Schlüssel ins Haustürschloss steckte.

Ihr Verstand befand sich heute in einem sehr eigenwilligen Modus, denn für gewöhnlich phantasierte Hanna nicht. Sie fragte sie, ob das „normal“ war, aber wie dem auch sein sollte – die Phantasie war zu schön: Sie drehte sich zurück zu ihrem Auto und genoss den imaginären, detaillierten Anblick von Celines überfahrenem, zuckendem, blutendem Körper.

Hanna wollte gerade über die Schwelle treten, als sie ein Maunzen hörte. Als sie auf den Boden sah, erblickte sie einen rot getigerten, stämmigen Kater, der sie erwartungsvoll anblickte. „Peterchen!“, gab sie mit einem Hauch von Freude von sich. Es war ein Kater aus der Nachbarschaft, dem sie manchmal Leckerlies spendierte. Ob er tatsächlich so hieß, wusste sie nicht, doch andere Nachbarn nannten ihn so. Hanna liebte Katzen ihres unabhängigen Wesens wegen. So ein kleiner, dicker, getigerter Peter durchquerte ganz Bonn Endenich, um die Gegend zu erkunden. Er tat, was er wollte und mochte nicht jeden Passanten, der ihm „Hierher miezmiez!“ hinterherrief – er beachtete nur Menschen, denen er sympathisierte, wobei Hanna ihn vor langer Zeit mit Essensresten bestochen hatte, um sich seine Zuneigung zu sichern. So wie er aussah, war sie nicht die einzige, die Korruption im Katerhabitat betrieb. Das eigensinnige Tier schien ihr heute wohlgesonnen zu sein.

Hanna legte langsam den Schlüsselbund auf eine Treppenstufe. Sie streckte ihre Hand aus und schnipste mit den Fingern - ein eindeutiges Signal für Peter, um zu ihr zu kommen. Er kam schnell mit dem Hintern wackelnd angerannt und drückte seinen Kopf gegen ihre Hand. Diese Begegnung ermunterte Hanna, also beschloss sie, sich kurz Zeit für Peter zu nehmen. David rannte ihr ja schließlich nicht weg.

Sie setzte sich auf eine der Treppenstufen vor dem Hauseingang, zündete sich eine Zigarette an und lehnte sich zurück, während Peter auf ihren Schoß sprang, sich dort niederließ und zu schnurren begann. „Nicht so feste!“, mahnte sie leise, als seine Krallen durch ihre Jeans drangen, während sie ihn hinter dem Ohr kraulte. Sie konnte dem Kater-Charme nicht widerstehen, auch wenn er sie nicht unerheblich pikste.

Sein Schnurren entspannte sie und sie sah sich zum ersten Mal seit Langem in der Straße um: idyllische Häuser, Spitzenvorhänge, frische Anstriche, liebevoll gepflegte Gärten mit perfekt zurechtgeschnittenen Hecken, teure Autos. Nichts erinnerte mehr daran, dass vor weniger als zwei Jahren ein Auto in dieser Straße explodiert war, was zwei Menschen das Leben gekostet hatte, dass hier ein Mord verübt worden war. Es war ein paar Monate Gesprächsthema Nummer eins gewesen, doch inzwischen war es offenbar in Vergessenheit geraten.

Ein älterer Nachbar von gegenüber winkte Hanna freundlich zu, was sie mit einem angespannten Zucken der

Mundwinkel und in die Luft gehobener Zigarette erwiderte.

„Dieser alte Wichser da, der mir so freundlich zufächert, stand damals da wie angewurzelt da und machte Fotos“, flüsterte sie Peter zu, der dabei war, sich auf die Seite zu rollen, „diese feige Sau erzählt ständig, er hätte im Krieg dies und das geleistet, doch stand er dumm herum, während ich dabei versagte, eine Halbleiche, die doppelt so viel wog wie ich, aus dem Auto zu ziehen.“ Sie schüttelte den Kopf und seufzte: „Wie sie mich alle ankotzen, Peterchen. Hätte ich genug Kraft, würde ich sie alle hassen.“

Sie versuchte, sich in den Entspannungszustand zurückzuversetzen und starrte auf ihr Auto, während sie sich erneut Celines Leiche vorstellte, doch es gelang ihr nicht mehr. Frustriert darüber, dass es einem Nachbarn durch seine bloße Anwesenheit gelungen war, ihr die Laune zu verderben, sah sie sich wieder in der Straße um. Das einzig Interessante waren die Kennzeichen der dort stehenden Autos, die sie noch trotz der späten Stunde erkennen konnte. Bald würden die hellen Sommerabende wieder enden.

„Guck mal Peterchen“, sagte sie leise, „da parkt Schweinchen Dick.“ Sie deutete auf ein schwarzes Mercedes-Cabrio mit dem Kennzeichen „BN-SD“.

Als David und Hanna Teenager gewesen waren, setzten sie sich oft an stark beparkte Straßen und dachten sich Initialen zu den Autoschildern aus. Das tat sie manchmal noch immer. Der Nachbar, auf den sie sich bezog, war tatsächlich schwer übergewichtig und andauern missgelaunt, während sein Gesicht dem eines Schweins ähnelte.

„Und sieh da, Peter, da hat sich die Hexe Giftspalt niedergelassen.“ Sie deutete auf einen alten, weißen Opel. Seine Besitzerin sah aus, als sei sie aus einem modrigen

Brunnen gestiegen und dazu hatte sie schrecklichen Mundgeruch, wie Hanna einst hatte feststellen müssen.

Hannas Blick schweifte auf einen royalblauen VW Polo mit dem Kennzeichen „BN-MS 666“. Den Wagen hatte sie noch nie zuvor gesehen. Er war deutlich in die Jahre gekommen und hatte einen „M3“-Aufkleber unter der kleinen Polo-Aufschrift hinten. Sie unterdrückte ein lautes Kichern. „M3 Polo, ist klar, was Peterchen?“, murmelte sie ungläubig darüber, dass jemand auf die Idee gekommen war, sich auf diese Weise lächerlich zu machen. Dabei kamen ihr die pinken Shirts von ihrer Arbeit in den Sinn. Verdrehte Welt. „MS wie Multiple Sklerose. Ob sein Roller mit TB[1] ausgeschildert ist?“, flüsterte sie Peter zu, der sich gerade langsam aufgerichtet hatte und ihren Schoß nun mit einem flotten Sprung verließ. „Multiple Sklerose ist nicht ansteckend, zier dich nicht so“, kommentierte sie seine Flucht.

Ein Kennzeichen mit „666“ war mit an Sicherheit grenzender Wahrscheinlichkeit nicht als Zufallskennzeichen angeboten worden. Wer wohl ein solches Auto fuhr?

Vermutlich jemand, der mit der „666“ bedrohlich wirken wollte. Vielleicht ein weichherziger junger Mann, der ein Ziegenbärtchen zu Bandshirts trug und insgeheim seit einem Jahrzehnt unsterblich in eine für ihn unerreichbare Frau verliebt war. Hanna stellte sich ihn bildlich vor und musste wieder lächeln, doch ertappte sie sich dabei, dass sie versuchte, durch diese Spielchen der Situation mit David auszuweichen. So etwas konnte sie sich jetzt nicht leisten! In ihr kam Ärger über sich selbst auf.

Hanna seufzte. Es war an der Zeit, sich mit David auseinanderzusetzen. Bei dem Gedanken drehte sich ihr

[1] Abkürzung für Tuberkulose

der Magen um, und bei dem Gedanken daran, wie sie sich fühlen würde, wenn sie diesen Vertrauensbruch, den er anscheinend begangen hatte, realisieren würde, wurde ihr endgültig schlecht. Angst überkam sie, doch sie würde diese nicht zeigen. Sie atmete tief ein und aus. „Ruhig!“, sagte sie zu sich und betrachtete Peter, der sich gerade seelenruhig die Pfötchen leckte. Katze müsste man sein, dachte sie wehmütig.

Das Knallen einer Autotür lenkte sie von ihren Gedanken ab, als sie gerade aufstehen wollte. Ein Mann in einem Alter von etwa 30 Jahren stand plötzlich neben dem MS-Polo und lehnte seinen Körper an den Bereich der Fahrertür. Er hielt ein Portemonnaie und eine Packung Zigaretten in der Hand, die er gerade öffnete, um sich eine anzuzünden. Er trug ein Bundeswehrhemd in kleingetupftem Camouflage und eine dunkelblaue, verschlissene Jeans. Er wirkte angespannt und sah mit seinen leuchtend blauen Augen in Hannas Richtung. Als sich ihre Blicke trafen, durchfuhr sie ein Schaudern: Er hatte den Blick eines Serienmörders. Zumindest stellte sie sich vor, dass Serienmörder ihre Opfer so ansahen. Hanna fühlte sich nicht von ihm bedroht, doch das unangenehme Gefühl, das sie bei seinem Blick verspürte, konnte sie nicht leugnen.

Er fixierte und durchbohrte sie mit seinem irren Blick. Sie schenkte ihm ein höfliches Lächeln, welches sich ausschließlich auf ihre Mimik, doch kein bisschen auf ihren Blick ausbreitete, um ihn dazu zu bringen, seinen Blick von ihr abzuwenden und das gelang ihr. Er sah weg von ihr in die Ferne.

Wenn er sie nicht ansah, wirkte er völlig harmlos, doch in seinem Innersten gab es tiefe Abgründe, das spürte Hanna instinktiv. Er hatte einen 3mm-Haarschnitt und einen sehr muskulösen Körper. Dabei passte sein Körper keineswegs zu seinem beinahe kindlichen Gesicht. Etwas an ihm erinnerte Hanna an Dominik. Bis auf seinen Körper und die Augenfarbe war nichts Besonderes an ihm, das gewöhnlichste Allerweltsgesicht, welches Hanna sich nicht würde merken können, doch dieser Blick - sie erhob sich und betrachtete ihn im Stehen. Rund um das parkende Auto lagen Zigarettenkippen verstreut. Es waren mehrere Dutzende. Wie lange stand sein Auto schon dort und wie lange hatte er sich an seinem Auto aufgehalten? Manch einer würde vermuten, dass er einen Einbruch plante, doch sie wollte nicht in Paranoia verfallen.

Hanna beschloss, später zu erwägen, Jörg das Autokennzeichen sicherheitshalber durchzugeben, denn ihre Intuition läutete alle vorhandenen Alarmglocken, doch das hatte wohl auch noch einen Tag länger Zeit.

Sie blinzelte Peter langsam an, was in Katzensprache so etwas wie „Ich hab dich gern“ bedeutete, wie sie vermutete. Er erwiderte. Dann betrat sie das Haus mit einem mulmigen Gefühl.

Kapitel 26: 2015

„Und, Süße, was jetzt?“, Dominik warf sich auf das Bett und sah Leonie voller Begierde an. Dass er nicht sabberte, war schon fast verwunderlich.

Die Angst vor Hanna und David war verflogen, sobald sich die Tür des Gästezimmers hinter ihnen geschlossen hatte. Es war ein großer Raum, der mit wenigen Möbelstücken ausgestattet war. Das Hauptaugenmerk fiel auf das mit einer beigefarbenen Fleecedecke bedeckte Bett, welches mit dem Kopfende an die Wand mit der Tür stand. Es handelte sich um ein Einzelbett mit einem kleinen Nachttisch links davon, von dem aus man auf ein Fenster blickte, welches auf den Garten gerichtet und hinter kurzen, weißen Spitzenvorhängen versteckt war. Neben dem Nachttisch hatte Dominik eine große royalblaue Nike-Sporttasche abgelegt, die er an jenem Abend bei sich trug.

Vor dem Fenster stand ein mit einem DVD-Rekorder ausgestatteter, großer Fernseher. Auf der Seite der Tür rechts vom Bett befand sich eine Kommode mit einer alten Bankerlampe mit massivem Messingfuß und einem Schirm aus dunkelgrünem Glas; auf der entgegengesetzten Seite links vom Bett ein riesiger Kleiderschrank mit Schiebetüren, der die gesamte Wand einnahm und in dem alles Mögliche gelagert wurde, was in den bewohnten Räumen keinen Gebrauch fand, während über dem Bett ein riesiges Gemälde in einem voluminösen, silberfarbenen Rahmen, das von einem Verwandten des Vorbesitzers des Hauses gemalt worden war, hing. Es bildete grasende Rehe ab, denen der Hobbykünstler leicht debile Gesichter und zum Teil unproportionale Körper verliehen hatte.

Die gesamte Einrichtung war willkürlich zusammengestellt und passte stilistisch nicht zusammen. Die Kommode aus dunklem Holz, die Lampe und das Bild waren sehr alt, wodurch sie edel und robust wirkten, als hätte sich eine lange Geschichte vor ihnen abgespielt, was vermutlich der Fall war. Sie waren von den Erben des Vorbesitzers in dem Haus zurückgelassen worden. Das Bett mit dem Metallrahmen stammte von IKEA und wo das Ungetüm von einem Schrank herkam, wusste niemand mehr genau. Andreas hatte sich vorrangig um die Einrichtung bewohnter Zimmer gekümmert und die Gästezimmer mit dem, was übrig war, bestückt. Dieses Provisorium war nach der Scheidung von Hannas Mutter in jenen Räumen nie ersetzt worden.

Das Haus war von Beginn an zu groß für Hannas Familie gewesen. Nach Andreas‘ Scheidung von Hannas Mutter wurde der Platzüberschuss noch deutlicher.

Unten und oben befanden sich je dreieinhalb Zimmer und nachdem Andreas ein weiteres Arbeitszimmer im Keller eingerichtet hatte, fanden die meisten Räume keine Verwendung, sodass zwei der oberen Räume des Hauses als Gästezimmer genutzt wurden. Oftmals übernachtete Andreas‘ Mutter in einem davon, wenn sie zu Besuch kam oder Hanna und David sahen sich dort an seltenen Abenden ein paar DVDs an, um ihre eigenen Betten nicht mit Chips vollzukrümeln.

Das kleinere Gästezimmer war vom Hausflur aus zugänglich. Eine weitere Tür vom Hausflur der oberen Etage aus führte in eine Wohnung, wo sich Hannas Wohnbereich sowie das große Gästezimmer befanden. Zwar wurde das obere Stockwerk nie verschlossen, da Hanna sich dort als einzige regelmäßig aufhielt, doch es standen zwei Türen zur Schalldämmung zur Verfügung, was Leonies Zimmerwahl beeinflusst hatte, denn hier waren die beiden ungestört und befreit von der Gefahr, bei ihren ungewöhnlichen Gesprächen gehört zu werden.

„Na komm, Engel, du hast es mir versprochen!“, gab Dominik fordernd von sich.

Leonie setzte sich auf einen Stuhl in der Nähe des Bettes. Sie wusste genau, was er meinte.

„*Noch nicht*. Erst, wenn die Sache durch ist.“

Dominik sah sie verwundert an und richtete sich etwas auf. „Ich verstehe nicht, Puppe. Wir haben bei deinem Bruder den Anschein erweckt, wir hätten was miteinander. Ich tat alles, wie du sagtest. Das war gefährlich. Jetzt will ich belohnt werden.“

„Was war denn bitte gefährlich? Die zwei haben dich nur geärgert und es ging vor allem darum, dass du Hanna etwas Schlimmes antust, nicht *nur* darum, David wütend zu machen. *Das* war der Deal!“, stellte Leonie gereizt klar.

Sie hatten in letzter Zeit so viel darüber verhandelt und diskutiert. Dabei hatte Leonie jedes Mal ein Stückchen mehr nachgegeben und immer, wenn dies geschah, forderte Dominik weitere Privilegien ein. Er drängte sie ständig dazu, ihn endlich zu *entlohnen*, ohne dass er alles erledigt hatte oder legte ihr Worte in den Mund, die sie so nie ausgesprochen hatte. Das zerrte an Leonies Nerven und brachte sie dazu, an der Richtigkeit der Wahl ihrer Allianz zu zweifeln, doch man nahm eben, was man hatte.

„Hey, es ist beides gleich gefährlich und wir haben ja

schon einen Plan, den wir bald durchziehen werden. Ich will meine Belohnung im Voraus.“, forderte Dominik.

„Wenn du die Belohnung *danach* bekommst, gibst du dir *jetzt* mehr Mühe.“

„Ich will sie aber *jetzt*, es ist eine perfekte Gelegenheit, jetzt in diesem Bett, in diesem Zimmer, wo uns keine Sau hört. Ich will nicht warten! Am Ende bist du diejenige, die den Rückzieher macht und ich gehe leer aus, also mach jetzt endlich die Beine breit!“

„Du kannst doch gar nicht leer ausgehen! Du bekommst *Hanna*!“

„Die Vereinbarung besagt aber, dass ich dich *und* Hanna bekomme!“

Das konnte doch nicht sein Ernst sein! Wieso musste er Leonie ständig so unter Druck setzen? Leonie krümmte sich. Ihr wurde schlecht. Sie hatte geglaubt, es würde einfach sein: Beine spreizen, Augen zu und durch, doch nun hatte sie Angst. Sicherlich war der Akt an sich zu bewältigen, doch die notwendige Überwindung war groß. Sie hatte sich selbst in die Enge getrieben, aber *noch* musste sie nichts tun, auch wenn sie keineswegs einen Rückzieher machen wollte. Dominik war ihr einziger Verbündeter, doch er widerte sie durch und durch an.

„Was los?“, fragte Dominik, als Leonie ihm keine Antwort gab.

Leonie schaute mit hasserfülltem Blick zu ihm auf. Dieser Trottel wagte es, ihr solche Fragen zu stellen? Möglich, dass er gute Ideen hatte, doch *sie* war der Kopf der Sache, *sie* traf die Entscheidungen. Er hatte nur die Drecksarbeit zu erledigen und seine Belohnungen anzunehmen.

Er zuckte zusammen. Ihr Blick war zu intensiv. Ein Blick voller Wut, Hass und all ihren negativen Emotionen zugleich. Ihre Wut verschaffte ihr für eine kurze Zeit Respekt.

„Weißt du, wie das ist, wenn man einen Menschen liebt und ihn nicht haben *darf*? Wenn man vor Begierde schier verrückt wird? Wenn man zusammenbricht, weil man *ihn* will und *eine andere* ihn hat und die eigenen Eltern einen danach in die Klapse stecken wollen? Wenn man das, was man will, mit Sex erkaufen muss, wie eine billige Hure, und zwar ohne Garantie auf Erfolg? *Das* ist los - und ich kann es nicht ändern! Ich *muss* mit dir vögeln, denn ich weiß sonst keinen anderen Ausweg! Ich provoziere sie, damit sie mich beachten, damit *er* eifersüchtig wird und damit sie ihm Sorgen um mich einredet, doch sie tun nichts! Sie lassen mich machen! Sie vertrauen mir! Aber wieso? Es war wieder einmal Hannas Weisheit, die die meiner Eltern überschreitet! Es war wieder einmal Davids Vernunft, die ihm nicht erlaubte, deine Fresse zu polieren! Hanna erträgt dich, weil sie denkt, sie würde *mir* damit einen Gefallen tun! Weil sie denkt, dass es besser für *mich* ist! Und ich? Ich hasse sie! Ich werde jemanden, der immer gut zu mir war, hintergehen und meine Fotze verkaufen, um *ihn* zu bekommen! *Das* ist los! Hast du jemals jemanden so geliebt? Hast du überhaupt eine Ahnung, was Liebe bedeutet? Je ein Opfer gebracht? Dich in Gefahr gebracht, erwischt zu werden und danach als pervers zu gelten? Ich wette nicht! *Das* ist los! Ich breche das Vertrauen einer Person, der ich so viel schulde! *Das* ist los! Verstanden? Und weißt du was? Selbst wenn ich David nicht bekomme, will ich, dass Hanna leidet. Ich habe immer in ihrem Schatten gestanden, ich will, dass sie dem Erdboden gleich gemacht wird! Egal, was passiert, sie muss leiden, weil ich sie hasse!“

Leonie schnappte nach Luft, denn während ihres Vortrages war sie kaum zu Atem gekommen und hielt inne, um die Tränen zurückzuhalten. Jetzt hatte sie das Gefühl zu ersticken. Sie zitterte. Es war fürchterlich. Manchmal überlegte sie sich die Variante Selbstmord gegen ihren ganzen Selbsthass, weil sie Hanna so sehr und unberechtigt hasste und es kaum eine Chance gab, David zu bekommen, aber nein, sie wollte und sollte sich nicht den Tod geben. Nicht, bevor sie Davids Lippen kosten durfte. Den Tod würde sie lieber anderen geben und das Beste für sich behalten, David für sich behalten.

„Hey“, sagte Dominik voller Ernst, „Du kannst doch nicht erwarten, dass *dein Bruder* sich in dich verknallt, weil er denkt, dass du mit mir vögelst. Er macht sich dann vielleicht Sorgen, aber Sorge ist nicht gleich Eifersucht und Eifersucht ist nicht gleich Liebe! Dann macht er sich halt Sorgen. Na und? Aus Sorge wird er dich nicht ficken! Und Hanna ist ein geiles Stück. Die wird er doch nicht gegen *seine Schwester* eintauschen. Das spricht gegen die Gesetze der Natur! Dein Plan kann nicht funktionieren und das sage ich dir jetzt, *obwohl* du mich nun vielleicht nicht ranlässt! Es sollte nur darum gehen, Hanna fertig zu machen. Du wirst David trotzdem nicht bekommen. Du bekommst ihn *nie*!“

Dominik versuchte, seriös zu klingen, womöglich sogar aufrichtig zu handeln, doch diese Worte, jedes einzelne Wort, tat weh, verdammt weh. Selbst er, eine minderwertige Existenzform, selbst in Leonies Augen, war dieser Meinung: Hanna war ein geiles Stück und Leonie war von niedrigerer Sorte, auch wenn er letzteres nicht gesagt hatte – so interpretierte sie es. In Leonie stieg eine endlose Wut auf. Der Hass auf diesen Idioten.

„Ich will ihn und ich bekomme ihn und du bekommst Hanna“, antwortete sie voller Entschlossenheit und gedeckelter Wut, während sie ihre Finger in die Seiten der Sitzfläche des Stuhls krallte, „wenn ich es nicht schaffe, ihn eifersüchtig zu machen und so zu bekommen, dann werden wir Hanna trotzdem aus dem Weg schaffen, dann wirst du dir von Hanna alles nehmen, was du willst und sie dann so beseitigen. Es geht nicht mehr *nur* um David, jetzt geht es um *meinen* Platz auf dieser Welt, den Hanna mir immer versperren wird, solange sie da ist. Du musst ihr einfach etwas antun, was sie für immer verändert oder sie töten und ich finde einen Weg, um David zu bekommen. Du bekommst uns beide. Ich habe es dir versprochen, ich werde es auch durchziehen! Wo ein Wille ist, ist auch ein Weg! Wir bekommen, was wir wollen und nie wieder wird jemand auf uns herabsehen oder uns in etwas voraus sein und uns abweisen oder einen anderen nehmen und wenn doch, dann wird es uns nie wieder wehtun, denn wir werden wissen, dass wir bekommen *können*, was wir wollen."

Ihre Wut stimmte sie zuversichtlich; ihre Wut gab ihr Kraft, für das, was sie wollte, mit allen Mitteln zu kämpfen.

„Dann freu ich mich auf deine Fotze!", warf Dominik ungläubig ein.

„Du bekommst sie!", versicherte Leonie und stellte sich bedrohlich vor ihn.

„Glaub ich dir nicht, Mann! Du kackst dich doch ein, das sehe ich doch!" Er schenkte Leonies Versprechen keinen Glauben, das hatte er nie getan, doch nun beschloss er, die Zügel in seine eigenen Hände zu nehmen. Er fuhr mit selbstsicherer und ruhiger Art fort: „Weißt du was? Du hast mir die Spritze gegeben, du hast mir das Schlafmittel gegeben. Du hast mir alles für den Plan Nötige gegeben." Der Klang seiner Stimme wechselte in Schadenfreude. „Du hast doch gar nichts mehr in der Hand!"

„Was willst du mir damit sagen?", stotterte Leonie. Er hatte Recht. Alle Utensilien für die Umsetzung des Plans bewahrte er bei sich auf, denn Leonie fürchtete, dass ihre Mutter die aus der Praxis ihres Vaters gestohlenen Mittel finden würde. Was bedeutete das? Hatte sie etwa jegliche Kontrollmittel aus der Hand gegeben? Er hatte ihr doch angeboten, alles aufzubewahren. Hatte er sie etwa damit ausgetrickst? Dafür war er doch viel zu blöd! Sie atmete tief durch und versuchte, ihre Mimik zu kontrollieren, um keine Angst vor seinen Worten zu zeigen, doch diese hatte sie durch ihr Stottern bereits verraten.

„Ganz einfach: Ich brauch‘ dich nicht mehr. Ich habe dich für den Plan die ganze Zeit nicht gebraucht. Ich bekomme Hanna mit etwas Geschick schon alleine irgendwo hin, wo sie mir nicht abhaut. Schlafmittel hätte ich selbst in der Apotheke bekommen und die Spritze ist nur die Krönung, es geht auch ohne. Also komm, tu mal nicht so, als wärst du unersetzlich. Ich brauche dich nicht, das habe ich nie. Ich habe dich nur aus Mitleid mitmachen lassen, damit du auch mal etwas bekommst, was du willst. Du bist überflüssig, und genauso leicht kann ich dich aus dem Plan streichen. Ich tu *dir* einen Gefallen.“

„Und das heißt für mich ...?“ Leonies Puls fuhr Hochtouren. Er hatte das Blatt gewendet.

„Dass du mich nicht an den Eiern hast. Das heißt, ich kann es tun oder lassen, aber wenn ich handeln soll, musst du die Beine breit machen. Sonst mache ich das einfach nicht“, antwortete Dominik.

Leonie begann, zu schluchzen: „Aber du wolltest ihr doch immer schon wehtun, du hast es doch gewollt. Dann tu es also doch einfach! Du tust es doch sowieso!“ Ihr liefen Tränen über das Gesicht. Die ganze Welt, die sie sich in den letzten Wochen geschaffen hatte, war binnen Sekunden eingestürzt.

„Ja, aber nur, um dich zu ärgern, kann ich es auch lassen. Ich mach‘s einfach nicht und du hast *alleine* nichts.“

„Wieso tust du mir das an?“, warf Leonie entsetzt ein.

Dominik erhob sich vom Bett, trat an sie heran und wischte ihr eine Träne von der Wange. Sie sah ihn flehend an und biss sich dabei mit verkrampftem Kiefer auf die Unterlippe.

„Wenn du das doch so unbedingt willst, kann ich es dir

doch auch geben. Ich habe nicht nein gesagt", fuhr er fort und wartete ab, bis sich Leonies Blick mit Hoffnung füllte. Dann fügte er hinzu: „Ich mache es ja gern, aber nur unter der Bedingung, dass du dich ficken lässt. Nicht wann anders. Heute. Ich knall dich und dann ist Hanna Geschichte, aber nur heute gebe ich dir diese Chance, Leonie." Dominik kam plötzlich eine weitere Idee, um Leonie zur Erfüllung „ihres Teils" der Abmachung anzuspornen. Er hielt kurz inne, lachte und fügte, ein Grinsen unterdrückend, hinzu: „Wenn du mich enttäuschst, wenn du das nicht gut machst oder dich drückst, dann werde ich David Folgendes sagen: Ich werde erzählen, dass du ihn eifersüchtig machen wolltest."

„Nein", wimmerte Leonie verzweifelt und griff nach seinen Armen, „nein! Das kannst du doch nicht tun! Wir sind doch Freunde, wir sind Verbündete. Wir sind Seelenverwandte!" Sie schnappte weinend nach Luft und setzte ihre verzweifelten Äußerungen fort: „Wir sind Seelenverwandte der Unterdrückung durch klügere, schönere Menschen, die immer bekommen, was sie wollen. Wir müssen doch zusammenhalten, bitte, du kannst mich doch jetzt nicht verraten!" Sie ergriff seine Hände und küsste sie. „Bitte tu das nicht. Wenn dir unsere Freundschaft je etwas bedeutet hat, dann bitte, tu das nicht!"

Dominik riss seine Hände los und antwortete voller Gelassenheit: „Aber unsere Freundschaft bedeutete mir nie etwas. Ich mag dich und will in deine Möse stechen, aber mehr bist du mir nicht wert. Das weißt du doch und du siehst doch auch von oben auf mich herab. Denkst du, ich merke das nicht? Ich bin nur Abschaum für dich - obwohl du ja nicht besser bist. Ich habe eine Clique, ich habe Freunde, die mich respektieren, Eltern, von denen ich alles bekomme und was hast du? David gibt sich mit dir ab, weil du seine Schwester bist. Glaubst du, das würde er, wenn er es sich anders aussuchen könnte? Und Hanna kümmert sich nur deshalb um dich, weil sie Davids Freundin ist und dich bemitleidet. Deinen Eltern bist du nie gut genug, du bist ihnen peinlich, weil du in der Schule abkackst und total seltsam bist. Wenn du weg wärst, würde das nicht einmal auffallen. Wäre ich weg, würden meine Homies nicht wissen, wohin mit sich. Du bist nichts Besseres als ich. Du stehst weit unter mir. Ich hasse mich, im Gegensatz zu dir, wenigstens nicht selbst. Lass‘ ich dich auffliegen, hast du nicht mal das bisschen, was du jetzt hast; dann hast du gar nichts mehr.“

„Nein, ich halte mich nicht für etwas Besseres als dich, nein, nein! Bitte, tu mir das nicht an. Das kannst du nicht machen!“ Leonie konnte nicht anders, als ihre Worte verzweifelt zu wiederholen und zu flehen. Sie war gelähmt vor Angst, Dominik würde seine Drohung verwirklichen, denn das würde nicht nur das Scheitern ihres Planes bedeuten, sondern auch ihr ganzes Leben umkrempeln.

Sie hätte entgegnen können, dass es ja nur Worte waren und dass ihre Glaubwürdigkeit größer war als seine, sie würde sich rauslügen können, so weit dachte sie sogar, doch sie war nicht dazu in der Lage, ihm zu widersprechen. Sie war paralysiert von der Angst, alles zu verlieren und nicht weitsichtig genug gewesen, um einen Schritt weiter zu denken, denn verdammt - er hatte Recht. Sie war immer ein Nichts gewesen. Ja, sie hatte eine Problematik zwischen Hanna und David gestiftet, doch das war nach 14 Lebensjahren das Erste, was sie je erreicht hatte und im Endeffekt war diese eine kleine Episode zwischen den beiden nichts gegen ihre langjährige, gefestigte Freundschaft, denn sie würden sich sicherlich wieder versöhnen, und darauf hatte sich Leonie ihre Selbstsicherheit aufgebaut. Wie dämlich war sie bloß gewesen, sich ein Luftschloss darauf zu bauen? Dann hatte sie sich auch noch Dominik anvertraut, einem hinterlistigen Egoisten mit Vorliebe für Grausamkeiten. Wie hätte sie nur glauben können, dass sich dies nicht auch gegen sie wenden könnte?! Sie war tatsächlich ein Haufen Nichts, und dazu noch ein dummer. Jetzt erst begriff sie, wie tief sie schon in der bevorstehenden Katastrophe steckte und sie hatte keinen Schimmer, wie sie dieser entkommen konnte, weil sie niemanden um Hilfe bitten konnte. Sie war ihm ausgeliefert.

„Doch, ich kann“, entgegnete Dominik auf ihr alles andere als starkes Argument, „ich werde sagen, dass du ihn nur eifersüchtig machen wolltest und dass du Hanna hasst. Dann wird Hanna dich nicht länger beschützen und du kommst in die Klapse, weil nur Hanna deine Eltern davon abgehalten hat, dich dahin abzuschieben.“

Verdammt! Dominik wusste zu viel, er wusste einfach alles über Leonie und nutzte jedes Wort, das ihm je anvertraut worden war, aus. Das Wissen sicherte ihm einen Machtvorsprung und Leonie konnte unmöglich ein Gegendruckmittel einsetzen, denn sie hatte keines.

„Nein, nein, sie werden dir nicht glauben“, kam ihr endlich über die Lippen. Leonie stand kurz vor einem Zusammenbruch. Sie zitterte und schwitzte am ganzen Körper und ihr tränenbenetztes Gesicht war rot angelaufen und zu einer verzweifelten Grimasse verzogen. Dominik genoss es sichtlich.

„Weißt du noch, wie du mir eine SMS geschrieben hast, in der steht, dass du alles besorgt hast? Weißt du noch von den E-Mails mit all den Plänen, wenn du mal mitten in der Nacht eine Idee hattest und sie mir gemailt hast? Ich habe klare Beweise dafür, dass du Hanna vernichten willst, um David zu ficken. Wortwörtliche Beweise. Sie werden dich hassen, alle. Alle werden sich abwenden und deine Eltern werden dich abschieben. Vielleicht siehst du deinen David dann nie wieder.“

„Oh Gott!“, rief Leonie resigniert. Er hatte sie in der

Hand, voll und ganz. Die Konsequenzen aus dem Bekanntwerden ihrer Pläne und Gedanken hatte er plausibel dargestellt. Hanna würde vieles verstehen, doch niemals verständnisvoll genug sein, um Leonie ihre Vernichtungspläne zu vergeben. David wäre wahrscheinlich angewidert und würde Leonie hassen, weil jemand seiner Hanna etwas tun wollte und ihren Eltern gäbe das endlich den lange erwarteten Anlass, sie loszuwerden.

Leonie sah verzweifelt zu Dominik hoch. Zu mehr war sie nicht mehr in der Lage. Sie hatte noch nie im Leben solche Angst gehabt.

„Aber du hast doch die Chance, es zu vermeiden“, kam ihr Dominik scheinbar entgegen, „du machst jetzt Folgendes: Du gehst jetzt raus, wischst dir fünf Minuten deine Tränen ab und kommst willig zurück. Ich nagel‘ dich, nehme dich wie ich es will, dann mache ich Hanna fertig und wir alle haben, was wir wollen.“

„Ich werde dich -“, holte Leonie zu einer Drohung aus, weil sie sich vorgestellt hatte, Dominik nackt zu sehen und seine körperliche Nähe zu spüren: seinen widerlichen, schmächtigen Körper, seine ekelhaften dünnen Lippen, sein höchstwahrscheinlich kleines, widerliches Glied mit blonder Schambehaarung und kleinem, faltigem Hodensack. Sie hielt es nicht mehr aus, es war zu viel. Wie gerne würde sie seinen Kopf an einer Wand zerschmettern, doch sie war sich zugleich ihrer Machtlosigkeit bewusst.

„Nicht!“, erwiderte Dominik laut und drohend. Er legte eine Hand an Leonies Wange und die andere an ihre Schulter. Mit einem festen Griff lenkte er sie willenlos zum Bett und warf sie darauf. Leonie hätte sterben mögen vor Panik. Dann legte er einen Zeigefinger auf ihre Lippen, nachdem er sich über sie gebeugt hatte und sagte mit irrem Blick: „Liebes, nicht. Du weißt, dass ich das, was ich mit Hanna vorhabe, auch mit dir anstellen kann und du kannst dich im Gegensatz zu ihr nicht einmal wehren."

„Ich weiß doch gar nicht, was du vorhast", flüsterte Leonie.

„Aber du kennst doch meine Phantasien. Drohe mir und du leidest mehr als Hanna, also zwinge mich nicht, dich ernsthaft zu verletzen." Er fuhr mit den Fingern von ihren Lippen über ihren Hals bis zu ihrem Schlüsselbein. „Du bist so süß und wehrlos. Dir wehzutun wäre spaßig und leicht. Ich weiß noch gar nicht, worauf ich mehr stehe – die kleine Wehrlose, mit der ich alles machen kann, mit angsterfüllten Augen oder mehr auf eine, die sich wehrt, um sich schlägt mit Hass und Widerstand im Blick. Zwei Mädchen, so verschiedene Mädchen in diesem Haus und ich kann sie beide haben, beide so nehmen, wie ich will, ihnen wehtun, wie ich will, also, Süße, zwing mich nicht, mich zu vergessen. Er packte sie am Nacken und zog sie hoch. Als sie wieder stand, stieß er sie von sich weg. „Hast du verstanden, Leonie?"

„Ja", schluchzte sie.

„Geh und sammel' dich. Dann kommst du wieder und es wird gefickt", ordnete Dominik an, „kommst du nicht wieder, bist du geliefert. Und beeil dich, bevor ich es mir anders überlege. Du wolltest mir gerade drohen, also ist die Gefahr groß."

„Nein!", stöhnte Leonie flehend auf und fiel auf die Knie. Dominik setzte sich überrascht auf das Bett. „Nein!", erwiderte sie, kroch auf den Knien zu Dominik und zog sich an seinen Beinen hoch. „Bitte, bitte, ich tu doch alles für dich, nur tu mir das nicht an, ich war dumm, ich hätte dir nicht drohen dürfen.".

Er grinste breit und sagte: „Ja, du bist dumm und jetzt hoch mit dir! Verschwende nicht meine Zeit. Ich will ficken. Gleich!"

Die Angst durchzog jede Faser ihres Körpers. Wenn er sich das anders überlegen sollte – oh, Gott -! Sie stürzte aus dem Zimmer.

Kapitel 27: 2017

Hanna schlich sich nach oben in ihren Wohnbereich, um nach David zu suchen. Dort war er nicht. Aus der unteren Etage erklangen Geräusche. Anscheinend lief dort gerade der Fernseher und womöglich leistete David Andreas und Sonja Gesellschaft. Sie wollte Andreas nicht begegnen, aber das musste sie wohl in Kauf nehmen. Würde sie diese Angelegenheit nicht sofort mit David klären, würde sie sich noch vor Anbruch der Nacht buchstäblich in einen Werwolf verwandeln. Gerade hatte sie sich etwas beruhigt. Es war genau der richtige Zeitpunkt. Sie zog ihren Wurfmessergürtel an, den sie während der Arbeitszeit in ihrer Tasche bei sich trug, obwohl ihr klar war, dass Messer in dieser Situation nicht helfen würden.

Sie öffnete leise die Tür des unteren Wohnbereichs und schritt eilig in das Wohnzimmer durch den Flur. Die Wohnzimmertür war geöffnet. Wie erwartet saßen Andreas und David vor dem Fernseher. Sie sahen sich eine Talentshow an, während der kleine Jonathan auf dem Boden spielte.

Jonathan sah Andreas recht ähnlich, hatte jedoch auch einige Züge ihrer gemeinsamen Mutter. Hanna gab sich selten mit ihm ab. In einer Situation, in der sie trotz Schlachtplan kurz vor dem Überkochen stand, erst recht nicht, obwohl sie wusste, dass er seine große Schwester bedingungslos liebte.

Als Hanna mit lauten und entschlossenen Schritten das Zimmer betrat, sahen alle erwartungsvoll zu ihr hin: Jonathan lief auf sie zu und wollte sie umarmen, auch wenn sie diese Umarmung nicht erwidern würde, David wollte Hanna begrüßen, doch wusste nicht, wie und Andreas wollte sich entschuldigen, wusste aber ebenso wenig, wie er das anstellen sollte. Es war ein seltsames Gefühl, alle Anwesenden mit bloßem Betreten des Raumes in eine unangenehme Lage zu versetzen.

Nachdem die drei sie angestarrt hatten, wagte David es, sich zu erheben und Hanna liebevoll in die Arme zu schließen. „Schön, dass du wieder da bist", sagte er sanft.

Als Hanna ihren Körper verkrampfte, wich er beunruhigt von ihr. Hanna drehte sich der Magen.

„Wir müssen reden", verkündete sie im Befehlston.

„Ja, Hanna das müssen wir", äußerte Andreas bedrückt, während er sich von der Couch erhob und die Fernbedienung beiseitelegte.

„Nicht mit dir - mit David", gab Hanna im selben Tonfall zurück und durchbohrte David mit ihrem Todesblick.

„Hanna, ich -", wollte Andreas gerade deutlich verunsicherter ansetzen, doch er wurde von Hanna unterbrochen: „Jetzt!"

„Aber ich wollte...", versuchte Andreas es erneut.

„Ich habe etwas Wichtiges mit David zu besprechen!", zischte sie und ergriff Davids Handgelenk, der verwirrt vor ihr stand. Sie zog ihn über den Flur die Treppe hoch in den Flur der oberen Etage und schloss die Tür des oberen

Wohnbereichs.

„Hanna, was ist los“, sagte er beunruhigt, als sie oben angelangt waren, „ist was passiert?“

Hanna atmete entschlossen durch. Jetzt durfte sie sich keine Fehler erlauben. Ein Miststück-Aushebelungsakt war zu bewältigen. Sie antwortete ruhig, mit finsterem Blick und verschränkten Armen: „Celine hat mich heute auf der Arbeit besucht.“

David wagte ein reges Kopfschütteln mit einem verwirrten Stirnrunzeln, weil er nicht verstand, was Hanna ihm damit vermitteln wollte. Sie wartete bewusst ab, um zu sehen, ob er allein durch diese Information in Verlegenheit geraten würde. Wenn er Celine betreffend noch mehr verbockt haben sollte, würde es vermutlich Anzeichen dafür geben.

David verkrampfte seine Hände zu Fäusten, während er seine Lippen und Augenbrauen zusammenzog und sein Kiefer zu mahlen begann, doch Angst vor einer Enthüllung strahlte er keine aus.

Hanna fügte hinzu: „Sie hat mich bedroht und wusste von meiner Angst vor Entstellungen. Du bist der Einzige, dem ich davon erzählt hatte.“ Ihre Stimme begann zu beben, was bedeutete, dass sie sehr aufgebracht war. Sie wollte Wut zeigen, keine Schwäche! Sie schüttelte entsetzt den Kopf über sich selbst und spürte, wie enttäuscht und niedergeschlagen sie war. „Wie konntest du nur?“, fügte sie hinzu und kniff die Augen zusammen, um zumindest bedrohlich auszusehen, wenn sie ihre Enttäuschung in der Stimme schon nicht unterdrücken konnte.

„Was? Das hab ich nicht, ich weiß es nicht“, stotterte David, den Blickkontakt mit ihr haltend.

„Woher soll sie es dann bitte wissen?“ Hanna gelang es wieder, Bedrohlichkeit oder zumindest Wut in ihrer Stimme zu transportieren.

„Ich weiß nicht, sicher, dass du sie richtig verstanden

hast? Vielleicht wusste sie das gar nicht und hat zufällig ins Schwarze getroffen oder sie hat es nicht so gemeint – keine Ahnung.“ Er zuckte mit den Schultern. Er blieb so ruhig, dass Hanna sich nicht ernstgenommen fühlte, was sie noch wütender stimmte.

„Sehe ich aus wie jemand, der eine nicht so gemeinte Äußerung als Drohung interpretiert!?“, fragte sie wütend, „hör auf, mir etwas vorzumachen, David. Sie hat mir klipp und klar gesagt, dass du ihr das erzählt hast. Ich bin nicht gewillt, ihr zu glauben, aber ich weiß, dass du der einzige bist, der das wusste.“ Sie zuckte mit einer Schulter. Jetzt lag alles in seiner Hand, denn sie hatte nun beinahe alles gesagt, was dazu zu sagen war.

David drückte sich an die Wand des Flurs und sank auf den Boden. Er schien krampfhaft zu überlegen, während er den Kopf langsam schüttelte. „Gott, Hanna, ich schwöre dir, so etwas würde ich niemals verraten, ich weiß nicht, wo sie das her hat, ehrlich.“ Langsam schien er in Panik zu geraten.

„Und woher weiß sie es dann!?“, rief Hanna wütend.

David stützte seine Ellenbogen auf die Knie und verbarg sein Gesicht in den Händen. „Ich hab’s nicht getan, so etwas würde ich niemals tun“, flüsterte er beinahe.

„Hanna, ich will mit dir reden!“, tönte es aus dem Flur.

Hanna stürmte zur Tür, riss sie auf, starrte Andreas mit vernichtendem Blick wortlos an und schlug die Tür laut zu. Dieser Blick sowie die Geste bedurften keiner weiteren Kommentare.

Als sie sich erneut David zuwandte, saß er auf dem Boden und sah sie voller Entsetzen und Verzweiflung an. Ihr Herz zog sich zusammen. Gerade wollte sie ihn doch überfahren haben und jetzt machte sie einen Rückzieher, obwohl sie noch nicht einmal in Fahrt gekommen war. Plötzlich hatte sie nur noch Mitleid, aber auch das wollte sie nicht zeigen.

„Finde heraus, wie das passiert ist und halt mir die Drecksfotze künftig vom Leib“, schluchzte sie und wollte gerade in ihr Zimmer schlüpfen, um die Konversation nicht allzu emotional zu beenden, doch David hielt sie auf: „Wo hast du sie nochmal getroffen?“, fragte er leise und eindringlich.

Hanna drehte sich um und legte den Kopf schief. „Auf meiner Arbeit“, antwortete sie mit einer niedergeschlagenen Stimme.

„Woher wusste sie, wo du arbeitest? Das habe ich ihr nicht gesagt“, äußerte David erstaunt und überlegte. Er stand auf und fasste sich ans Kinn. „Leonie“, entfuhr aus ihm nach wenigen Sekunden. Er sah Hanna erwartungsvoll und angespannt an.

„Und wie kommt *Leonie* an die Info, *wann* ich arbeite? Das habe ich ja nicht mal dir gesagt. Und woher weiß sie, dass ich Angst vor Verstümmelungen habe?“, fragte Hanna.

„Ich habe ihr gesagt, dass du heute Nachmittag auf der Arbeit sein würdest und weiß es von dem Terminkalender in der Küche, auf dem du immer deinen Dienstplan einträgst. Ich habe Leonie heute Morgen besucht und es beiläufig erwähnt und anschließend hatte sie Besuch von Celine. Das mit den Entstellungen - scheiße!“ Er fuhr sich mit entsetztem Gesicht durchs Haar. „Verdammt Hanna, als du mir das gesagt hast, haben wir telefoniert, eines unserer letzten Telefonate. Du hast es mir am Telefon erzählt. Du sagtest, du könntest nicht mehr schlafen und dass du die ganze Zeit Spiegel um dich herum bräuchtest, weißt du noch? Es war ein langes Gespräch, erinnerst du dich?“

Hanna nickte. „Doch telefoniert habe ich mit *dir*. Hast du es Leonie erzählt?“

„Nein, das habe ich nicht, aber sie stand im Flur, als wir telefonierten. Ich kam unerwartet aus dem Zimmer und da stand sie direkt vor der Tür. Ich hatte sofort den Verdacht, dass sie gelauscht haben musste.“

„Angenommen, das stimmt - was würde dann hinter alledem stecken?“, fragte Hanna verwirrt.

„Ich weiß es nicht, aber Hanna, so etwas würde ich niemandem erzählen, nicht einmal Leonie.“ Das klang sehr nach dem David, den Hanna immer gekannt hatte. „Was hat Celine denn genau gesagt?“, erkundigte er sich. Er begann die erwünschte Reaktion an den Tag zu legen: Er wurde langsam wütend.

„Dass sie eine Beziehung mit dir will, mich ausschalten möchte und dass -“, Hanna stockte. Die Formulierung von Celines Drohung kam ihr nicht über die Lippen.

„Was?“, bellte David ungeduldig. Er wurde definitiv wütend.

Hanna sah zu Boden und ließ einen tiefen Atemzug durch ihre Lungen strömen, bevor sie es aussprach: „Sie sagte, sie würde dafür sorgen, dass man mir Säure ins Gesicht kippt, wenn ich mich je wieder mit ihr anlege.“

Sie musterte David düster. Es war nicht ihre Absicht gewesen, bei ihm nach Schutz zu suchen, doch er hatte Celine schließlich in ihr Leben gebracht, sie war *seine* Bekannte, also hatte er sich um diesen Störfaktor zu kümmern. Zudem war es das naheliegendste Mittel, um Celine eins auszuwischen, eines, bei dem sie nicht einmal lügen musste, und doch fühlte sie sich unwohl dabei, sich in die Opferrolle zu begeben.

David starrte sie mit weit aufgerissenen Augen an, unfähig, etwas zu sagen.

„David, ich habe keine Angst vor ihr, aber trotzdem ist so eine Aktion untragbar. Und als ich auch noch glaubte, du hättest ihr derart persönliche Dinge von mir erzählt - “, sie stockte. „Ich *musste* das mit dir bereden.“ Es kam ihr vor, als würde sie sich vor ihm rechtfertigen, obwohl ihr Handeln doch durchaus nachvollziehbar war.

„Celine ist nicht zu unterschätzen“, äußerte er beunruhigt.

„Was?“, entglitt es Hanna voller Erstaunen, gemischt mit einem nervösen Lachen.

„Sie hat viele ihrer Ex-Freunde von irgendwelchen Leuten verprügeln lassen. Ich weiß nicht, ob das stimmt, aber ich trau es ihr zu. Sie ist klug, viel klüger, als man ahnt und sie ist sehr berechnend. Rachsüchtig ist sie auch und du hast ihr wehgetan. Ich würde mich vor ihr in Acht nehmen.“ Er klang todernst.

Hanna schluckte. „Willst du mir sagen, ich soll jetzt bei jedem Auspuffknallen zusammenzucken und um mein Leben fürchten?“, lachte sie nervös.

„Nein, sie würde dir nichts tun. Allein, um mich nicht zu verlieren. Ich denke, sie wollte dich nur einschüchtern und Leonie hat ihr diese Angriffsfläche geboten, also hat sie zugeschlagen.“ Er schien sich kurz zu sammeln und sagte dann mit düsterem Blick und angespanntem Gesicht: „Ich werde das regeln. Dass dich jemand bedroht, lasse ich nicht zu, aber ich will nicht, dass du Rachepläne schmiedest. Es ist *meine* Pflicht, das in Ordnung zu bringen.“

Seine Wut und Anspannung waren praktisch mit Händen greifbar und Hanna vertraute darauf, dass er wusste, was er sagte und tat.

Wenn er schon wütend war, war es der richtige Zeitpunkt, um ihn in seiner Antipathie gegen Celine zu bestärken. Hanna knüpfte an eine seiner vorherigen Äußerungen an: „Dich nicht verlieren? Sie hat deine Schwester nicht daran gehindert, anschaffen zu gehen, David. Ich denke das ist mehr als genug, um dich zu verlieren.“

Davids Gesicht füllte sich mit Anspannung. „Laut Leonie tat sie es aus Eigeninitiative. Es gab ihr angeblich einen Kick, wenn Männer für Sex mit ihr bezahlten. Celine sei dagegen gewesen, hätte angeblich nichts damit zu tun gehabt."

Hanna riss entsetzt die Augen auf. „Niemals", schoss es verwirrt aus ihr heraus. Nachdem sie den Schock dieser Aussage verdaut hatte, fügte sie ihr hinzu: „Ich kenne Leonie, sie ist ein schüchternes Mädchen und nach den Erlebnissen mit Dominik ..." Sie verstummte, weil sie eins der unangenehmsten Themen angerissen hatte. „Nein! Sie deckt Celine, weil Celine ihre Hauptbezugsperson in den letzten Monaten war, und damit du nicht sauer auf sie wirst. Niemals täte sie das aus freien Stücken."

„Sie hat sich verändert", sagte David mit geschlossenen Augen und leiderfülltem Gesicht.

Hanna begriff erst jetzt, dass ihm die Situation mit Leonie um ein vielfaches mehr zusetzte als Celines Verhalten. Leonie war seine Schwester, die einzige seiner lebenden Verwandten, und er musste mitansehen, wie verlebt dieses Mädchen mit ihren 15 Jahren war, nachdem ihr so viele schreckliche Dinge passiert waren. Natürlich machte ihm das zu schaffen. So weit hatte Hanna vor lauter Wut und Angst, von ihm enttäuscht worden zu sein, nicht gedacht. Sie fühlte sich deshalb schuldig. Sie hatte doch auch gehört, was Konstantin über Leonies Zustand erzählt hatte, sie hatte gesehen, was aus Leonie geworden war und zusätzlich machte Hanna es David auch noch mit ihrem Kriegszug gegen Celine schwer.

Natürlich musste sie das geklärt haben und natürlich war ihr Handeln legitim, doch die Lage, in der David sich befand, war ungleich miserabler. Es war Hannas Aufgabe, Rücksicht auf seine Gefühle zu nehmen.

„Es tut mir leid", sagte sie so sanft sie nur konnte, auch wenn es sich nicht sonderlich sanft anhörte.

David nickte. „Ich weiß. Danke", erwiderte er trocken und verständnisvoll zugleich, um ihre Mühe zu würdigen.

Hanna legte eine Hand auf ihre Stirn. „Wieso?", fragte

sie gequält in den Raum hinein.

„Wieso was?“

„Wieso tut Leonie das alles? Für Geld mit Männern schlafen, Celine meine einzige Angriffsfläche offenbaren. Wir alle gaben uns doch solche Mühe, ihr zu helfen.“

„Vielleicht hat sie sich bloß verplappert oder dachte sich nichts Böses dabei“, antwortete David schulterzuckend.

„Ach komm, ich bitte dich, David.“

„Das kann doch sein.“

Hanna beschloss, eine schwerwiegende Frage zu stellen. Sie wollte David nicht noch weiterem Druck aussetzen, doch sie musste es erfahren. Sie holte aus: „Dass sie sich verplappert oder sich Celine ohne bestimmten Grund anvertraut haben könnte, würde ich glauben, wenn ich nicht wüsste, dass sie mir verheimlicht hat, dass du nicht gestorben bist und wenn ich nicht berücksichtigen würde, mit wie viel Hass sie mich im Krankenhaus empfangen hat. Beantworte mir bitte noch eine einzige Frage, David: Hasst sie mich? Auch das hat Celine heute behauptet. Ist das wahr?“

David erhob sich, schloss die Augen und vergrub seine Hände in den Hosentaschen. Dann sah er Hanna voller Bedauern an und antwortete niedergeschlagen: „Ja.“

Hanna nickte schluckend und biss sich auf die Unterlippe. „Wieso?“

„Das hat sie mir nicht gesagt. Ich wollte sie nicht mit der Fragerei überfordern, aber wie sie reagiert hat, als sie dich im Krankenhaus sah und wie sie noch von dir sprach, als du gegangen bist. Das war ziemlich eindeutig. Auch wenn ich daran zurückdenke, was sie an dem Tag sagte, als unsere Eltern starben. Ich wollte es die ganze Zeit nicht glauben und dachte, sie sei bloß verrückt, aber selbst, wenn - das ändert ja alles nichts daran, dass sie ihren Hass auf dich in letzter Zeit oft genug offen gezeigt hat.“

„Was hat sie gesagt?“, fragte Hanna angespannt.

„Sie wiederholte ständig, dass sie dich hasst, ohne es zu erklären."

„Das verstehe ich nicht, ich habe ihr nie etwas getan, ganz im Gegenteil."

„Ich weiß, Hanna, ich verstehe es auch nicht. Es tut mir so unheimlich leid", erwiderte David mit ehrlichem Bedauern, „ich begreife es nicht. Vielleicht wird sich das durch die Therapie legen, die sie jetzt endlich erhält."

Andreas trommelte wieder gegen die Tür. Hanna verdrehte die Augen und umarmte David, weil sie seinen schmerzerfüllten Blick nicht mehr ertrug.

„Ich glaube dir", sagte sie ruhig und drückte ihn, so fest sie konnte. Sie war nicht mehr wütend, denn er hatte sie von seiner Schuldlosigkeit überzeugt und das war unendlich erleichternd, aber nicht minder wohltuend war seine Umarmung. Es gelang ihm in jeder Lebenslage, eine gewisse Ruhe auf sie zu übertragen und das war eine seiner wertvollsten Eigenschaften. Auch David atmete tief und erleichtert aus. „Siehst du, ich meinte das einst mit meiner Biestigkeit", lachte Hanna auf, während sie ihn im Arm hielt. Sie musste an ihren Beziehungsstatus denken, auf den Celine am Nachmittag angespielt hatte. Sie waren rein faktisch noch ein Paar und das war zu klären, aber wie sollte sie über so etwas sprechen, ohne zu wissen, wo er ein Jahr lang gewesen war?

„Du hattest jeden Grund, mich zu verdächtigen und somit jeden Grund, wütend auf mich zu sein", sagte David. Seine Worte ließen es ihr warm ums Herz werden.

Bevor Hanna Stellung zu seinen Worten beziehen konnte, trommelte Andreas erneut gegen die Tür und wieder verdrehte Hanna gereizt die Augen, während sie ihren Kopf von Davids Schulter löste und ihn mit seitlich herausgestreckter Zunge nach hinten warf. Sie war nun nicht einmal mehr aufgewühlt, trotz all den beunruhigenden neuen Informationen. Bei aller scheinbaren oder offensichtlichen Unterwürfigkeit war es David gelungen, sie zu beruhigen, wie es ihm sonst immer gelungen war und das, obwohl er selbst unter so vielem zu leiden hatte.

„Ich schätze, er lässt nicht locker", lachte David über Hannas verzogenes Gesicht und fügte verständnisvoll hinzu: „Komm, lass ihn rein, er geht schon den ganzen Tag fast die Wände hoch."

Hanna zog eine weitere Grimasse.

„Jawohl, Herr Ramershoven", murmelte sie und schlenderte demonstrativ-langsam zur Tür.

Sie öffnete die Tür und fuhr Andreas wütend an: „Was ist so schwer daran, zu verstehen, dass ein „wir müssen reden" auch ein „wir wollen *ungestört* sein" bedeutet?!"

„Hanna bitte, ich will nicht, dass es so zwischen uns ist", sagte Andreas verzweifelt.

„Und ich will jetzt meine Ruhe", gab sie trocken und eiskalt zurück. Trotz eingetretener Gelassenheit wollte sie nur noch ihre Ruhe. Sie schloss leise die Tür.

David warf resigniert die Arme in die Luft, als sie sich zu ihm drehte.

„Nicht mehr heute, David, nicht mehr heute. Ich will ins Bett, aber vorher gehe ich duschen. Ich fühle mich ekelhaft. Hoffentlich schlafe ich dabei nicht wieder ein", sagte sie müde. Sie drehte sich von ihm weg und ging Richtung Badezimmer.

„Willst du mit den Messern etwa auch noch duschen?", fragte David mit neckischem Unterton, doch nicht ohne Anspannung in der Stimme. Sie spürte, wie die halbwegs gelassene Atmosphäre im Nu verflogen war. Hanna schenkte ihm einen verständnisfreien und müden Blick in der Hoffnung, er würde diese Bemerkung auf eine wundersame Weise vergessen. „Ich wette, dass du sofort nach der Arbeit nach Hause gefahren bist, um die Sache mit Celine mit mir zu klären. Warst du mit dem Ding dann etwa arbeiten?“, ertappte er sie und sie konnte nicht zuordnen, ob er sie kritisierte, aufzog oder einfach nur psychoanalysierte.

„Ich habe sie nach der Arbeit wieder angelegt.“, erklärte sie. Zum Ausweichen fehlte ihr die Energie.

„Hast du erwogen, mich abzustechen?“, schmunzelte David, doch sie sah genau, dass sich hinter seinem Schmunzeln und der ironischen Bemerkung etwas anderes versteckte, nämlich eine böse Vorahnung.

„Vielleicht sollte ich es künftig erwägen“, versuchte sie ihn anzustrahlen, doch dies wirkte alles andere als glaubwürdig. Sie musste fliehen, bevor er die Analyse fortsetzen konnte, doch stattdessen fragte er voller Besorgnis: „Wie geht es dir?“

„Mies“, zischte sie, „mies, weil ich beinahe geglaubt hätte, dass du mein Vertrauen verspielt hast, und wütend, weil dieses ekelhafte Ding auf die Idee gekommen war, mich zu bedrohen, und traurig wegen Leonie, und genervt von Andreas, aber auch erleichtert, weil ich dir glaube.“ Sie versuchte, ihn anzulächeln.

„Ich meine das andere, dein Problem.“

Hanna seufzte kraftlos. „Ich komme klar.“

„So siehst du aber nicht aus.“

„Ich hatte in letzter Zeit kaum Probleme damit, aber gestern war da eine Krankenschwester mit einer Maske und das hat mich geschafft, weil ich ihr Gesicht nicht sehen konnte, also nicht wusste, ob sie missgestaltet ist. Dazu kamen Celines Anspielungen heute, aber das waren Ausnahmefälle“, gestand sie, denn auch zum Lügen fehlte ihr der Atem.

„Und was soll der Wurfmessergürtel? Den hast du früher nicht getragen.“

„Er gefällt mir eben.“ Hanna zuckte mit den Schultern.

„Mach mir nichts vor. Was soll das? Ein paar griffbereite Messer hätten nichts von alledem verhindern können. Wenn du nicht aufpasst, könnte man sie gegen dich verwenden.“

„David“, rief Hanna gereizt, „ich weiß damit umzugehen und das weißt du, verdammt! Hör auf, mich belehren zu wollen!“

„Ich mache mir nur Sorgen!“, entgegnete er aufgebracht und verständnislos zugleich.

„Du? Sorgen?“, sie lachte verbittert auf, „Du hast mich über ein Jahr lang im Stich gelassen und jetzt tauchst du auf und hältst mir Vorträge über meine Sicherheit?“ Noch bevor alle Worte ihren Mund verlassen hatten, stand sie kurz davor, sich selbst zu ohrfeigen. Sie hatte doch gerade Mitleid mit ihm und Schuldgefühle gehabt, weil er so unter Druck stand und sie ihm eine weitere Last aufgebürdet hatte, und dennoch tat sie es nun erneut. Sie starrte ihn schuldbewusst an und er schien sofort zu erkennen, dass ihr das ungewollt herausgerutscht war.

„Ja, ich mache mir Sorgen und nein, so einfach ist das alles nicht. Das muss dir doch bewusst sein, Hanna“, entgegnete er niedergeschlagen, „Hanna, ich habe meine Eltern verloren, wäre selbst beinahe draufgegangen, meine Schwester ist - “, er setzte aus und sog Luft durch die Nase ein, als würde er versuchen, gegen Tränen anzukämpfen, „dann die ganze Sache mit dir“, fuhr er gefasst fort, „die Schuldgefühle, dass ich ein Mal, *ein einziges Mal*, nicht auf dich aufgepasst habe und jetzt kommt Celine, eine Person, die ich für eine gute Freundin hielt, und bedroht dich. Natürlich mache ich mir Sorgen, wenn ich sehe, dass du zwanghaft einen Wurfmessergürtel trägst.“

„Ja, ich weiß, ich wollte dir Zeit geben und dir keine Vorwürfe diesbezüglich machen, aber das schaffe ich nicht. Bevor du mich nicht aufgeklärt hast, wird das immer wieder aus mir herausbrechen, David, und es tut mir leid, denn ich vertraue dir, aber so ist es.“ Sie zuckte mit den Schultern. Seine Worte fühlten sich an, als hätte man ihr in den Magen getreten. Das alles ging ihr viel zu nah, um die Fassung zu bewahren; sie musste schnell unter die Dusche schlüpfen und schlafen, bevor dieses Gespräch in Tränen mündete, doch so einfach konnte sie nicht gehen. Sie konnte das Gespräch nicht abrupt beenden.

Sie zog ein Messer aus dem Wurfmessergürtel und reichte es ihm, es an der Klinge haltend, während sie hinzufügte: „Ja, ich hätte nichts verhindern können, hätte ich diese Messer damals getragen, doch damit habe ich wenigstens ansatzweise das Gefühl, Kontrolle über mein Leben zu haben. Ich weiß, dass das irrational ist, aber so mache ich es jetzt nun einmal. Ich habe nie aufgehört, Messerwerfen zu trainieren. Es ist nichts, weshalb du dir Gedanken machen solltest, vertrau *du* mir in dieser Hinsicht."

David schritt auf sie zu und nahm ihr das Messer vorsichtig aus der Hand. Es ebenfalls an der Klinge haltend sagte er: „Ich werde jetzt auf dich aufpassen, du brauchst das nicht." Etwas Verwirrendes und Verstörtes blitzte in seinem Blick auf, doch es wirkte nicht bedrohlich, sondern bloß erschreckend entschlossen.

„Ich weiß, David", antwortete sie leise, ohne seinen Blick zu meiden, „das hast du auch früher getan, doch das hat mich nicht vor allem schützen können, denn das ist keine Sicherheitsgarantie. Wir können uns nicht gänzlich aufeinander verlassen. Zählen müssen wir letztlich auf uns selbst." Sie nahm ihm das Messer aus der Hand und steckte es in ihren Gürtel zurück. „Wenn du meinst, mich schützen zu müssen, dann tu das, aber lass mir meine Art und Weise, die mir Sicherheit gibt, ja?"

Er nickte und küsste sie zögerlich. „Es wird alles wieder gut", flüsterte er, ohne seine Lippen gänzlich von ihren zu lösen.

Sie lehnte sich von ihm weg. „Das klingt wie ein Versprechen", sagte sie argwöhnisch und sanft zugleich,

„wie ein Versprechen, das du nicht halten kannst, also lass das. Aber vielleicht kann alles doch irgendwie wieder besser werden, wer weiß." Sie versuchte erfolglos, ihm aufmunternd zuzulächeln. „Schlimmer kann es ja kaum noch werden. Wie auch immer, ich will jetzt duschen und dann schlafen", sagte sie schließlich.

Andreas klopfte wieder an die Tür und rief dabei: „Das kannst du nicht machen! Wie könnt ihr mich nur so bestrafen?!"

Hanna stutzte. Was meinte er mit „ihr"? Sie schritt zur Tür und öffnete sie erneut. Nun zum dritten oder vierten Mal, sie hatte nicht mitgezählt.

„Ihr? Was meinst du?", fragte sie irritiert. Plötzlich war sie beunruhigt und nervös.

„Du und Sonja, erst macht sie mir den ganzen Tag nicht auf und jetzt ignorierst du mich auch noch!", erklärte Andreas. „Ich sehe, dass ihr etwas Wichtiges zu bereden habt, aber ich halte es nicht aus, Streit mit euch zu haben."

Hanna schritt hastig an ihm vorbei zur Treppe, ohne ihn eines Blickes zu würdigen oder einen klaren Gedanken zu fassen. Seinen letzten Satz hatte sie nicht einmal wahrgenommen.

„Was hast du vor?", fragte Andreas überrumpelt, während David seinen Kopf aus dem Türrahmen hervorschob.

Hanna drehte sich auf dem Treppenabsatz zu ihm um und erklärte alarmiert: „Ich habe letzte Nacht mit Sonja gesprochen. Sie sagte, sie würde dir verzeihen und war gut auf dich zu sprechen. Irgendwas stimmt hier nicht!"

Sie drehte sich weg und ging durch den unteren Wohnbereich sowie die geöffnete Terrassentür in den Garten. Andreas und David folgten ihr verwirrt. Auch Jonathan hatte sich ihr an die Fersen geheftet, als er sie in den Garten gehen sah.

Sonjas Appartement war ein modernisierter Anbau, der

von Keller und Garten aus betreten werden konnte. Es handelte sich um ein großes Zimmer, welches in einen Wohn- und Schlafbereich unterteilt war, auch ein Badezimmer befand sich darin. Hanna klopfte an Sonjas Tür, eine massive Holztür. „Sonja, ich bin's, Hanna!"

Keine Antwort. Sie sah beunruhigt zu David und Andreas, dessen Taille von Jonathans Armen umschlungen war. „Sie hat heute nicht mit dir geredet?", richtete sich Hanna an Andreas.

„Nein, ich habe den ganzen Tag über immer wieder an ihre Tür geklopft, aber sie hat nicht aufgemacht. Sonst hat sie auch keiner von uns heute gesehen, oder?" David und Jonathan schüttelten die Köpfe. „Wieso bist du denn so aufgewühlt?", fügte er hinzu.

„Weil ihr das nicht ähnlich sieht", äußerte Hanna trocken und erstaunt darüber, dass es Andreas nicht stutzig machte. „Sie war dir nicht mehr böse."

Hanna legte ihre Hand an die Türklinke. Ihre Intuition lief schreiend im Kreis, obwohl Sonjas Schweigen oder gar ihre Abwesenheit nicht automatisch etwas Schlimmes zu bedeuten haben mussten.

„Bring das Kind weg!", befahl Hanna mit ungewöhnlich tiefer Stimme, bevor sie die Türklinke nach unten drückte. Sie überprüfte nicht, ob Andreas ihr gehorchte – ein riesiger Fehler.

Hanna öffnete langsam die unverschlossene Tür.

Im Zimmer war es völlig dunkel. Es brannte kein Licht und die Jalousien waren zugezogen. Aus dem Garten fiel kein Funken Licht in den Raum.

„Sonja?", fragte Hanna mit rauer Stimme in die Dunkelheit hinein, doch sie erhielt keine Antwort. Hanna schaltete das Licht an.

Das Bild, welches sich ihnen offenbarte, übertraf jeden Alptraum und jede Befürchtung: Sonja hing an einem an der Deckenlampe befestigten Seil, das um ihren Hals geschlungen war. Ihr Gesicht war blau angelaufen und zu einer unmenschlich deformierten Grimasse verformt. Sie war tot.

14372692R00139

Printed in Germany
by Amazon Distribution
GmbH, Leipzig